Tim Nicolas Zwick
Rot wie Schnee

Tim Nicolas Zwick, geb. 1987 in Dahn in der Pfalz, ist Schriftsteller, Gesundheitsmanager, systemischer Coach und Theaterspieler. Nach seinem Pädagogik-Diplom an der Johannes Gutenberg-Universität Mainz lebt und arbeitet er jetzt in Mannheim. Neben dem Theater und den Krimis sind Brettspiele seine geheime Leidenschaft. *Rot wie Schnee* ist sein Erstlingswerk und zugleich der Auftakt einer Reihe um seinen ungewöhnlichen Ermittler Ares Rot.

Tim Nicolas Zwick

Rot wie Schnee

Krimi aus der Pfalz

Originalausgabe
© 2024 KBV Verlags- und Mediengesellschaft mbH, Hillesheim
www.kbv-verlag.de
E-Mail: info@kbv-verlag.de
Telefon: 0 65 93 - 998 96-0
Umschlaggestaltung: Ralf Kramp unter Verwendung von
© raland - stock.adobe.com
Lektorat: Nicola Härms, Rheinbach
Druck: CPI books, Ebner & Spiegel GmbH, Ulm
Printed in Germany
Print-ISBN 978-3-95441-704-9
E-Book-ISBN 978-3-95441-715-5

*Für Elke und Meike,
die schon an mich geglaubt haben,
als ich es noch nicht getan habe.*

Silence
Oh, I remember the silence
On a cold winter day

»Christmas Truce«, Sabaton

Prolog

Produktionsfehler. So hatten die Eltern Flipper genannt. Flipper war der Plüschaffe, den sie von Großmutter Helmi geschenkt bekommen hatte. Vanessa wusste nicht genau, was das Wort bedeutete, und es war ihr auch egal.

Produktionsfehler. Produktionsfehler?

Es war so ein Erwachsenenwort. Völlig irrelevant, wenn man mit dem Plüschaffen über das riesige Gelände rannte, Treppen herabsauste oder ihn auf die Schaukel hinter dem Haus setzte und ihn so hoch schaukelte, bis er in hohem Bogen durch die Luft flog und dann irgendwann völlig verdreht und mit abstehenden Gliedmaßen aufkam. Ob das bei Menschen auch so wäre, wenn sie bei einer Schaukel aus großer Höhe absprangen und dann hart aufkamen? Mit »Produktionsfehler« war wahrscheinlich das eine Knopfauge gemeint. Der grün-braun gestreifte Knopf, der als Auge diente, war wohl bei der Verarbeitung zu heiß geworden und hing angeschmolzen und etwas schief an dem Stoffkopf des kleinen Affen. Je nach Blickwinkel schielte Flipper oder hatte eine Delle im Kopf.

Das tat der Liebe des Mädchens für ihren Affen keinen Abbruch.

Auch an diesem so besonderen Tag war sie wieder mit Flipper unterwegs. Es schneite schon den ganzen Tag große, wirbelnde, märchenhafte Flocken, und zum

Abend hin war die ganze Welt in ein verspieltes, wunderschön strahlendes Weiß getaucht. Das Mädchen hatte schon den Großteil des Nachmittags in seinem Zimmer gespielt und stand jetzt am Fenster und genoss den Blick aus dem zweiten Stock. Sie konnte die großen Nadelbäume sehen, den zugeschneiten Garten, den Wald voller Magie und die verschneiten Wipfel in der Ferne hinter dem mächtigen Holzzaun, der ihr Zuhause begrenzte. Ein paar wilde Schneeflocken tanzten vor ihrem Fenster auf und ab.

Wie schmeckt eine Schneeflocke?

Wie gerne hätte sie versucht, eine der wirbelnden Flocken mit der Zunge zu fangen. Sie hatte schon Schnee vom Boden probiert, aber Flocken in der Luft schmeckten sicher anders.

Sie überlegte und warf nachdenklich Flipper in die Luft und fing ihn wieder auf. Hoch und wieder auffangen, hoch und wieder auffangen. Hoch ... Hinter dem Schlafzimmer ihrer Eltern war ein kleiner Balkon. Ihre Eltern nannten ihn Erker.

So ein komisches Wort. Erker Erker Erker Erker. Erkerberkerlerkerschmerker. Hihi.

Sie wusste, dass sie nicht dorthin durfte, der Balkon war alt und brüchig. Das Mädchen schüttelte den Kopf, und die Gedanken verschwanden wieder.

Die Schneeflocken tanzten vor ihrem Fenster, und Flippers ungewöhnliches Auge schaute sie von der Seite an. Ihr Gesicht zerknautschte, während sie überlegte. Hoch warf sie ihren Affen und fing ihn wieder auf. Ihre Mutter war gerade weg, ihr Vater sollte aufpassen, aber der war schon eine Weile im Wohnzimmer, hatte schon lange nicht mehr nach ihr gesehen. Hoch flog Flipper und wieder herunter. Die Schneeflocken schienen sie zu rufen.

Tanz mit uns, kleines Kind, tanz mit uns. Nur ein Tänzchen, es wird auch niemand merken. Tanz. Tanz. Tanz! TANZ!

Mit Flipper in der Hand tapste sie kurz darauf auf ihren nackten Zehenspitzen aus ihrem Zimmer und zwei Zimmer weiter zum Elternschlafzimmer. Ihre kleine Hand öffnete die große, schwere, weiß gestrichene Holztür. Manchmal war das Elternschlafzimmer abgeschlossen, aber heute, an diesem ach so besonderen Tag war es das nicht. Zwischen dem Bett und dem großen Schrank, dessen Wuchtigkeit sie immer etwas ängstigte, führte ein Durchgang zu einem Fenster und einer Balkontür, die auf den Erker führte.

Der Bereich vor der Balkontür knarzte etwas, das wusste sie. Letzten Winter hatte es hereingeregnet, und das Parkett war an dieser Stelle aufgequollen. Ihre Eltern hatten sich furchtbar gestritten, wer denn schuld war, und seitdem knarzte und knackte dieser Bereich, wenn man darauf trat.

Mama hatte geweint.

Das Mädchen wusste sehr gut, wo die knarzende Stelle anfing, blieb davor kurz stehen und streckte die linke Hand – die rechte musste ja Flipper halten – weit aus, drehte den Griff und öffnete die Balkontür. Die Tür ging langsam und unendlich zäh, wie gegen einen Widerstand, nach innen auf. Der kalte Wind fuhr ins Zimmer, erfasste das grüne dicke Winterkleidchen des Mädchens und ließ es flattern. Ihre langen blonden Locken wurden ihr aus dem Gesicht nach hinten geweht.

Der Winter hatte Kraft dieses Jahr. Eine Kraft, die nicht wohlwollend war.

Mit einem beherzten Satz sprang sie über die knarzende Stelle und landete zielsicher auf dem kleinen Erker. Der Balkon hatte nur einen sehr kleinen Bereich zum Stehen. Mit ausgestreckten Armen hätte sie sich darauf nicht drehen können, das hatte sie in der Vergangenheit schon versucht. Daraufhin hatten ihre Eltern sehr geschimpft und ihr verboten, jemals wieder allein auf den Erker zu gehen.

Auch da hatte Mama geweint und war ihr den ganzen Tag auf Schritt und Tritt gefolgt, hatte sie immer wieder umarmt. Das war merkwürdig gewesen.

Die Schneeflocken tanzten vor ihr. Sie spürte weder Kälte noch Kraft, war gebannt von den wirbelnden Glücksflocken, die von der früh sinkenden Abendsonne angestrahlt wurden und in allen Farben glänzten und glitzerten. Sie hüpfte hoch, um eine mit der Zunge zu fangen, und jauchzte laut auf vor Freude.

Oh! Sie schmecken so luftig. Ist die Flocke da oben riesig!

Das Kind stand jauchzend direkt an das Geländer gepresst und wollte die besonders große erhaschen.

Da!

Sie hatte ihre linke Hand, so weit sie konnte, ausgestreckt, die Finger zitterten, es fehlte nur noch ein Stückchen bis zu dieser einen ach so besonderen Schneeflocke vor ihren Augen.

Fast. Faaaaaaast.

Wenn sie sich ein wenig über das Geländer reckte, würde sie diese eine so besondere erreichen. Nur noch ein klein wenig. Sie drückte Flipper mit der rechten Hand fest an ihre Brust und lehnte sich noch etwas weiter nach vorne. Ihr linker Fuß verließ den Boden, dann der rechte, sie lag fast waagerecht auf dem dünnen Eisengeländer auf. Es hielt sie gut, war stark und stabil. Da war die Schneeflocke! Sie fiel auf ihre Hand und blieb liegen.

Jaaaaa.

Reines pures Glück erfüllte das Kind. Die Schneeflocke lag groß und glitzernd in ihrer Hand, während sie langsam anfing zu schmelzen. Mit einem Glänzen in den Augen und Freude im Herzen bemerkte das Mädchen nicht, wie sich ihr Gewicht langsam, aber unausweichlich nach vorne verlagerte. Immer weiter und weiter veränderte sich ihr Schwerpunkt. Als das Mädchen es bemerkte, war es zu spät, ihre Reaktion kam zu langsam. Sie kippte nach vorne über und fiel. Fiel und fiel. Fiel schneller und schneller. Sie ruderte mit den Armen, ohne Flipper loszulassen, schrie und schrie und kam schließlich mit einem harten Schlag auf dem eisigen Erdboden auf.

Weine nicht, Ma.

Der Affe lag auf ihrer Brust. Die Schneeflocken tanzten.

1

ALFRED

Der alte Mann ging langsam, leise stöhnend, eine Hand an die Hüfte gepresst, die breite, leicht verfallene Steintreppe herunter. Zu jeder anderen Jahreszeit würde er Moos und Unkraut zwischen den gesprungenen Steinen sehen. Zu dieser Jahreszeit nicht. Obwohl er diese Treppe und diese Steine seit Jahrzehnten kannte, bewegte er sich sehr vorsichtig und prüfte mit dem rechten Fuß immer erst, bevor er sein ganzes Gewicht darauf verlagerte und dann mit einem schmerzhaften Stöhnen seine Hüfte abknickte und sein linkes Bein nachzog. Der Winter war da, und er war gekommen, um zu bleiben.

Einen Sturz konnte er sich nicht erlauben, dafür war er einfach zu alt.

Und zu kaputt.

Er seufzte tief. Wer weiß, ob er aus dem Krankenhaus noch einmal herauskommen würde. Sein Sohn suchte schon lange einen Grund, ihn in ein Pflegeheim abzuschieben.

Denk nicht so über dich, Alfred, schalt ihn seine Frau Gertrud in Gedanken. Sie hatte es immer gehasst, wenn er solche negativen Gedanken hatte. *Das Leben hat uns viel gegeben. Wir sollten dafür dankbar sein. Und uns nicht über die Dinge aufregen, die wir verloren haben*, hörte er wieder ihre Stimme. Verloren. Er hatte sie vor fast drei Jahren verloren. Krebs. Doch noch immer hörte er ihre Stimme, sprach auch manchmal in langen oder auch kurzen Nächten mit ihr. Wer sollte es ihm verübeln?

Solange er noch arbeitete, war er etwas wert. Und seine Arbeit war gut. Seine Hände waren nicht mehr so kräftig wie früher, und zum Jäten des Unkrauts, welches er früher einfach ausgerissen hatte, brauchte er jetzt Werkzeug. Aber er war Gärtner mit Leib und Seele. Er kannte jeden Baum, jeden Strauch auf diesem großen Gelände, bei Gott, die meisten Pflanzen hatte er höchstpersönlich als Samen in die Erde gedrückt.

Langsam wandte sich Alfred nach links und ging in Richtung seines Anbaus, seiner Wohnung. Genau genommen gehörte der Anbau zum Haus, und damit gehörte er natürlich auch den Eigentümern des Hauses, aber Alfred wohnte dort seit bald vierzig Jahren, und damit gehörte er dahin.

Mein Zuhause.

Das alte Herrenhaus war von Landgraf Ludwig IX. gebaut und mal als Jagdhaus, mal als Sommerresidenz oder Vergnügungsmöglichkeit genutzt worden. Im Zuge der ständigen Besitzerwechsel hatte es seinen Sinn verloren, verwitterte und wurde in den Sechzigern restauriert. Restauriert, um als Haus für etwas zu reiche Menschen angeboten zu werden. Irgendwann kamen ein Anbau und ein Gärtnerpaar hinzu.

Jetzt nur noch ein einzelner Gärtner, kein Paar mehr.

Es war Neumond, die Nacht war rabenschwarz, obwohl es erst kurz nach siebzehn Uhr war. So schwarz, dass sie sich nicht nur auf die Augen, sondern auch auf die Ohren zu legen schien. Nur wenige Geräusche dran-

gen an Alfreds Ohr. Er ließ seinen Blick über das wuchtige Gebäude schweifen. Vor einem halben Jahr hatten es neue Eigentümer erworben, ein junges Paar. Er fand sie nett. Sie waren sehr gastfreundlich, obwohl sie beide nicht aus der Gegend hier kamen.
Keine Hinterpfälzer.
Der Mann war ihm etwas zu unmännlich mit seinem mopsigen Aussehen, seinem merkwürdigen, stammelnden Sprechstil und den Pausbäckchen, und er fand auch ihre raspelkurzen Haare unpassend, aber sie waren sehr nett und lobten jedes Beet, das er in Ordnung gebracht, und jeden Strauch, den er geschnitten hatte.
Anders als die Vorbesitzer.
Alfred arbeitete gern für die neuen Besitzer. Aber er durfte nie vergessen, dass er ein Angestellter war und ihnen das riesige Haus gehörte. Das hatte er bei den vorigen Besitzern und denen davor gelernt. Fleißig arbeiten und nicht alles sagen, was man wusste. Dann hatte man ein gutes Leben. Er hatte ein paar Besitzer kommen und gehen sehen; früher hatte er öfter den Mund aufgemacht, und es war nie gut für ihn gewesen.

Er hatte vor über dreißig Jahren die Vor-Vor-Vorbesitzerin stöhnend in der Hecke mit dem Postboten erwischt und nie ein Wort darüber verloren.
Fleißig arbeiten und nicht alles sagen, was man weiß. Ein gutes Motto, mein lieber Alfred.
Ach, Gertrud, er vermisste sie, auch wenn ihre Stimme in seinem Kopf tröstlich für ihn war.

Er kam langsam um die Ecke des Hauses und hatte seinen Anbau fast erreicht. Hier war es noch dunkler.
So müssen sich Taube und Blinde fühlen.

Er zog eine Taschenlampe von seinem mit reichlich Werkzeug versehenen Gürtel ab und knipste sie an. Auch beim Haus war es still, nur ein leicht bläuliches Licht drang aus dem zweiten Stock herunter. Das blaue Licht kam vom Fernseher. Er wusste, dass die junge Frau oft tagelang auf der Couch lag und in den Fernseher starrte.

Warum auch nicht, wenn es ihr Spaß macht, hörte er wieder Gertrud. *Wenn du groß geerbt hättest, würdest du jetzt da oben auf der Couch liegen und fernsehen.*

Damit hatte sie nicht recht, und das wusste sie auch. Er hatte genug Geld, um in Rente zu gehen, sich irgendwo eine kleine Wohnung in den Dörfern oder im Elsass zu kaufen und seinen Lebensabend auf der Couch vor der Glotze zu verbringen. Aber das würde er nicht tun. Das wussten sie beide. Alfred würde alles dafür geben, so lange hier zu arbeiten, bis er starb. Er blickte wieder nach oben. Die neuen Besitzer hatten in ihrem Wohn-Ess-Bereich ein paar Zwischenwände einreißen lassen, er hatte Felix dabei gut helfen können. Es hatte seine Zeit gedauert, und ein großer Teil des Schutts lag immer noch neben seinem Anbau, aber er hatte es hinbekommen und war sehr stolz darauf.

Ich habe den Großteil der Arbeit gemacht, den Schutt fast allein hier rausgetragen.

Seine Taschenlampe in der Hand flackerte kurz und ging aus. Zweimal, dreimal schlug er mit der Hand darauf, während er in der Dunkelheit stehen blieb. Langsam drang die Kälte sogar durch seinen dicken, grob gesteppten Mantel. Er hatte gelesen, dass es auf dem Land bis zu zehn Grad kälter werden konnte als in den großen Städten. Die großen Städte hatte er immer gehasst. Diese Mengen an Menschen, der Lärm, die Straßenbahnen, die Hochhäuser. Er brauchte seinen Wald, seine wenigen Menschen, die er alle seit Jahrzehnten kannte, den kleinen Gemischtwarenladen an der Ecke mit den paar Regalen, der selten besetzten Kasse und den Postkarten auf Französisch, die er nicht verstand.

Zeit läuft hier anders.

Er brauchte es, morgens die Nase in den Wind zu stecken, den Blick in den Pfälzer Wald, und zu wissen, ob es heute regnen würde oder ob er gießen müsste.

Mit einem Blinken ging die Taschenlampe wieder an und ließ ihren Lichtkreis über den Schutthaufen kreisen, den er neben seinem Anbau aufgeschüttet hatte.

Die Tage musst du das echt wegräumen, Alfred, das kann so nicht bleiben.

»Ich weiß, mein Schatz, ich weiß«, murmelte er sich in den kratzigen Bart und trat mit der Fußspitze gegen einen Betonbrocken. Er wollte sich schon abwenden, als plötzlich etwas aus dem Brocken herausfiel. Etwas Kleines. Etwas, das da nicht hingehörte. Langsam beugte er sich nach vorne und leuchtete darauf. Seine Hand zitterte leicht, die Schwingungen übertrugen sich auf den Lichtkreis, dieser tanzte und vibrierte.

Diese Kälte.

Seine Nackenhaare stellten sich auf. Jetzt sah er es.

Als er erkannte, was es war, lief er kreidebleich an und huschte, so schnell er konnte, zu seiner Haustür. Mit zitternden Fingern öffnete er sie, drückte sich ungelenk hinein und warf die Tür ins Schloss. Diesmal konnte er sein Zittern nicht mehr auf die Kälte schieben, also versuchte er es auch nicht.

Schnell bekreuzigte er sich drei Mal, während ihm der Schweiß aus allen Poren trat.

Oh mein Gott, Alfred, oh mein Gott, hörte er Gertruds Stimme. *Du weißt, was das war, oder? Du weißt, was das bedeutet? – Ja, ich weiß, Gerdi, ich weiß es. – Wir dürfen es niemandem sagen, Alfred. Niemandem!*

»Ja, ich weiß«, antwortete Alfred der Stimme in seinem Kopf. »Fleißig arbeiten und nicht alles sagen, was ich weiß«, murmelte er nickend. Als ob er sich selbst überzeugen müsste.

Sein Blick schweifte über seine kleine Küche. Das war sein Zuhause, seine Heimat. Und noch nie, in all den vierzig Jahren, in denen er diesen Anbau Wohnung nannte, hatte er sich so ängstlich gefühlt wie in diesem Moment. Das da draußen konnte nur eins bedeuten, eine schreckliche Wahrheit. Und morgen, oh Gott, morgen war die Einweihungsfeier. Die neuen Besitzer hatten sich über ein halbes Jahr nach dem Einzug endlich aufgerafft, eine Einweihungsfeier für enge Freunde und Familie zu geben.

Menschen werden herkommen. Und unter ihnen hat jemand ein dunkles Geheimnis.

Seine Hand fing wieder an zu zittern.

Diesmal war es definitiv nicht die Kälte.

2

ARES

»Ich versteh immer noch nicht ganz, warum ich bei der Feier dabei bin. Warum hast du mich mitgenommen?«, fragte der große Mann, während sein wolfsgrauer Wintermantel seine Beine umflatterte. Die Farbe fand sich auch in seinem schlecht gestutzten Bart und seinen Haaren wieder. Aus ersten grauen Haaren war im letzten Jahr ein deutlich sichtbarer, grausilberner Schimmer geworden, auf dem sich jetzt auch erstes Weiß zeigte. Das Weiß passte zu dem schicken dicken weißen Pullover, der durch den offenen Wintermantel gut zu sehen war. Das war sein Kompromiss aus Eleganz und Wärme. Der Winter hatte nach dem Heiligen Abend deutlich angezogen, leichter Schneefall hatte in den letzten Stunden eingesetzt. Auch die Luft war so kalt, dass sich kleine Wolken bei jedem Wort und jedem Atemzug vor ihren Mündern bildeten. Eine erste dünne Schneeschicht war mittlerweile liegen geblieben, die Winterschuhe der beiden hinterließen eine gut sichtbare Spur auf der frischen Schneedecke hinter ihnen. Seine Schritte hinkend, ihre Schritte eher klein und trippelnd.

Jeder Blick zurück ist immer nur eine schmerzhafte Erinnerung.

Er kannte sie. Sobald sie bei ihrem Ziel angekommen wären, würde sie, direkt nachdem sie die Gastgeber begrüßt und ihre Jacke ausgezogen hätte, in ihre Pumps schlüpfen. Dann, wenn sie direkt neben ihm stand, würde er auch wieder mehr von ihrem Gesicht sehen und nicht nur ihren schwarzen Mittelscheitel, auf den er gerade schaute.

Locken. Wie kann es sein, dass es jedes Jahr bei ihr mehr Locken werden? In der Klinik wurde sie Momo gerufen, in Anlehnung an die lockige Filmfigur.

Aber ich nenne sie Aga.

Langsam hinkte er weiter, sie schritt in seinem Tempo mit. Das Hinken war angeboren, ein Hüftfehler. Ares hatte noch nie richtig laufen können und würde es auch nie können. Gerade bei Kälte, die in dieser ländlichen Gegend, seiner Heimat, noch viel mehr biss, war es besonders schlimm.

AGATHA

»Das weißt du«, antwortete sie auf seine Frage, während sie weiter ihrem Ziel entgegenliefen. »Du bist immer meine Rettung bei stinklangweiligen geselligen Abenden. Und mit dir dabei ist es einfach lustig, und ich bin nicht so merkwürdig.«

Er fing an zu lachen. Leichte Atemwolken stiegen von seinem Mund auf.

»Du bist Ärztin, Professorin – eine sehr gute nebenbei bemerkt. Du forschst gegen Krebs, bist eine Koryphäe auf deinem Gebiet, deutschlandweit geschätzt, von Vertretern aller Wissenschaftsriegen für deine emotionslose Rationalität gefürchtet, und du hast Angst vor einem geselligen Abend bei Freunden?«, foppte er sie. »Ich dachte, außer vor Gefühlen hast du vor nichts Angst?«

Nach bald zwei Jahrzehnten voller Freundschaft, wenn auch eher seltenem Kontakt, konnte er sich das erlauben. »Außerdem sind die geselligen Abende und der Small Talk unfair«, fuhr er fort. »Wenn eine Ärztin und ein Therapeut zusammenarbeiten, kann niemand eine Chance haben.«

Sie ging schweigend neben ihm, hatte sein Zucken bei dem Wort »Therapeut« gespürt.

Sie wusste, dass er einen Fehler gemacht hatte, und deshalb war ein Mensch gestorben. Ein junger Mensch, ein Mädchen. Danach war er in Selbstmitleid und Nachtwanderungen versunken, während die Presse ihn zerrissen und die Anwaltskosten ihm sein Vermögen aus der Tasche gezogen hatten.

Die Hochgelobten fallen immer noch am tiefsten.

Sein Geld, deutlich weniger Geld als früher, verdiente er durch die wenigen Kontakte, die er noch hatte.

Verstohlen blickte sie herüber, ihre dicken Locken schwangen bei der Bewegung mit. Er hatte nichts mehr gesagt, schweigend liefen sie nebeneinanderher, noch zwei Kurven, hinaus aus dem kleinen Dorf Ludwigswinkel, etwas den Hügel hinauf, und sie sollten beim Herrenhaus sein. Durch sein Hinken kamen sie nur langsam voran.

Die letzten zwei Jahre hatten Spuren bei ihm hinterlassen, sie sah es ihm an. Nach der Geschichte vor Gericht hatte ihn auch noch Svenja, seine langjährige Partnerin, verlassen, war in einer Nacht-und-Nebel-Aktion ausgezogen. Seine schwarzen Augen blitzten gewohnt aufmerksam durch die Gegend, er beobachtete gerne und scharfsinnig. Aber seine Wangen wirkten eingefallen, und die Ringe unter den suchenden Augen zeigten ihr, dass sein Schlaf bei Weitem noch nicht so gesund war, wie er sein sollte.

Waren die Augen noch suchend oder schon zwanghaft kontrollierend, um Sicherheit zu gewinnen? Wie viele schlechte Nächte übersteht selbst ein Ares Rot, ohne Schaden zu nehmen?

Sie hatte ihm nach dem Verlust der Praxis mehrfach angeboten, ihm zu helfen, sei es mit Geld, sei es mit Gesprächen oder Hilfe bei dem Gerichtsverfahren. Er hatte alles abgelehnt.

Solange er andere Probleme löst, muss er nicht seine eigenen angehen.

Agatha trippelte grübelnd neben dem großen Ares her. Ihre Locken wirbelten im stärker werdenden Schneefall und fielen auf ihren etwas zu weit sitzenden schwarzen Hosenanzug. Ares. Was für ein Name. Seine Eltern hatten ein Faible für griechische Namen, seine Schwester hieß Ariadne. Der Vater war Dozent für Griechisch an der Universität in Frankfurt gewesen.

Sie machte sich Sorgen um Ares.

Diesen Abend wirst du brauchen, mein Freund. Danach geht's dir besser. Ich verspreche es dir.

Sie kannte ihn seit der Oberstufe, war zur elften Klasse nach Landau gewechselt, um nach der Trennung der Eltern mit ihrem Vater mitzuziehen, dort war sie auf Ares getroffen. Doch trotz der langen Zeit der Freundschaft hatte sie manchmal das Gefühl, einen Fremden anzusehen.

»Weißt du, manche Menschen ziehen Kraft aus ihren Geheimnissen. Manche werden von ihren Geheimnissen unterdrückt und unter ihnen begraben«, sagte sie.
Stille.

ARES

Er dachte nach.

Ares war von Agathas Themenwechsel nicht überrascht. Oft wurde ihm nachgesagt, dass er Gedanken lesen konnte.

Blödsinn, niemand kann Gedanken lesen.

Aber durch aufmerksame Beobachtung, Wissen über Mimik und Gestik und durch Menschenkenntnis wusste er oft mehr von den Menschen, als sie selbst von sich wussten. Das hatte ihm eine schöne Karriere, eine noch schönere Praxis und eine noch viel schönere Portion Arroganz eingebracht. Letztere führte zum Verlust seiner schönen Karriere und seiner noch schöneren Praxis.

Ihm war aufgefallen, dass Agatha ihn immer wieder verstohlen beobachtet hatte, nachdem sie ihn von dem kleinen Bahnhof in Hinterweidenthal abgeholt hatte und mit ihm ins Taxi eingestiegen war. Ihr Ziel war schwer zu erreichen. Der kleine Bahnhof wurde nur von Regionalzügen angefahren, mit stellenweise stundenlangen Wartezeiten. Und von dort aus brauchte man ein Auto oder ein Taxi, um in die kleinen umliegenden Dörfer zu kommen. Das wusste und kannte er von Agathas Heimat. Er selbst kam aus Landau, hatte sich aber früh in diese ländliche Ecke der Pfalz verliebt und auch hier seine Praxis eröffnet. Die Adresse der Einweihungsparty lag selbst für die sehr verlassene Hinterpfalz noch weit abgelegen, daher hatte das Organisationstalent Agatha, glücklicherweise früh genug, ein Taxi angefordert.

Schon bei der Fahrt durch die Wälder nach Ludwigswinkel hatte Agatha immer wieder skeptisch aus dem Fenster geblickt. Wenn diese Straße zuschneite, wurden die kleinen Dörfer hier von der Welt abgeschnitten.

Der Taxifahrer, ein grober, glatzköpfiger Mensch namens Andi, hatte sie nur bis zum Ortsrand von Ludwigswinkel gebracht. Er wollte bei seiner Frau sein, bevor die Straßen zugeschneit waren. Oder wie er es sagte: »Das wird heute runtermachen, glaubt mir. Morgen seht ihr die Welt nicht mehr. Da musst du dich schon sehr nah an deine Alte drücken, damit ihr nichts abfriert.« Danach hatte er deutlich zu viel Geld für die Fahrt kassiert.

Und ich war zu sehr mit meinem Selbstmitleid und mit meinem Fleck auf dem Pullover vom schlechten Bahn-Sandwich beschäftigt, um hier etwas zu sagen. Sie hätte jemand anderen mitnehmen sollen.

Mit der Hand versuchte er, den Fleck zu verdecken.

Dann reagierte er so, wie er immer auf Versuche, ihn zu lesen und seine Geheimnisse zu ergründen, reagierte. »Es tut mir sehr leid, dass es mit Boris nicht funktioniert hat«, sagte er in die kalte Abendluft hinein.

Sie blickte ihn erstaunt an. »Was? Wie kommst du darauf? Ich habe kein Wort von Boris gesagt!«

Agatha hatte ihm erst vor knapp drei Wochen bei einem ihrer regelmäßigen Telefonate von Boris erzählt, als es ernster wurde, hatte ihm sogar ein Bild von ihm geschickt. Sie hatte kein Wort davon gesagt, dass er nach einem Streit gestern Abend gegangen war und wohl auch nie wiederkommen würde.

Er blieb stehen, musterte sie und nahm eine Hand aus der Manteltasche. Die darauf fallenden Schneeflocken schmolzen auf seiner Haut, und die Wassertropfen liefen in feinen Linien über seine dozierende Hand.

3

Startherapeut weiter im freien Fall

Dahn, 5. Januar 2023

Das nächste Kapitel im Drama um den im ganzen Dahner Tal bekannten Startherapeuten Ares Rot, 44. Nach seinem kometenhaften Aufstieg scheint jetzt ein ebenso schneller Abstieg zu folgen.

Als Kind der Stadt, in Dahn geboren, in Landau aufgewachsen, eröffnete er hier seine Psychotherapiepraxis in bester Lage neben dem Haus des Gastes. Dies markierte nicht nur einen Meilenstein in seiner Karriere, sondern sorgte – auch dank der Berichterstattung in der Presse – für Euphorie in Dahn und Umgebung, wo es wie überall auf dem Land eine eklatante Unterversorgung mit Therapieplätzen gibt. Ares Rot, mit einem Diplom in Psychologie und einem Master in Klinischer Psychologie im Gepäck, erwarb sich schnell einen Ruf als kompetenter Therapeut. Der systemische Ansatz, wenngleich noch unbekannter als die klassische Verhaltenstherapie, wurde mit positivem Feedback aufgenommen, die Kurse für Resilienz und Achtsamkeit waren innerhalb kürzester Zeit ausgebucht.

Der Weg schien also vorgezeichnet, doch nach dem gewaltsamen Tod der jungen Lina Nagel wenden sich Freunde und Klienten reihenweise ab.

Lesen Sie für nur 1,99 Euro alle Hintergründe und welche Rolle Rot in diesem grausamen Verbrechen spielte.

4

AGATHA

Sie kannte diese Bewegung, die dozierende Hand, wie sie sie nannte. Er arbeitete immer mit seiner rechten Hand, wenn er seine Beobachtungen in Hypothesen und seine Hypothesen in fundierte Deduktion umsetzte.

Gleich würde er etwas über ihren Nagellack sagen oder über ein Etikett an ihrem Kleid oder über ihr Parfüm. Würde aufzählen, was er alles beobachtet hatte und wie er darauf kam, dass es mit Boris zu Ende war. Er wäre brillant, und sie könnte etwas Nettes sagen. Er würde, vielleicht seit Wochen zum ersten Mal, ein paar freundliche Worte hören, und es wäre ein schöner Moment zwischen ihnen beiden.

Er hob seine rechte Hand, ließ sie etwas kreisen, eine Falte lief über sein Gesicht, und er steckte die Hand wieder weg.

Agatha seufzte innerlich, verlangsamte unbewusst ihren Schritt. Das hatte sie befürchtet. Er würde sich nicht helfen lassen. Diese Gabe, dieses Beobachten und dann dieses arrogante Deduzieren hatten ihn in diese Lage gebracht, und jetzt verhinderte es, dass jemand ihm helfen konnte.

Jemand, der es gut mit ihm meint. Jemand wie ich.

»Erzähl mir noch mal, bei wem sind wir jetzt genau?«, fragte er stattdessen.

»Hat dein Gedächtnis etwa auch gelitten, neben deiner Beobachtungsgabe, mein Großer? Ist das schon das Alter? Männliche Gehirne altern ja bekanntlerweise schneller.« Eine weitere kleine Provokation von ihr. Es war ihr wichtig, dass er wieder zu seinem alten Weg zurückkehren würde.

Ich brauche den alten Ares heute Nacht.

Keine Reaktion von ihm, langsam hinkte er um die letzte Kurve. Das alte Herrenhaus konnten sie noch nicht sehen, mussten dazu noch die kleine Hügelkuppe überqueren. Sie ließen die letzten Lichter der Häuser und Straßenlaternen von Ludwigswinkel hinter sich und umhüllten sich mit der aufziehenden Dunkelheit. Die Geräusche der Nacht und des Waldes nahmen zu. Das Rauschen des Windes in den Wipfeln, irgendwo knackte ein gefrorener Ast in der Dunkelheit. Der Mensch macht sich die Erde untertan, aber die Nacht in der Pfalz kehrte die Vorzeichen um. Das kleine Dorf Ludwigswinkel hatte nur knapp achthundert Einwohner, die alle zwischen der kleinen weißgrauen Kirche und dem Sägmühlweiher ihre Häuser hatten. Dazu ein kleiner Gemischtwarenladen, eine Feuerwehr, neun Ferienwohnungen und ein Gasthaus. Letzteres, genau wie die Ferienwohnungen, hauptsächlich für die Touristen aus und nach Frankreich und die Wanderer im Pfälzer Wald.

Irgendwie muss man ja Geld verdienen. Und nicht jeder kann in die weite Welt hinaus, studieren und in den Städten Geld verdienen.

Sie blickte nach vorne, ihre Schritte wippten erwartungsfroh. Ein altes Herrenhaus aus alten Zeiten, ein riesiges Grundstück, der schwarze Pfälzer Wald, Schneefall, eine Einweihungsparty, das war der Stoff für die besonderen Abende. Und es würde ein besonderer Abend werden, da war sie sich sicher.

Da er immer noch schwieg, beantwortete sie seine Ursprungsfrage: »Wir sind bei der Einweihungsparty von Felix und Wanda. Sie wohnen eigentlich schon über ein halbes Jahr im Haus, und dank der Erbschaft von Wandas kürzlich verstorbenem Vater in Estland wäre auch eine große Party im Sommer kein Problem gewesen. Aber du weißt ja von Wandas Krebserkrankung und ihrer Einstellung zum Thema Struktur, Planung und Verlässlichkeit. Das hat dann halt mal ein halbes Jahr gedauert. Kennt man ja.«

Nicht so hart, Liebes. Du sollst nicht so hart über deine Freunde sprechen, nicht mal denken!

ARES

Ah, diese Wanda. Ares erinnerte sich an einige Telefonate mit Agatha zum Thema Wanda. Aga hatte ihn anfangs ein paarmal angerufen, als Wandas Krebsdiagnose noch recht frisch war. Die Vorstellung, ihre Freundin so jung zu verlieren und nichts dagegen tun zu können, quälte sie enorm.

Was macht ein so kluger Mensch wie sie, wenn all die kühle Rationalität und das Wissen nichts mehr nutzen?

Einmal hatte sie sogar nachts, offenbar betrunken, angerufen. An diesem Tag hatte es ein Gespräch mit dem Oberarzt in der Klinik gegeben. »Sie hat eine Chance von unter einem Prozent«, hatte sie weinend gelallt. »Sie wird sterben. Sterben, Ares! Meine beste Freundin! Ich kann das nicht. Sie wird sterben!«

Lockenwippend lief sie jetzt langsam neben ihm, der Weg wurde steiler. »Es kommen nur wenige Gäste, der Gärtner, die Vorbesitzer und wohl auch Felix' Mutter.«

Die Bitterkeit in ihrer Stimme hatte sich vertieft. Ares wusste, dass die Freundschaft der drei – Agatha, Felix und Wanda – aufgrund von Wandas Erkrankung keine einfache gewesen war die letzten Jahre. Agatha und Felix hatten sich nach der Schulzeit kennengelernt. Beide liebten es auszugehen, sich schick zu machen, Theater oder andere kulturelle Veranstaltungen zu besuchen. Beide hatten ein großes Herz für Kinder und für Tiere, spendeten regelmäßig Geld und halfen bei Charity-Aktionen mit. Während Agatha in der Wissenschaft Karriere gemacht hatte, war Felix seinem Herzen gefolgt, hatte sich gegen München und seine Mutter gestellt und arbeitete heute mit Kindern mit Behinderung in einem Bauernhofprojekt, nur wenige Dörfer entfernt. Im Laufe der vielen Jahre Freundschaft waren sie das ein oder andere Mal am Rande einer Beziehung entlanggeschippert, aber es hatte nie ganz gereicht, um zusammenzukommen. Und irgendwann war die Zeit dafür abgelaufen.

Ihr Beziehungsschiff hat noch in der Werft Schlagseite bekommen, es kam Wasser rein, und es ist auf Grund gelaufen. Ein schönes Bild, das ich Agatha niemals so sagen darf.

Und dann war da Wanda. Sie schlief gerne, viel und lange, war sehr emotional, im Guten wie im Schlechten, liebte es, stundenlang auf der Couch zu liegen, Chips zu futtern und sich über Serien im Fernsehen aufzuregen.

Er wusste nicht, wie genau sie es geschafft hatten, aber die drei waren im Laufe der Zeit eng zusammengewachsen, hatten gemeinsam Hochs und Tiefs bewältigt.

So hätte die Geschichte auch ohne große Wellen des Lebensflusses weitergehen können. Felix arbeitete auf seinem Bauernhofprojekt, Wanda war halbtags Assistenz in einem Steuerbüro, Agatha machte Karriere in der Wissenschaft, am Wochenende gab es abwechselnd einen kulturellen Theaterabend mit sozialen Themen für Felix und Agatha oder einen Filmabend mit einem Mystikfilm für Wanda zu Hause.

Doch wie so oft schlägt das Leben zu, wenn man es am wenigsten erwartet. Bei Wanda wurden nach wochenlangen Bauchschmerzen Metastasen im Bauchraum gefunden. Sie hatte Krebs. Krebs, welcher schon gestreut hatte. Die Wellen des Lebensflusses schlugen über den dreien zusammen und drückten sie unter Wasser.

Das war eine ganz schlimme Zeit gewesen.

Ares sammelte sich. »Sie haben einen Gärtner? Und sie haben den Gärtner eingeladen? Und die Vorbesitzer auch? Wer macht denn so was? Haben sie keine Freunde? Und seine Mutter? Das klingt nach noch weniger Spaß, als ich eh schon befürchtet habe.«

Er schaute sie an, sie runzelte die Stirn, dann fingen beide an zu lachen. Langsam hob er seine rechte Hand aus der Jackentasche und zog mit ihr Kreise in der Luft.

AGATHA

»Es waren die Flecke in der Armbeuge und der Nagellack«, fing er an. »Du trägst normalerweise sehr unauffälligen, hautfarbenen Nagellack, und heute sind die Nägel rot. Du hast sie schon gestern lackiert, das sehe ich daran, dass sie an zwei Stellen schon wieder abgebrochen sind. Wir wissen beide, wie unachtsam du mit deinen Nägeln bist, also hast du sie für ein besonderes Event am gestrigen Tage angemalt und nicht für heute. Du hast mich in einem recht späten Zug bestellt, ich gehe davon aus, dass du nicht wolltest, dass ich noch in deine Wohnung komme, sondern wir direkt den Weg hierhergehen müssen. Ich sollte wohl nicht sehen, dass dort viel Unordnung herrscht, vielleicht noch Sachen von Boris herumstehen, aber neben all den Sachen kein Boris herumsteht. Darüber hinaus riechst du leicht nach Rauch. Du rauchst nur selten und nur, wenn du unter großem Stress stehst. Dein Hosenanzug ist neu, hat aber Make-up- und Nagellackspuren. Du warst nervös und unachtsam. Boris und du hattet gestern eine Aussprache, du hattest Sorge davor. Daher auch der Nagellack, daher der neue Hosenanzug in Schwarz. Du warst im Angriffsmodus. Du wolltest etwas verändern, es zum Guten drehen. Aber es funktionierte nicht, der Versuch ging ins Leere, und Boris ging. Danach hast du sehr viel geraucht und sehr wenig geschlafen. Wenn jemand Augenringe und eine schlechte Nacht erkennt, dann ich. Es ist richtig schiefgegangen. Es ist aus zwischen euch. Das tut mir sehr leid für dich.«

So nah dran.

»Shit.« Sie schaute ihn mit offenem Mund an. »Das kam überraschend.« Ihr Blick folgte einer wirbelnden Schneeflocke. »Ja, es ist aus mit Boris«, sagte sie. »Es war der Spruch mit den alten Männergehirnen, oder?«

Er lächelte verschmitzt. »Es war definitiv der Spruch mit den alten Männergehirnen. Aber es war auch ohne meine ganze Beobachtungsgabe klar. Wenn das mit Boris gut laufen würde, hättest du ihn heute Abend dabei und nicht mich. Dafür braucht es nun wirklich keinen Ares Rot.«

Sie machte einen kleinen Hüpfer.

Sehr gut, sehr gut.

Sie würde diese Seite heute an ihm brauchen, das Scharfsinnige, das Deduktive. Er musste an sich glauben, damit die Pläne, die sie hatte, auch so realisiert werden würden.

Sie hakte sich bei ihm ein. »Komm, alter Mann, die letzten paar Meter schaffen wir auch noch.«

Diese Straße fühlt sich immer an wie das Ende der Welt.

Sie war sehr froh, sich so unbeschwert bei ihm einhaken zu können. Sie waren gute Freunde, sie waren nie mehr gewesen, sie würden auch nie mehr sein, das war beiden klar, und beide waren damit sehr glücklich.

Beide blieben gleichzeitig stehen, als sie die Kuppe überwunden hatten und das alte Haus vor ihnen lag. Beide ließen sie staunend und schweigend den imposanten Anblick auf sich wirken.

Was wohl mehr Ehrfurcht auslöst? Das, was ich sehen kann? Oder das, was ich nicht sehen kann?

Das ehemalige Herrenhaus war ein großer, steinerner Bau, verwinkelt, mehrstöckig, Altbau. Die Größe verlieh ihm eine Wuchtigkeit, welche an vielen Stellen durch Verspieltheit, kleine Erker, merkwürdige Kurven und eine Farbenvielfalt einer gefühlten Leichtigkeit wich.

Die Außenmauer war an manchen Stellen weiß verputzt, durch die braunen Wurzeln abgestorbenen Efeus »verziert«, an anderen Stellen unverputzt grau, stellenweise sogar mattrötlich, je nachdem welche Steine verwendet worden waren.

Die roten Sandsteine der Hinterpfalz. Traumhaft.

Ihr Weg führte sie in einen großen, rund angelegten Innenhof, der einladend in den riesigen Garten ging. Aber das war nicht ihr Ziel heute. Sie würden die große, steinerne Treppe erklimmen und vor dem eindrucksvollen Eingangstor zum Stehen kommen.

Das Dach des alten Hauses war mit dunkelgrauen, fast schwarzen Schindeln gedeckt, welche langsam von dem liegen bleibenden Schnee weiß überdeckt wurden. Der Innenhof und die große Tür waren ausgeleuchtet, aber schon wenige Meter hinter dem Lichtkreis verschwamm der Blick, konnte die winterliche Dunkelheit nicht durchdringen. Die Fantasie, angestachelt durch diesen Ort, die Geräusche und Gerüche, machte das Gebäude noch eindrucksvoller. Es könnte in den Schatten eine Piratenhöhle beinhalten oder eine entführte Prinzessin. Oder irgendwo in diesem Gebäude saß gerade ein grauhaariger Erfinder über einem alten Pergament und entwickelte ein neues Fluggerät.

Solche Gebäude haben Geschichte, sie leben auf ihre Art und Weise. Es kitzelt unsere Fantasie, geht in einen Austausch mit ihr.

Ihr Blick wanderte über die Front und die Fassade, aus dem Lichtkreis heraus zu der Umgebung. Der Garten musste riesig sein. Auch hier übernahm nach wenigen Metern die Dunkelheit die Herrschaft und machte eindrucksvoll klar, dass dies ihr Reich war. Dort, wo sie etwas sehen konnten, bemerkten sie, mit wie viel Liebe zum Detail überall kleine Hecken, Büsche, Bäume und

Beete angelegt waren. Die Beete waren mit Tannenzweigen abgedeckt, um sie gegen die Kälte zu schützen, die Hecken waren perfekt in Form geschnitten, ein steinerner Weg lief wie von der Hand eines Riesen sanft hingetupft durch den Garten und verschwand links und rechts von ihnen hinter dem Haus.

ARES

Ares konnte sich vorstellen, wie das Haus und insbesondere der Garten an einem Sommertag aussehen mussten, wenn alles blühte, wenn der Efeu und die Hecken zusammen mit vielen Blumen und Kräutern das Ganze in ein funkelndes und farbenfrohes Juwel verwandelten.

»Sie leben hier echt abgeschieden, aber auf dieses Kleinod wäre Gott in Frankreich neidisch.« Agathas etwas belegte Stimme brach das magische Schweigen. Sie wusste nicht, wie lange sie das Gebäude und den Garten angestarrt hatten.

Ares nickte. Langsam gingen sie weiter, ließen den mächtigen, alt aussehenden Holzzaun, welcher nur für den Weg unterbrochen war, hinter sich und erreichten den Innenhof mit einem Brunnen im Zentrum.

Leider ohne Wasser gerade. Das Plätschern muss sich toll anhören.

Während sie langsam auf die Steintreppe zuschritten, hatte Ares auf einmal das dumpfe Gefühl einer bösen Vorahnung. Ein leichter Schauer lief über seinen Nacken, als ob zwischen den Hecken oder hinter den Bäumen jemand lauern und sie verschlingen würde, wenn sie es wagten, dieses Juwel zu betreten.

Ist es ein Frevel, etwas so Magisches zu betreten? Und wenn ja, welche Strafe steht darauf?

Etwas benommen schüttelte er den Kopf und setzte den ersten Fuß auf die Steintreppe. Das hier war eine eigene kleine Welt. Eine eigene kleine Welt mit eigenen Regeln und eigenen Gesetzen. Er hatte das Gefühl, dass er nicht wusste, nach welchen Regeln hier gespielt wurde.

Es endet nie gut, wenn man ein Spiel spielt, dessen Regeln man nicht kennt.

Ares hielt Agatha die Tür auf, während er versuchte, sein schlechtes Gefühl zu ignorieren.

In weiter Ferne schlug eine Kirchturmuhr.

5

FELIX

Felix rannte hektisch schnaufend zwischen Wohnzimmer und Badezimmer hin und her. »Kann ich das anziehen?« Er zupfte an einem Hemd, welches ihm eindeutig zu groß war. »Also so generell und überhaupt. Oder doch das weiße Hemd? Ich weiß, du magst das weiße Hemd, aber ich finde, ich sehe dick darin aus. Zumindest dicker als im anderen.« Er hüpfte nur mit einer Socke am rechten Fuß, mit offener Hose und einem zerknitterten hellblauen Hemd, welches er in die Hose zu stecken versuchte, wieder ins Wohnzimmer. »Schau doch mal! Du schaust ja gar nicht. Ich bin wirklich dick geworden. Ich zieh den grauen Pulli noch darüber. Ist ja auch Winter, oder? Was meinst du, Liebling?«

Während er mit offener Hose wieder hinaushüpfte, ohne eine Antwort abzuwarten, schlug die große Wanduhr siebenmal.

»So eine Scheiße.« Er zuckte zusammen. »Sagt man nicht, weiß ich doch. Meine Jungs würden jetzt schimpfen.«

Seine Stimme wurde leiser, während er sich weiter entfernte, dann gab es einen lauten Schlag, dann einen dumpfen Aufprall. »Nichts passiert«, drang schmerzverzerrt seine Stimme durch die Tür.

WANDA

Wanda seufzte. Sicherlich hatte er wieder den Staubsauger umgeworfen, der neben dem Regal im Bad stand.

Wahrscheinlich fällt der Staubsauger aus Schreck über seine Wortwahl schon um, wenn Felix nur in der Nähe ist.

Langsam fuhr sie mit der Hand über ihre raspelkurzen blonden Haare. Durch das sehr helle Blond wirkte es noch glatziger, wie sie es nannte. Sie hatte vor dem Abend überlegt, ob sie ihre Perücke aufziehen sollte, sich dann aber dagegen entschieden. Zusammen mit ihrer sorgsam gezüchteten sehr hellen, fast weißen Hautfarbe und ihrem fast knabenhaften, mageren Körper wirkte sie wie ein Geist.

Ein magischer Geist.

Dank der Chemotherapie hatte sie den Krebs besiegt, wenn auch nach einem harten Kampf. Sie war immer dünn gewesen, aber die Chemo hatte sie die zehn Kilo abnehmen lassen, die vorher Kurven und Weiblichkeit definiert hatten.

Wanda legte sehr viel Wert auf Optik und Kleidung, solange es nicht zu anstrengend war. Manchmal überlegte sie, ob das ihre estnische Herkunft oder einfach ein Klischee war.

Teure Kleidung und Glitzerschmuck?

Ja, gerne.

Ausgefallenes Make-up, das stundenlange Arbeit vorm Spiegel bedeutete?

Nein, vielen Dank.

Wer brauchte auch besonderes Make-up, wenn man von Natur aus etwas Besonderes war? Im Stehen wippte sie leicht auf den Zehenspitzen nach vorne und nach hinten. Auch nach über zwanzig Jahren sah man ihr die Ballettschule aus ihren Kinderzeiten noch an. Eleganz und Grazie waren das Hauptmerkmal jeder ihrer Bewegungen, auch wenn Training, jetzt, wo kein Zwang von außen mehr auf sie ausgeübt wurde, schon lange nicht mehr Teil ihres Lebens war.

Armu.

So hatte ihr Vater sie früher immer genannt. Armu. Estnisch für Grazie.

Wanda lächelte. Ihre spitzen Wangenknochen schoben sich durch das Lächeln etwas nach oben und steigerten den geisterhaften Eindruck noch.

Etwas zu ihrer Rechten zog ihre Aufmerksamkeit auf sich, sie drehte knackend den Kopf, Knochen bewegte sich auf Knochen. War da eine Bewegung draußen gewesen? Hatte ihr Unterbewusstsein etwas wahrgenommen? Sie glaubte ihrem Unterbewusstsein. Immer und überall. Langsam trat sie ans Fenster und blickte hinaus.

Was ist das?

Ihr Blick suchte etwas, huschte durch das umfassende Dunkel.

Eine steile Falte erschien auf Wandas Stirn. Sie hätte schwören können, dass sie da draußen eine Bewegung gesehen hatte, zwischen den Bäumen. Etwas Großes, Dunkles.

Ein Mann?

Einer der Besucher? Das war möglich, aber sehr unwahrscheinlich. Der Blick vom Wohnzimmer ging nach hinten in den wilderen Teil des Gartens hinaus, alle Besucher kamen vorne an. Der Eingangsbereich war beleuchtet, das sollte niemand übersehen können.

Sie drückte ihr Gesicht näher ans Glas; durch das Licht im Zimmer und die Dunkelheit draußen war es schwer zu erkennen, aber sie hatte das Gefühl, dass sich da etwas bewegte, ein Schatten zwischen den Bäumen. Was war das? Vielleicht nur ein Tier? Ein kleiner Schwarm Raben? Raben waren neben Hirschen ihre Seelentiere.

Vielleicht überbringen sie mir einen Gruß aus der Anderswelt für meinen besonderen Abend.

Langsam drückte sie dem Fenster einen Kuss auf.

FELIX

»Wanda, kommst du jetzt endlich? Mach dich bitte fertig. Mit allem jetzt. Was alles mit dazugehört. Du siehst natürlich toll aus, wie du jetzt aussiehst. Ganz egal, was du anziehst. Meine Mutter steht jede Sekunde in der Tür …«

Er steckte seinen Kopf durch die Tür und rieb sich eine rote Stelle an seiner Schläfe.

»'tschuldigung. Wollte dir keinen Befehl geben. 'tschuldigung.«

Weg war er wieder.

WANDA

Mürrisch verzog Wanda die Mundwinkel und löste sich vom Fenster. Sie hasste Druck, und sie hasste es, gehetzt zu werden. War doch ihr Haus, und es hatte sicher niemand ein Problem damit, sie in Jogginghosen zu sehen. Oder eben nackt. Auch wenn sie natürlich deutlich besser in ihrem schwarzen Kleid mit den Nieten und Schnallen aussah. Sie mochte ihre spirituelle Seite und die Gothic-Szene, und diese Kombination durfte man sehen.

So!

Sie ging durch das Wohnzimmer zum Flur, die Treppe hinauf ins gemeinsame Schlafzimmer, ließ auf der Treppe ihre Jogginghose und den weiten Pullover fallen und suchte ihr schwarzes enges Kleid mit den silbernen Schnallen im Kleiderschrank.

Nicht silbern. Mondlichtfarben. Und mal ohne BH heute.

FELIX

Felix schnaufte und merkte, dass er wieder anfing zu schwitzen. Eilig klaubte er die fallen gelassene Kleidung seiner Verlobten auf und warf sie in den Wäschekorb. Je entspannter seine Partnerin wurde, desto angespannter war er. Und der Gedanke an die harte Zeit, die hinter ihnen lag, ließ seine stechenden Magenschmerzen wieder aufflammen.

Als ob mir jemand ein Messer in den Leib sticht und es rumdreht.

Mit einer Hand strich er sanft über seinen Magen, als die Erinnerungen wieder hochkamen. Wanda und er waren nach einem großen Streit ein Vierteljahr – ganz genau zweiundneunzig Tage – getrennt gewesen, daher wusste er nicht genau, wann ihre Magenschmerzen angefangen hatten. Natürlich war sie nicht zum Arzt gegangen, sondern hatte einfach normal weitergemacht.

»Ist von allein gekommen, wird von allein auch wieder weggehen.«

Als er sie endlich zum Arzt geschleppt hatte, hatte der Krebs schon gestreut. Und als sie sich dann zu einer Therapie samt Chemo und Bestrahlung durchgerungen hatte, wollte sie unbedingt vorher noch mal Urlaub im Norden machen. »Um genug Kraft zu tanken.«

Felix fuhr sich mit der Hand über die Stirn, sie war nass. Wie sagte sein Therapeut immer so schön? »Herr Knaut, Sie können nicht den Stress für sich UND für Ihre Frau übernehmen. Lassen Sie den Stress Ihrer Frau auch bei ihr.«

Den Stress bei ihr lassen. Guter Witz, Herr Therapeut.

Wenn er den Stress bei ihr ließ, war er einfach für sie nicht mehr da. Dann ging sie einfach tagelang nicht aus dem Haus, rief bei Ärzten nicht zurück und ignorierte Briefe und Rechnungen. »Das Universum kümmert sich um mich«, sagte sie dann.

Beim ersten Besuch nach der Trennung hatte er siebenundzwanzig ungeöffnete Briefe in ihrer Wohnung gefunden.

Ohne Agatha und ihn wäre Wanda sicher nicht mehr hier. Dafür war sie zwar dankbar, doch glaubte er nicht, dass sie wirklich wusste, was der Stress, die Trauer, die Verlustangst, insgesamt die ganze Angst wirklich für ihn und insbesondere für Agatha bedeutet hatten. Aga hatte über viele Wochen kaum geschlafen, kaum gearbeitet, nur Paper und Artikel gelesen, sich mit Ärzten unterhalten, in Laboren angerufen, alles, wirklich alles *(alles!)* Menschenmögliche und Unmögliche getan, um Wanda zu retten.

Felix' Blick wanderte über das Regal zu seiner Linken. Wanda hatte nach ihrer Erkrankung eine ganze Apotheke an Medikamenten nehmen müssen. Alle mit unaussprechlichen Namen, sehr viele »x« und »lis« und »angs«. Er hatte das alles gelernt, wusste genau, welche Medikamente in welcher Dosis mit welchen Effekten eingenommen werden mussten. Das war nicht einfach, unter Stress fielen ihm manchmal Wörter nicht mehr richtig ein. Auf einigen Verpackungen hatte er mit einem Kugelschreiber Anmerkungen der Ärzte geschrieben.

Seine müden Augen blickten ihn aus dem Spiegel an. Zwei unterschiedliche Augen warfen den Blick zurück. Sein linkes Auge war blau, sein rechtes braun.

Heterochomos oder Heterochrimos. Wie hieß diese Augenerkrankung noch mal?

Er atmete tief ein, hielt kurz die Luft an und atmete dann schwer aus. Sie hatten den Kampf gewonnen, zu dritt, Agatha, er und seine Wanda gegen jede Wahrscheinlichkeit. Die Ärzte hatten Wanda abgeschrieben, das Hospiz schien die Endstation zu sein. Kaum ein Arzt wollte ihr noch eine Chance geben, geschweige denn operieren. Inkurabel hieß es dann.

Aber Aga hat dann doch einen Arzt gefunden.

Das Badfenster über dem Regal sprang plötzlich auf, ein eisiger Wind fuhr herein und ließ ihn frösteln. Aber war es wirklich die Kälte, die ihm eine Gänsehaut bescherte?

Langsam beugte er sich nach vorne und drückte das Fenster wieder zu. Er würde dem – handwerklich sehr begabten – Gärtner Alfred später noch einmal sagen, dass es hier wirklich einen Riegel bräuchte, denn das Fenster sprang immer mal wieder von alleine auf. Ludwigswinkel war ein Dorf, und die Nachbarn ließen ihre Garagen offen und die Haustüren unverschlossen, aber Felix kam aus München, und dort schloss man immer ab.

Die große Fichte direkt vor dem Fenster wippte in der dichten, verschlingenden Dunkelheit bedrohlich von links nach rechts. Der Wind und der Schneefall hatten zugenommen, die weißen Spuren auf den Ästen waren deutlich zu sehen.

Mit der Zahnbürste in der Hand versuchte Felix, sich gleichzeitig die Zähne zu putzen und seine zweite Socke anzuziehen, während er darauf wartete, dass es an der Tür klingelte. Seine Mutter war immer überpünktlich und würde es nicht akzeptieren, wenn er nicht fertig angezogen und gestriegelt die Tür öffnete. Leider hatten ihre Freunde Laura, Nis und Thomi abgesagt.

Vielleicht ist eine Party zwischen den Jahren einfach keine gute Idee.

Auch Wandas Medium Georga hatte keine Zeit.

Das würde meine Mutter auch nicht verstehen. Ein Medium, nein, das hat in ihrer Welt keinen Platz.

Die harten Bässe eines Rammstein-Liedes drangen durch das Haus. Wanda zog sich wahrscheinlich gerade an. Sie hörte gerne Hardrock, während sie sich in aller Ruhe schminkte. Wie konnte ein einzelner Mensch nur so sehr zwischen innerer Mitte und Lethargie pendeln?

Gehört das zusammen? Oder sind das zwei unterschiedliche Charaktereigenschaften?

Felix wurde schon rot und wollte vor Scham im Boden versinken, wenn ein Busfahrer zehn Sekunden auf ihn warten musste. Wanda würde den Busfahrer drei Tage warten lassen und nicht verstehen, warum er sauer auf sie war.

Wahrscheinlich wäre er nicht sauer. So toll und attraktiv, wie sie ist, kann niemand lange böse auf sie sein.

Gedankenverloren knöpfte sich Felix seine Hose falsch zu, als es an der Tür klingelte. Erschreckt wollte er loslaufen, als er bemerkte, dass seine Haare immer noch wild abstanden.

Gehetzt blickte er auf, es klingelte erneut.

6

ALFRED

Immer wieder lief Alfred in seinem kleinen Wohnzimmer auf und ab. Ausgerechnet jetzt, wo er eine Entscheidung treffen musste, schwieg Gertrud.

Wie unpassend. Sag doch was, Schatz!

Sein linkes Knie schmerzte bei jedem Schritt, und sein Nacken knackte wie trockenes Holz, als er seinen Kopf bewegte. »Gertrud? Bist du da? Was mach ich jetzt mit der Waffe?« Ein tiefes, weinerliches Stöhnen entrann seiner Brust. »Bitte!«

In der Mitte des großen, schweren Wohnzimmertisches, um den Alfred seine Runden lief, lag eine Pistole. Sie sah alt aus, der braunschwarze Griff wirkte angerostet, die leicht verzogene Trommel ebenfalls. Dennoch hatte Alfred Angst. Angst vor dieser Waffe. Angst, für was sie stand. Unstet huschten seine Augen hin und her, seine buschigen grauen Augenbrauen standen wirr nach oben; ohne es zu bemerken, kratzte er sich mit der rechten Hand immer wieder am linken Unterarm. Die Waffe in der Mitte des Tisches stieß ihn ab und zog ihn gleichzeitig an.

Diese Waffe hatte noch keine Zerstörung gebracht, war noch nie abgefeuert worden. Alfred wusste nicht einmal sicher, ob sie noch funktionierte, und er würde den Teufel tun und es testen. Gertrud war vor ein paar

Jahren von einem deutlich jüngeren Verehrer *(Verehrer? Das war ein Bastard!)* über ein paar Wochen belästigt worden. Er hatte ihr auf dem Heimweg aufgelauert, war ein paarmal hier auf dem Gelände aufgetaucht und hatte Alfred mit einem Stein verletzt. Nie davor und auch nie wieder danach hatte er erlebt, dass seine Frau Angst vor etwas hatte.

Nicht einmal, als sie auf dem Sterbebett lag.

Noch mehr Angst hatte sie allerdings vor ihm gehabt, als er heimlich diese Waffe besorgt hatte und ihr stolz demonstrieren wollte, dass er sie beschützen konnte. Beschützen vor diesem Bastard. Das war die schlimmste Krise, die sie in sehr vielen, sehr guten, aber auch ein paar wenigen schlechten Jahren gehabt hatten. Die Streitigkeiten waren eskaliert. Ein Wort gab das andere, er war laut geworden, etwas, worauf er nicht stolz war. Gertrude war in dem Moment ganz still geworden, einfach ganz still. Sie hatte nichts gesagt, ihn einfach nur überrascht und dann sehr traurig angesehen, war ins Schlafzimmer gegangen und hatte ihre Koffer gepackt.

Ich hatte ihr diesen kleinen blauen Koffer erst ein paar Wochen vorher geschenkt.

Sie blieb nur drei Tage bei ihrer Mutter, danach kam sie zurück. Die Waffe wurde nie wieder erwähnt. Gertrud fragte nicht, und er sagte nichts dazu, hielt die Waffe versteckt. Vor sich, vor ihr, vor der Welt.

Bis heute.

Wieder umkreiste er den Tisch und starrte auf die Waffe. »Wegen dir habe ich damals fast meine Frau verloren.« So ein Scheißteil. Würde sie Frieden oder Vergeltung bringen? Konnte ein Schießeisen überhaupt Frieden bringen? Und warum sprach seine Frau nicht mehr mit ihm?

Er hieb mit der Faust auf den Tisch.

Verdammt, verdammt, verdammt.

Er fühlte sich so allein wie noch nie zuvor in seinem Leben. Es war nicht so, dass er das Alleinsein nicht gewohnt war. Viele Freunde hatte er nie gehabt. Eigentlich gar keine. Er hatte Gertrud gehabt, auch nach ihrem Tod war sie noch bei ihm. Und Vanessa, die erste Tochter der Vorbesitzer. Ein wahres Goldstück. Sobald sie laufen konnte, hatte es sie in den Garten und auch in die umliegenden Wälder gezogen. So ein verrücktes Kind. Den ganzen Tag draußen, mit dem Sonnenaufgang im Garten, mit dem Sonnenuntergang ins Bett. Sie wollte alles wissen. »Wie heißt diese Pflanze, A-fred?« Sie hatte ihm einen Spitznamen gegeben, der erste und einzige Mensch, der das je getan hatte. Davon abgesehen, hätte er es wohl auch sonst bei niemandem geduldet. Dabei war es nicht mal ein absichtlicher Spitzname, sie konnte anfangs seinen Namen nicht richtig aussprechen, und dabei war es geblieben.

»Warum macht diese Biene das da, A-fred?« Ein langes A, dann eine kurze Pause, dann ein schnelles, genuscheltes Fred.

So ein Wirbelwind, so viel Energie in einem so kleinen Körper.

Bis dieser Wirbelwind von einem auf den anderen Tag verschwunden war und die Welt nie wieder die gleiche gewesen war. Ihre Eltern gingen von einer Entführung aus, die Polizei wurde eingeschaltet, wochenlang durchsuchten Suchteams, Spezialisten und Einheimische die

Gegend und die Wälder, sogar Fernsehteams waren vor Ort. Es wurden landesweit Suchaufrufe gestartet, selbst in den angrenzenden französischen Gebieten war es das alles beherrschende Thema in den Nachrichten gewesen. Alfred und Gertrud waren bei jeder Suchaktion dabei; die Ersten, die morgens in die Wälder gingen, und die Letzten, die abends, weit nach Sonnenuntergang und komplett durchgefroren, nach Hause kamen.

In einem Punkt hatte Gertrud damals unrecht gehabt. Dieser Schmerz ist nie vergangen.

Die Suche aufzugeben hatte ihm das Herz gebrochen. Zu der Zeit hatte Gertrud sich sogar ein tragbares Telefon angeschafft, um Tag und Nacht erreichbar zu sein, wenn Vanessa gefunden würde.

Der Anruf kam nie.

Vanessa war nie wieder aufgetaucht, vor einigen Tagen hatte sich ihr Verschwinden zum dreizehnten Mal gejährt.

Bis gestern hatte ich gelernt, damit zu leben. Bis gestern war es ein Stachel, der sich tief in mein Fleisch gebohrt hat, aber ich kannte ihn und hatte gelernt, damit zu leben. Der Teufel, den man kennt.

Sein Fund gestern hatte diesen Stachel aus Feuer, Hoffnung und Schuld mit einem Hammer tief in ihn hineingetrieben.

»Ich weiß, du verstehst das nicht, Gertrud. Ich weiß, du bist sauer wegen der Waffe. Aber hier geht es um Vanessa. Lass mich jetzt nicht allein.« Er zögerte vor seinem letzten »Bitte«.

Wenn sie dann nicht antwortet, wird sie vielleicht nie wieder antworten.

»Bitte!« Er schrie es heraus.

Langsam zählte er in Gedanken die Sekunden, sie verrannen wie Wassertropfen auf dem Steinweg um das Haus herum an einem heißen Augustmittag.

Keine Antwort.

Alfred stand allein im Halbdunkeln, das Deckenlicht flackerte. Dann nahm er die Waffe und steckte sie in seine lederne, graubraune Bauchtasche. Sie passte nicht zu seinem grün karierten Hemd und auch nicht zu den braunen ausgeleierten Cordhosen, aber was hätte er tun sollen?

Reiß dich zusammen!

Er drückte seine Schultern durch. Er hatte bei Wind und Wetter seine Pflicht getan, war ein guter Ehemann, ein guter Arbeiter und ein bemühter Vater gewesen. Niemand würde ihm nachsagen können, dass er sich hätte gehen lassen nach dem Tod von Gertrud.

Ach, Gertrud.

Am Tag nach der Beerdigung hatte er Blumen gepflanzt und Hecken geschnitten. Er hatte weitergemacht, Trost in seiner Arbeit gefunden und Trost in seinen Gesprächen mit seiner verstorbenen Frau, von denen er nie jemandem auch nur ein Wörtchen erzählte.

Jeder Mensch hat Geheimnisse, das wusste Alfred nur zu gut. Auch er hatte seine Geheimnisse. Mit der Hand fuhr er über die Waffe in seiner Bauchtasche. Die Waffe, weswegen seine Frau drei Tage ausgezogen war und jetzt nicht mehr mit ihm redete.

Vielleicht nie wieder.

Er blickte zur Tür. *Aber auch die Menschen auf der Feier werden Geheimnisse haben.* Eins davon hatte er gestern entdeckt.

Ein letzter Blick in den Spiegel, die Augenbrauen zusammengezogen, der Mund ein Strich. Er war bereit, etwas Schreckliches zu tun.

»Es tut mir leid, Gertrud. Ich weiß, du wirst mich dafür hassen, allein für den Gedanken, was ich tun will. Ich weiß nicht, ob ich die Kraft haben werde, aber ich muss es versuchen. Nicht für dich. Sicher nicht für mich. Für Vanessa.«

Mit diesem letzten Blick verließ er die Wohnung und lief langsam und unrund den Steinweg entlang um das Haus herum, bis er im Licht des hell erleuchteten Eingangs eine merkwürdige Frau stehen sah.

Im ersten Moment dachte er, dass er träumte, und im zweiten Moment dachte er, dass er wohl nicht träumte (er spürte den Knauf der Waffe durch den Stoff seiner Bauchtasche, das würde er sicher nicht träumen). Aber wenn er nicht träumte, wer war das? Und warum hatte sie solche Sachen an und einen riesigen Vogel auf dem Kopf?

Hannelore Knaut, Felix' Mutter, stand vor der Eingangstür und wäre sicher sehr verstimmt gewesen, wenn sie Alfreds Gedanken in diesem Moment hätte lesen können.

HANNELORE

Das war natürlich kein riesiger Vogel auf ihrem Kopf, sondern ein fünfhundertfünfzig Euro teurer Fedora mit goldenen Broschen und drei sehr langen Pfauenfedern, die den Hut wundervoll in Szene setzten.

Ich habe nun mal ein Hutgesicht. Manche werden damit geboren.

Auch ihre langen, wallend fallenden, bunten Gewänder waren in kunstvoller Arbeit perfekt aufeinander abgestimmt. Die Farben flossen ineinander, die Formen ergänzten sich, spielten mit dem Auge des Betrachters, neckten ihn. Je nach Blickwinkel gewährten sie einen kurzen Einblick in das ausladende Dekolleté oder verwehrten den Blick wieder. Das Funkeln und die Farbenfreude der Kleider, Unterkleider, des Rocks, des Überwurfs, der mehrgliedrigen Ohrringe, des Schals und des Halstuches verschmolzen zu einem Gesamtwerk, das mehr war als die Summe seiner Einzelteile. Vor wenigen Jahrhunderten hätten Könige dafür getötet.

Und für Frauen wie mich wären Kriege geführt worden. Helena von Troja. Hannelore Knaut.

Stöckelnd kam sie vor der Haustür an und versuchte, hinter ihrer riesigen verschnörkelten Sonnenbrille das Schild neben der Haustür zu lesen.

Keine Hunde, keine Werbung, Geister willkommen, stand da auf einem kleinen Messingschild geschrieben.

»Was ist das denn für ein Scheiß?«, murmelte sie leise zu sich selbst. Mehrere Lagen an Ohrringen, Ketten und Ringen klimperten leise bei jeder Bewegung, und viele kleine echte und weniger echte Diamanten brachen das künstliche gelbe Eingangslicht in allen Farben des Regenbogens.

Sie seufzte irritiert. Es war das erste Mal, dass sie ihren Sohn in seinem neuen Haus besuchte.

Dabei ist es nicht mal sein Haus, es gehört seiner verlotterten Verlobten.

Sie hatte diesen Gedanken nur gedacht, dann murmelnd ausgesprochen. Sie rühmte sich, das auszusprechen, was war. Einige ihrer besten Freunde in Bayern – *in München!* – waren Journalisten, daher empfand sie es als sehr wichtig und richtig, Gedanken, die nun mal da waren, auch auszusprechen. Das konnte manchmal verletzend sein, aber nur die Wahrheit befreite.

Freiheit ist unser höchstes Gut. Und Geld. Und Schönheit. Aber insbesondere Freiheit.

Daher sagte sie noch einmal laut: »Verlotterte Verlobte.« So. Das fühlte sich gut an.

»Huch!« Erschrocken schaute sie hinter sich, dort humpelte keuchend ein alter Mann die Stufen herauf, mit einer Cordhose an seinen Beinen, die vielleicht vor dreißig Jahren in Mode gewesen war, und einer Bauchtasche, die definitiv noch nie in Mode gewesen war.

Da er nicht reagierte, sagte sie noch mal laut: »Huch.« Er sollte wissen, dass er sie erschreckt hatte, und sie wollte auch ausdrücken, dass sie sich sicher war, dass er an der falschen Tür war.

Der ist sicher nicht eingeladen.

Sie musterte ihn. Sein Gesicht schien nur aus Falten zu bestehen, seine Augen waren eingefallen und fahl. Er sah aus, als ob er stank.

Zum Glück alterte sie in Würde und Demut und zerfiel nicht vor den Augen der anderen.

Ich hoffe, jemand erschießt mich, wenn ich mal so aussehe.

Leicht kräuselte sich ihre feine Stupsnase, bei der ein bekannter Münchner Schönheitschirurg ganze Arbeit geleistet hatte. Als der Alte wieder nicht reagierte, beschloss sie, etwas deutlicher zu werden.

Wahrscheinlich geistig verwirrt. Sind das nicht alle Leute aus dieser Gegend hier? So ganz ohne Kultur geht man sicher ein.

»Guten Abend, werter Herr.«

So war er sicher schon Jahre nicht mehr angeredet worden. Ob er diese Worte noch kannte?

Sie trat einen Schritt zurück, um nicht zu nah bei ihm zu stehen. Nicht, dass noch jemand dachte, dass sie zusammen gekommen wären. Der Mann reagierte immer noch nicht.

»Du musst dich an der Tür geirrt haben, die Feierlichkeit ist nichts für Personen wie dich. Aber mein Sohn hat einen angestellten Gärtner, der führt dich sicher zur Straße zurück.« Sie schüttelte den Kopf. »Gärtner ist eh ein komischer Beruf. Das ganze Jahr bezahlt werden und im Winter auf der faulen Haut liegen. Das wird man ja wohl noch sagen dürfen.«

»Ich bin der Gärtner«, sagte Alfred und drückte auf die gut sichtbare Klingel neben dem Messingschild.

»Seit wann stellt mein Sohn Asoziale ein?«, sagte Hannelore.

Alfred sagte nichts. Seine Bauchtasche wippte.

7

KATHRIN

»Expecto patronum.«
Emma sprang aus dem Auto heraus und fuchtelte wild mit ihrem Zauberstab herum. »Expelliarmus«, schleuderte sie einem in Form gebrachten Busch neben der Steintreppe entgegen.

Ein Blatt, eins der letzten an diesem Busch, löste sich, fiel langsam zu Boden, und Emma jubelte auf.

Ihre Mutter war mittlerweile ebenfalls aus dem schwarzen Porsche ausgestiegen und beobachtete, etwas schief lächelnd, das Treiben ihrer Tochter.

»Ich muss dich leider enttäuschen, mein Kind. Du wirst immer noch keine Zauberkräfte entwickelt haben. Außer, du bist für den Schnee verantwortlich?« Sie ging ums Auto herum, rückte die Winterjacke und den Schal ihrer elfjährigen Tochter zurecht und zog ihr danach ihre Sherlock-Holmes-Mütze wieder richtig auf.

Ich bin ja schon froh, wenn sie die zum Schlafen auszieht.

»Gibt's denn bei Harry Potter einen Zauberspruch, damit es aufhört zu schneien?«

Emma runzelte überlegend die Stirn, wippte von einem Fuß auf den anderen. »Nee, glaub nicht. Wüsste keinen. Wenn es in Hogwarts schneit, dann schneit es da. Da macht nicht mal Dumbledore was dagegen.«

Ulf, Kathrins Mann, kritisierte manchmal *(meist abends),* dass das Kind zu viel hinter Büchern hing und zu wenig Bezug zur Realität hatte. Allerdings konnte er das nicht beurteilen, dachte sie, während sie das riesige alte Herrenhaus musterte. Ihre Gesichtszüge spannten sich an, ein trauriger Flimmer glitt über ihr Gesicht.

Das ist früher unsere Heimat gewesen über so viele Jahre.

So viele tolle Erinnerungen, Emma war hier aufgewachsen, kannte das Haus, den Garten in- und auswendig.

»Nein, Matze. Nein! Das kannst du direkt wieder streichen, so haben wir das noch nie gemacht, mit der Scheiße fangen wir jetzt nicht an.« Ulfs tiefe Stimme drang aus dem Auto. Er saß noch hinter dem Steuer und telefonierte lautstark und wild gestikulierend mit seinem Arbeitskollegen Matthias.

Das ist wieder eine Woche schlechte Laune.

Sie wischte ihren Mann mit einer Handbewegung weg und schaute wieder nach vorne zu ihrem Kind, ihrem Sonnenschein. Emma versuchte gerade, auf der Steintreppe auf einem Bein zwei Stufen auf einmal zu überspringen. Ihr Mund war voller Konzentration zu einem Strich zusammengezogen, der Zauberstab fest umklammert, die Ohren der Mütze wackelten.

Es hatte ihr nicht gefallen, aus ihrem Zuhause herausgerissen zu werden, aber es hatte keinen Sinn mehr gemacht. Die Unterhaltskosten dieses riesigen Gebäudes hatten sie aufgefressen. Der Strom und insbesondere die Heizung für die weitläufigen, luftigen Altbauräume waren nicht mehr zu bezahlen, vor allem seit Ulf bei der versprochenen Beförderung und den Boni zweimal übergangen worden war und ihre finanziellen Rücklagen immer mehr zur Neige gingen.

Ich hätte mehr Geld dazuverdienen können, mehr beisteuern. Aber Emma braucht mich. Vielleicht war ich aber auch einfach zu egoistisch.

Traurig ließ Kathrin den Kopf hängen, sah ihre weißen Winterstiefel im Schnee stecken, darüber die schicke weiße Hose. Sie trug nie Kleider oder Röcke, auch nicht bei ihrem Halbtagsjob im Bürgerbüro in Dahn.

Dann sieht jeder meine Schenkel.

Ihr Gehirn verband den Anblick ihrer Beine immer mit denselben zwei Themen. Dem Joggen. Und ihrem Vater. Jeden Morgen in diesem Haus war sie über diese Treppen gelaufen, hatte sich gedehnt und war dann zu ihrem morgendlichen Lauf aufgebrochen. Es gab nichts in ihrem Leben, das sie so konsequent verfolgte wie das Laufen. Sie wusste auch, warum ihr das so wichtig war.

Wegen meines Vaters. Und dem, was er immer gesagt hat.

Seine Stimme hallte durch ihren Kopf. *Hör auf mit diesem Joggen. Das macht dicke Beine. Lerne, zu kochen und eine gute Ehefrau zu sein.*

Emma sprang drei Stufen auf einmal herunter, Schnee wirbelte auf, umhüllte das jauchzende Mädchen.

Das kann sie in ihrem neuen Zuhause leider nicht mehr machen.

Sie hatten ein süßes, deutlich kleineres Häuschen drei Dörfer weiter in Bundenthal gefunden. Es hatte einen Garten und nach hinten hinaus sogar einen Zugang zu der Wieslauter, aber es war natürlich nicht so imposant und beeindruckend wie das alte Herrenhaus.

Und auch nicht so magisch.

In der Welt, in der Ulf lebte, eine Welt, in der Status, Erfolg, Ansehen und Außendarstellung sehr viel, wenn nicht alles waren, war das neue kleine Häuschen gerade noch in Ordnung. Aber es war eben nicht das alte Herrenhaus eines Landgrafen. Er hatte verloren, und er hasste es zu verlieren. Das machte die Ehe nicht einfacher.

Mein altes Haus.

Sie war nach dem Abschied noch ein paarmal hier gewesen, hatte die Dinge geregelt, die es zu regeln gab. Es hatte sich sogar eine Art Freundschaft zwischen ihr und den neuen Besitzern entwickelt. Auch hatten sie und Emma noch Freunde im Dorf, und Emma und sie mochten ihren alten Gärtner, Alfred, sehr, und so war es immer ein herzliches Willkommen gewesen.

Wie oft waren Emma und ich zusammen seit dem Auszug hier gewesen? Dreimal, oder?

Sie fuhr sich langsam über ihre linke Seite, das Stechen schien fast von der Höhe des Herzens zu kommen. Kathrin hatte diese Zeit des Jahres, die Tage zwischen den Jahren, hier in diesem Haus immer besonders geliebt. Wenn die Welt sich rasend schnell drehte und alles rannte, dann war sie manchmal einsam in diesem riesigen Haus gewesen, auch wenn sie Emma und Alfred hatte. Ulf hatte das nie verstanden, aber Ulf war auch jeden Tag zwischen zehn und vierzehn Stunden weg, er konnte das nicht verstehen.

Aber in den Raunächten, in der Zeit zwischen Weihnachten und den ersten Januartagen, war es anders. Die ganze Welt kam dann zur Ruhe. Alles drehte sich langsamer, die Welt war im besten Fall in ein zartes Weiß getaucht, und Kathrins Seele blühte auf. Das verband sie mit Wanda, diese hatte ebenfalls einen besonderen Blick auf diese spirituelle Zeit.

Ihr hartes Gesicht nahm einen etwas entspannteren Ausdruck an, während sie in Gedanken an diese Tage in diesem Haus schwelgte. Sie buk in dieser Zeit gerne stundenlang Plätzchen mit Emma, oder sie bauten Schneemänner *(Schneezauberer für Emma)* oder saßen zu zweit, manchmal auch mit Alfred zusammen oder mit Ulf, wenn er mal da war, vor dem Kamin und lasen sich gegenseitig Geschichten vor. Alfred liebte es, die alten Grimm-Märchen vorzulesen, das waren seine Geschichten, wenn er mit Lesen dran war. Emma las meistens etwas von Harry Potter vor, und Kathrin liebte die alten Krimis rund um Agatha Christie. So wurde reihum durchgewechselt, die Tage vergingen, und Kathrins Seele erstrahlte wie eine kleine Rose auf einem verwitterten Friedhof.

Sie blickte an dem Haus hoch. Hier hatte sie ihr erstes Kind verloren. Emmas Schwester, welche diese nie kennenlernen durfte. Es hatte nach Vanessas Verschwinden lange gedauert, bis Kathrin wieder so etwas wie glücklich geworden war.

»Nein, kein weiteres Kind! Bitte überrede mich nicht dazu! Ich ertrage es nicht! Was passiert, wenn ich das auch verliere? Das überlebe ich nicht, Ulf.«

Immer und immer wieder hatte sie das gesagt. Aber Ulf hatte gemeint, das würde ihr guttun, hatte sich durchgesetzt *(wie immer)*, und er hatte recht behalten. Sie wurde wieder schwanger, etwa ein Jahr nach Vanessas Verschwinden. Anfangs hatte sie große Angst gehabt, alles machte ihr Angst. Sie hatte Angst, dass der Entführer zurückkommen und ihr auch noch Emma nehmen würde. Doch noch mehr Angst hatte sie, Emma nicht die gleiche Liebe und Aufmerksamkeit geben zu können, wie sie sie Vanessa gegeben hatte. Vielleicht würde sie die Mädchen vergleichen? Aber nichts davon war passiert. Emma wuchs behütet auf.

Kathrin ließ ihren Blick an der Außenfassade entlangwandern. Das Haus hatte Charakter, es hatte Geschichten zu erzählen. Schöne Geschichten, gruselige Geschichten, es hatte Geheimnisse. Es hatte dunkle Ecken, verwinkelte Giebel und Erker, in die nie jemand kam. Aber vor allem hatte das Haus ihr zweimal das Schönste geschenkt, was eine Frau wie sie vom Leben erwarten konnte.

Und einmal auch wieder genommen.

Sie nahm die jauchzende Emma in den Arm. »Wenn Papa noch lange braucht, gehen wir schon mal rein, ich friere hier am Boden fest.« Ihre dunklen Gedanken waren verflogen. Emma hatte immer diese Wirkung auf sie. Ihr Blick ging zurück zu ihrem Mann.

ULF

Ulf atmete tief ein, saugte die Luft regelrecht in seinen Brustkorb.

Wie konnte Matthias das nicht verstehen?

Über Jahre hatte Matthias immer gemacht, was man ihm gesagt hatte. Was er, Ulf, ihm gesagt hatte. Aber nächstes Jahr stand die nächste Beförderungsrunde an, und Matthias machte sich Hoffnungen auf eine Beförderung. Konnte man sich das vorstellen? Matthias? Befördert? An ihm vorbei? Damit würde er Ulfs direkter Vorgesetzter werden. Weisungsbefugt! Unvorstellbar.

Es ist erschreckend, was die Aussicht auf Geld und Macht mit der Loyalität der Leute macht. Alles, was er ist, ist er wegen mir!

Ulf fuhr sich mit der rechten Hand durch seine lichter werdenden, blonden Haare, die er stets mit Gel und Haarspray unterstützt nach hinten fallen ließ, sodass er elegant mit der Hand daran entlanggleiten konnte.

Er sah sich jetzt selbst im Rückspiegel.

Du siehst müde aus, alter Krieger.

Die unentwegten Kämpfe in der Firma, die ständigen Ellenbogen links und rechts, strengten ihn an. Es gab dort keine Freunde, es gab Leute, die einen Vorteil darin sahen, sich mit ihm gutzustellen, und es gab Leute, die einen Vorteil darin sahen, gegen ihn zu arbeiten. Das war es, diese zwei Kategorien gab es auf der Arbeit. Es gab Feinde und Freunde, die noch zu Feinden werden würden. Und er mittendrin. Immer auf der Überholspur, mit Adrenalin im Blut, immer mit dem Ehrgeiz und dem Fingerspitzengefühl, das zu tun, was getan werden musste. Was, es war notwendig, länger zu arbeiten, mehr zu tun als alle anderen? Dann war er der richtige Mann dafür. Es war notwendig, den Chef mit seiner Gattin zum Abendessen einzuladen, für eine passende Stimmung zu sorgen, der Gattin Komplimente zu machen und ihr guten Wein zu servieren? Dann war er auch der richtige Mann dafür, seine Frau und seine Tochter sorgten für das richtige Gesamtbild.

Alles lief so perfekt!

Bis es dann irgendwann nicht mehr perfekt lief. Nach Vanessas Verschwinden war er unkonzentriert gewesen, der Firma war ein Millionenschaden entstanden. Die geplanten Beförderungen kamen nicht, die Boni auch nicht. Das hatte ihn sein Haus gekostet.

Ulf sortierte seine abschweifenden Gedanken und fokussierte sich wieder auf das Jetzt. »Zeig allen, dass du ein Löwe bist. Du bist ein Angreifer, du frisst so jemanden wie Matthias einfach auf«, flüsterte er stimmlos zum Rückspiegel.

Alles, was dich nicht umbringt, macht dich härter.

Sich erst recht durchzubeißen, wenn das Leben einem dornige Herausforderungen in den Weg legte, darin war er einsame Klasse.

»Nein, du hörst jetzt zu, Matthias!« Er war laut geworden, drückte die Wörter aus seinem Mund wie Gewehrkugeln. »Ich bin mit meiner Familie unterwegs. Ich weiß, das kennst du nicht, Familie, und wenn du weiterhin so unfähig bist, wird dich auch weiterhin keine wollen. Du setzt das Projekt eins zu eins wie von mir geplant um. Noch bin ich dein Chef, und wenn ich nicht in drei Stunden eine Mail mit dem genauen Ablaufplan nach meinen Instruktionen in meinem Postfach habe, kannst du deinen verschissenen Schreibtisch noch heute Nacht räumen! Ist das klar?«

Ulf atmete aus.

Die Welt liegt denen zu Füßen, die den Mut haben, danach zu greifen.

»Ja, Chef, drei Stunden«, sagte Matthias und legte auf, ohne auf eine Erwiderung oder ein Wort des Abschieds zu warten.

Ulf blickte zum Haus, und wie immer zogen sich seine Mundwinkel nach unten. Er hatte das Haus an Leute verloren, die durch eine Erbschaft zu Geld gekommen waren.

Durch eine Erbschaft! Nur eigene Leistung zählt.

Ulf akzeptierte Menschen mit Geld, aber er akzeptierte sie nicht wegen des Geldes. Sondern wegen der Haltung, die viel Geld mit sich brachte. Er umgab sich gerne mit diesen Menschen, das färbte ab, er gehörte dann dazu. Dafür würde er arbeiten bis zum Umfallen.

Reichtum führt zu Reichtum, führt zu Unabhängigkeit. Nie wieder werde ich so abhängig sein wie früher. Nie wieder.

Er hatte es geschafft. Entgegen allen Statistiken und Vorhersagen der Leute war er weder arbeitslos wie seine Eltern geworden noch solch ein Versager.

Mit offenem Fenster rauchte er noch eine Zigarette. Eines seiner wenigen Laster, er rauchte gerne. Er versuchte es nicht vor Emma zu tun, aber gerade wenn er Stress hatte, war eine Zigarette sehr nötig.

Langsam stieg er aus, die Bügelfalte in der grauen Anzughose fiel perfekt. Das hatte Kathrin echt gut hinbekommen.

Sie ist eine tolle Frau.

Er schaute herüber, wie seine Frau mit seiner Tochter spielte und Spaß dabei hatte. Jeder Blick auf seine Familie brachte ihm die gleiche Einsicht. Anfangs hatte sie geschmerzt, aber an diesen Schmerz hatte er sich gewöhnt.

Diese Freiheit des Spielens war ihm nicht vergönnt, das war nicht sein Platz in diesem riesigen Puzzle, das sich Leben schimpfte. Er war ein Löwe, ein Gladiator, ein Kämpfer. Er stieg in die Arena und kam mit dem blutigen Stierkopf unterm Arm wieder empor. Er war von Karlsruhe in die Pfalz gekommen, da sie ihm hier eine Position mit Aufstiegschancen angeboten hatten. Er wäre auch nach Brasilien oder China dafür gegangen. Kathrin hatte das nie verstanden, nicht wirklich, aber trotz aller Unterschiedlichkeit führten sie eine gute Ehe. Auch wenn sie ohne das Kind längst gegangen wäre, da war er sich sicher.

So ein Versager. Schafft es nicht mal, eine Frau zu halten. Genau wie seine Eltern. Wahrscheinlich verliert er als Nächstes auch noch seinen Job, dann kann er direkt wieder in die Siff-Absteige zu seinen asozialen Eltern ziehen. Aus dir wird auch nichts. Aus dir wird auch nichts, aus dir wird auch nichts, aus dir wird auch nichts, aus ...

Er schüttelte diese Gedanken ab.

Nie wieder werde ich dorthin zurückkehren. Ich habe etwas, das meine Eltern nie hatten.

Er blickte in den Himmel. Wenn der Schneefall noch mehr zunahm, mussten sie wirklich das Angebot annehmen und hier übernachten. Er wollte nach Hause fahren, dann könnte er morgen früh um sieben an seinem Schreibtisch im Arbeitszimmer sitzen und arbeiten und müsste keinen Small Talk am Frühstückstisch mit anderen Menschen machen. Anderen Menschen, die ihm völlig egal waren und denen er wahrscheinlich auch völlig egal war. Sie verstanden ihn nicht, und er verstand sie nicht. Er wollte von den Besten lernen. Von Machern. Von Erfolgsmenschen. Das hier vor Ort waren Menschen, die plötzlich im Geld schwammen, wenn der Vater irgendwo in Estland starb.

Was für ein Pack.

Immerhin, Alfred war wohl auch da. Der alte Gärtner, den hatte er ins Herz geschlossen. Der hatte verstanden, was Arbeit bedeutet, was es bedeutet, angestellt zu sein und seine Aufgaben zu erledigen.

Er war loyal. Das schätze ich.

Langsam schloss er zu Kathrin und Emma auf, gemeinsam gingen sie die steinerne Treppe nach oben und klingelten.

8

AGATHA

Begrüßungen.
Warum müssen sich ständig alle begrüßen?
Wanda schien in ihrem Kleidchen durch die Gruppe zu schweben und für jeden einen passenden Satz zu haben.
Warum ist das mit dem Small Talk so kompliziert? Hat sie keinen BH an? Mensch, jetzt fokussiere dich auf das Hier und Jetzt!
Während sie das dachte, versuchte sie sich auf Vertrautes zu konzentrieren. Felix und Ares, ihre Freunde. In ihren Ohren war ein Rauschen. Zu viele Leute, zu viele Farben, zu viele Emotionen um sich herum. Das Rauschen, das Parfüm und die Farben von Felix' Mutter neben ihr wirkten auf sie wie ein Drogentrip. Die kleine Tochter der Vorbesitzer war neben ihr dem Gärtner Alfred um den Hals gefallen, sie spürte den Windzug. Freude. Neid. Wieder Freude. Lachen. Scham. Alles war da.

»Und das hier ist meine Mutter, Hannelore, großartig, dass sie es geschafft hat. Sie hat den weiten Weg aus München, weißt du ja, das zieht sich richtig bis hierher und dann noch bei dem Wetter und allein gefahren, einfach toll.«

Hannelore sagte etwas, aber Agatha konnte sich nicht konzentrieren.

Die Stimmen verschwammen in ihrem Kopf.

Jetzt konzentriere dich mal! Das sind eine Handvoll Leute, das kann nicht so schwer sein. Du bist Ärztin, verdammt noch mal. Im Oktober hast du vor sechshundert Leuten in Hannover auf dem Kongress gesprochen.

Aber heute war eine besondere Nacht und nicht einfach irgendein Kongress.

Warum stehen wir alle zusammengedrängt in einem winzigen Eingangsbereich, wenn das verdammte Haus eine Million Quadratmeter hat?

Es machte keinen Sinn in ihren Augen, aber Felix war mit der Situation eindeutig überfordert. Das sah sie ihm an. Die leichte Panik in den unterschiedlich gefärbten Augen und das Wissen, dass Wanda ihm da nicht helfen würde. Wenn es den Leuten nicht gefiel, sollten sie eben wieder gehen, dann war das so. Aber Felix würde nächtelang schlecht schlafen und wegen seiner stechenden Magenschmerzen ständig kotzend zur Toilette rennen, wenn seine Mutter auch nur einen negativen Satz über diese Feier äußern würde.

»... genau, und damit hast du jetzt auch die Vorbesitzer kennengelernt«, hörte Agatha Felix sagen.

Verdammt. Jetzt hatte sie die Namen der drei nicht richtig mitbekommen. Ärgerlich. Das Kind hieß Emma, oder?

Sie blickte kurz neidisch zu Ares, der stoisch inmitten der Leute stand, alle Hände schüttelte und nebenher noch gelassen seinen Mantel auszog und an die Garderobe hängte. Was er wohl gerade dachte und in den Menschen sah? Manchmal hätte sie gern seinen Blick durch die Fassade hindurch, auch wenn sie wusste, wie tief sein Fall wegen dieser Gabe gewesen war.

ARES

Ares bemerkte den Blick seiner Freundin und wusste, was er zu bedeuten hatte. Bei der ersten Möglichkeit würde sie ihn ausfragen, was er bei den Leuten gesehen hatte.

Er blickte sich um und bemerkte, dass Emma ihn musterte. Ein aufgewecktes Kind, die Augen zeugten von einer Klarheit und Intelligenz, die man selten in dem Alter fand. Auch fehlte ihr die alterstypische Hibbeligkeit, welche Kinder oft davon abhielt, sich zu fokussieren und damit Gedanken auch zu Ende zu bringen.

Auf den Punkt kommen, wie seine Therapieausbilderin früher so gerne gesagt hatte. Er nickte Emma leicht zu und zeigte mit dem Kinn auf den Zauberstab. »Lieblingszauberspruch?«, fragte er.

Emma legte den Kopf schräg und dachte nach, stellte sich direkt neben ihn, er beugte sich leicht herunter, damit er sie gut verstehen konnte.

Zu seiner Rechten unterhielt eine gewisse Hannelore die ganze Truppe und verhinderte offenbar ganz allein, dass sich die Gruppe ins Wohnzimmer bewegen konnte. Sie stand auf dem kleinen Absatz, der den Eingangsbereich von der Treppe ins erste Geschoss abgrenzte. Der Bereich direkt hinter der Eingangstür bestand nur aus einer kleinen Garderobe samt Schuhregal, einem putzigen Schlüsselständer mit Totenkopfmotiven und einer großen Vase mit einer einsamen weißen Blume, die Ares nicht zuordnen konnte. Von hier aus ging eine große, geschwungene Treppe nach oben.

Nur, dass diese Frau im Weg steht. Interessant. Merkt sie es nicht oder ist es ihr egal? Ein großer Unterschied.

Man musste an ihr vorbei, um die Treppe betreten zu können, und sie hatte gerade, wie Cleopatra höchstselbst, die Arme ausgebreitet und erzählte lautstark, dass sie gerne einen guten Freund mitgebracht hätte, dieser aber ein Diplomat sei und in einer dringenden Angelegenheit in London benötigt werde und …

Eine laute männliche Stimme ertönte. »Wenn nicht einer die dicke Frau vom Treppenabsatz entfernt und ich was zu trinken bekomme, fahren wir direkt wieder.«

Ah, das musste Ulf sein.

Er war Ares noch nicht vorgestellt worden, aber aus dem Ausschlussverfahren und dem, was Agatha ihm vorher erzählt hatte, ergab sich ein Bild. Grobschlächtig, reich, gut genug aussehend, dass er sich einreden konnte, gut auszusehen, und gewohnt, mit Aggressivität und indirekten Schuldzuweisungen seine ungebildete Herkunft zu überdecken, um gut durchs Leben zu kommen.

»Ich finde Stupor sehr gut.« Emma neben ihm hatte ihre Überlegungen beendet. »Das stößt Leute weg und entwaffnet sie auch oft. Das ist wichtig.«

Ares hörte weiter zu.

»Aber im letzten Band ging es um Legilimentik, und das ist auch sehr spannend.«

Hannelore empörte sich furchtbar, ihre Hände flogen durch die Luft, die Ringe und Armreife entfachten in Kombination mit der stilvollen, weißgelben Beleuchtung der Garderobe ein visuelles Feuerwerk. »Wen meint er mit dicke Frau? Meint er mich? Was glaubt er eigentlich, wer er ist? Ich bin nicht dick, und ich stehe nicht im Weg. Das ist ein Unterrock, davon versteht ein ungehobelter Bauer wie er natürlich nichts.«

Ares konnte sich kaum das Grinsen verkneifen, als er die sich ausbreitenden Schweißflecken unter den Achseln von Felix bemerkte, der sich stotternd und räuspernd zwischen die beiden Streithähne stellte und gleichzeitig versuchte, seine Mutter so aus dem Weg und die Treppe hinauf zu komplimentieren.

»Was ist Legilimentik?«, wandte Ares sich dann wieder fragend an Emma, während er gleichzeitig versuchte, die Gruppe zu mustern und einzuschätzen.

Wanda und Felix waren das Gastgeberpaar, aber nur Felix verhielt sich wie ein Gastgeber. Er versuchte zu dirigieren und hatte es geschafft, seine Mutter an die Hand zu nehmen und die Treppe hinaufzuführen, während sie schimpfend auf ihn einredete. Alfred war der Nächste auf der Treppe, der Gärtner war ein interessanter Charakter.

Schwer zu lesen.

Er wirkte sympathisch, hatte Lachfältchen um die Augen. Das war meist ein Indiz für Freundlichkeit im Umgang mit anderen. Aber er hatte die Ausstrahlung eines angeschossenen Wildschweins, das von den Bluthunden in die Ecke gedrängt wurde und sich jetzt nach einem letzten Ausweg umsah. Die buschigen weißen Augenbrauen waren zu einem Strich zusammengezogen und bewegten sich keinen Millimeter, egal, ob er lachte oder sprach.

Wenn ich je einen Attentäterblick gesehen habe, dann diesen.

»Legilimentik ist die Kunst des Gedankenlesens. Böse Zauberer versuchen, mit dem Zauberspruch in die Gedanken einzudringen und sie zu lesen«, sagte Emma, während sie seinem Blick folgte. »Du siehst aus wie jemand, der das auch kann«, flüsterte sie leiser und zupfte an ihrer Holmes-Mütze.

»Ich kann das auch«, flüsterte Ares zurück. Er mochte das Kind.

»Und was denkt Alfred gerade?«, flüsterte Emma zurück, während sich der Gärtner langsam an dem geschwungenen und mit vielen Schnörkeln und Verzierungen veredelten Metallgeländer die breiten Treppenstufen heraufzog. Mehrere runde Fenster, teilweise mit indirekter Beleuchtung im Goldrahmen, ermöglichten beim Heraufgehen den Blick nach draußen. Schneeflocken tanzten, von Gold umrahmt.

»Hm«, überlegte Ares leise. »Wie geht denn der Zauberspruch, mit dem ich seine Gedanken lesen kann?«

»Legilimens«, antwortete Emma wie aus der Pistole geschossen und hielt ihm ihren Zauberstab hin.

Ares nahm ihn, zielte nach oben und sagte: »Legilimens«, aber Alfred war schon um die Treppenbiegung nach oben verschwunden.

Wohin will er denn so eilig?

Kathrin ging direkt hinter ihm und bekam den Zauberspruch ab. »Das ist deine Mutter, oder?«, flüsterte er wieder zu Emma.

»Ja. Was denkt sie gerade?«, antwortete sie leicht nach vorne gebeugt.

Ares schaute hin. Er hatte Kathrins sehnsuchtsvolle Blicke bemerkt, als sie im Eingangsbereich gestanden hatte. Das war über Jahre ihr Haus, ihre Heimat gewesen. Hier hatte sie Emma großgezogen.

Wahrscheinlich verdient hauptsächlich ihr Mann das Geld. Ihr Wirksamkeitsbereich war dieses Haus, hier hat sie sich lebendig und als sie selbst gefühlt.

Jetzt war sie nur noch eine Besucherin von vielen und dazu noch die Frau dieses Großmauls. »Sie fragt sich, ob sie die richtige Entscheidung in ihrem Leben getroffen hat«, murmelte Ares leise, mehr zu sich selbst. Sofort schalt er gedanklich mit sich. Das war ihre Tochter neben ihm, und das war kein Kommentar für sie. Er musste besser aufpassen, was er sagte.

»Ja, das stimmt«, sagte Emma. »Sie weint in letzter Zeit sehr oft. Aber dann tanze und singe ich, und dann weint sie nicht mehr.« Mit diesem Satz nahm sie den Zauberstab aus Ares' Hand, lief auf die Treppe zu und hüpfte abwechselnd einbeinig die Stufen nach oben. Ares blieb verdattert zurück.

Deswegen mache ich keine Jugendtherapie. So ein Verhalten kann doch niemand vorhersehen.

Er schluckte.

Ich mache gar keine Therapie mehr. Seid ihr da, Merlin und Lina? Ihr seid immer da, oder?

Agatha hatte es geschafft, ihre Jacke auszuziehen und ihre Winterschuhe gegen Pumps aus ihrer übergroßen Tasche zu tauschen. Zusammen mit Wanda kam sie auf Ares zu und schaute Emma zu, die zu ihrem Vater aufgeschlossen hatte.

»Ihr könnt die Rucksäcke und Taschen mit den Übernachtungssachen einfach hier unten stehen lassen, das mit dem Zimmerzuweisen«, Wanda zeigte auf die Tür, die weiter ins Erdgeschoss führte, »machen wir nach dem Essen, ist jetzt zu stressig.«

Ares registrierte überrascht, wie stark Wanda die Rs rollte. Strrressig. Es klang, als ob sie gerade jemandem den Krieg erklärt hatte. Wanda hatte sich bei Agatha eingehakt, welche mit den Pumps ihre Freundin deutlich überragte. Neben Agathas gesunder Gesichtsfarbe und den dunklen Locken wirkte Wandas Blässe wie aus einem Vampirfilm entsprungen.

Interessante Frau, diese Wanda.

Ares musterte sie, während sie mit Agatha vor ihm stehen blieb und die beiden sich ins Gespräch vertieften. Den Geräuschen aus dem ersten Stock nach zu urteilen – laute Geräusche, Stühlerücken und Betriebsamkeit –, war ihr Gastgeber gerade im ersten Stock damit beschäftigt, streitende Gäste, Ablauf des Abends und Essen auf die Reihe zu bekommen. Das schien Wanda nicht direkt in Hektik verfallen zu lassen. Auch nicht indirekt. Insgesamt schien Wanda in gar keine Hektik zu verfallen. Oder auch nur zu wissen, wie man Hektik buchstabierte.

Mit einem Blick auf Agatha versuchte Ares abzuschätzen, wie es ihr mit der Situation ging. Nachdenklich legte er den Kopf schief. Agatha war über ein Jahr in Therapie gewesen, hatte sich dort auf den sicher geglaubten Tod ihrer Freundin vorbereitet, diesen in tiefgehenden Trauerprozessen verarbeitet. Wer so lange getrauert und an seiner Trauer gearbeitet hat, sollte sich mehr freuen, wenn die beste Freundin dem Tod so knapp von der sicher geglaubten Schippe sprang.

Jetzt mache ich es schon wieder. Wer bin ich zu beurteilen, wie andere Menschen sich verhalten sollten oder nicht?

Agatha warf ihm einen Seitenblick zu. »Spielen wir das Tierspiel?«

Sie versucht wirklich mit aller Macht, den Therapeuten in mir anzusprechen. Leider klappt es auch.

»Also, was meinst du?« Sie ließ nicht locker, Wanda schaute etwas irritiert, und Ares errötete leicht bei dem Gedanken, dass Wanda ihr Spiel mitbekommen würde.

Dann zeig mal, was du kannst, alter Freund.

Ares ließ seine Gedanken fliegen, freies Assoziieren war eine seiner Spezialitäten. Die Worte schienen mehr aus seinem Körper und seinem Instinkt zu kommen, als dass sie wirklich intellektuell durchdacht wären. »Emma ist eine kleine Spitzmaus. Klein, aufgeweckt, auf der Hut. Sie nutzt ihre wachen Augen und ihren klaren Verstand, um zu überleben. Ihre Mutter, Kathrin, ist ein Känguru.«

Wanda lachte auf.

»Nicht wegen der Beine, auch wenn das naheliegend ist. Sie trägt Emma emotional in ihrem Beutel. So wie sie sie ansieht, würde sie alles für sie tun. Alles … Alfred ist ein Kamel, welches zu lange durch eine Wüste gewandert ist, seine Höcker sind ausgedorrt. Er wird bald trinken müssen oder sterben.«

Was sagst du denn da? Das ist ihr Gärtner, Wanda wäre fast gestorben, und du redest von Tod? Warum denkst du nicht zuerst und redest dann? Das wäre doch mal eine nette Abwechslung!

Wanda schaute ihn mit großen Augen an, war auf der Treppe, eine Stufe über ihm, stehen geblieben. Das kam ihm ganz gelegen, sein Bein schmerzte, und es tat gut, einfach kurz stehen zu bleiben. Seine Stimme klang kratzig. Die Gespräche im Taxi, auf dem Hinweg und jetzt waren mehr, als er die letzten Tage insgesamt geredet hatte.

»Hannelore ist ein Pfau, offensichtlich. Wobei ich nicht weiß, ob sie nach etwas Unscheinbarem sucht oder nach etwas, das noch mehr glänzt als sie, damit sie selbst geblendet wird, ihr Federkleid ablegen und selbst einmal unscheinbar sein darf. Aber ich kenne sie auch erst eine Minute, gebt mir noch etwas Zeit.«

Ares überlegte, die anderen waren schwieriger.

»Und was sind wir?« Wieder das gerollte R.

»Agatha ist immer eine Eule. Eine sehr lockige Eule. Und du, hm«, er legte den Kopf schief und dachte nach.

Sage ich, was ich denke, oder sage ich, was sie hören will?

»Ich denke, du bist ein Glühwürmchen.«

»Ein Glühwürmchen? Für was steht das?«

»Für Neuanfänge, Kreativität und Licht.«

Wandas Lächeln zeigte viele Zähne. »Ein Neuanfang?«

Agatha schaltete sich ein. »Daran glaube ich nicht mehr.«

Ares verlagerte mit einem schmerzverzerrten Grunzen sein Gewicht und machte Anstalten weiterzugehen.

»Moment, Moment.« Wanda hob die Hand, ihre Fingerknöchel waren gut zu erkennen. »Und du? Was bist du für ein Tier?«

Ares ging langsam an ihr vorbei, blickte sie nicht an. »Ein Wolf. Ein grauer Wolf, der einsam, humpelnd und hungrig in der Wildnis zurückgelassen wurde.«

9

FELIX

Ein schwieriger Anfang, aber jetzt läuft es.
Felix hatte es geschafft, seine Mutter an das Kopfende der gerichteten Tafel zu komplimentieren.
Komplimente haben bei ihr schon immer ganz gut gewirkt.
»Den Stress bei anderen lassen, den Stress bei anderen lassen«, murmelte er bei sich, während er seinen Blick über den ausgezogenen Tisch schweifen ließ.

Mitten im großen Wohnbereich aufgestellt, wirkte die Tafel sehr festlich. Der Raum war nach dem Umbau sehr groß. Die Vorbesitzer, Ulf und Kathrin, hatten den Raum durch eine Wand in der Mitte in einen Wohn- und einen Essbereich aufgeteilt, das hatte Wanda nicht mehr gewollt. Sie wollte Raum für Gedanken, für Gefühle und Stimmungen haben, und so hatten Felix und hauptsächlich Alfred die Wand die letzten Wochen abgerissen und waren gerade rechtzeitig fertig geworden. Es roch noch etwas staubig, aber es war alles sauber, der dunkelbraune Parkettboden glänzte.

Vor der Tür hörte er Kathrins und Ulfs Stimmen. Ulf hatte sich im Türrahmen heruntergebeugt und redete auf Emma ein, erklärte ihr etwas.

Hannelore hatte währenddessen demonstrativ ihr leeres Weinglas näher in seine Richtung geschoben und ihren großen Hut zurechtgerückt.

Wie sage ich ihr, dass sie diesen abnehmen soll?

Er ließ einen letzten Blick durch den Raum schweifen, es sah in seinen Augen alles gut aus. Die hohen Decken waren zum Teil weiß gestrichen, zum Teil war noch eine dunkle Holzvertäfelung zu sehen.

Wanda hat sich ab Sekunde eins in das Haus verliebt.

Geradeaus befand sich eine weitere Tür, die zu einem kleinen Flur führte. Von dort aus gingen Badezimmer, Küche und die Speisekammer ab. Die meisten freien Wände hatte Wanda mit Bildern bestückt, großen und kleinen, in schwarzen oder goldenen Rahmen. Viele davon hatten das Thema Licht und Dunkelheit, Sonne, Winter, Tod und Wiedergeburt. Für Felix' Geschmack alles etwas zu düster, zu wild-romantisch und zu esoterisch. Direkt neben der Tür stieg in einem Schwarz-Weiß-Bild ein Engel mit einem gebrochenen Flügel und blutenden Händen von einem Berg herab. Er hätte das nie aufgehangen. Aber Wanda gefiel es, und deswegen hing es da.

Heißt es nicht so? Happy wife, happy life? Gibt doch so ein Sprichwort.

In einer Ecke prasselte ein offener, mit mächtigen schwarzen Steinen umrahmter Kamin und verbreitete Wärme und Licht. Felix war sich nicht sicher, wie warm es wirklich war, sein Schwitzen war kein guter Indikator. Alle Heizkörper standen auf Maximum, und er hatte zwei riesige Scheite Holz aufgelegt, aber der Raum mit den absurd hohen Wänden war schwer zu heizen, insbesondere, wenn es draußen kalt war. Warum hatten sie noch mal die Einweihungsparty auf diesen Tag gelegt?

Er fuhr sich mit der Hand über die nasse Stirn. Ach ja, auch Wandas Wunsch.

Das Zimmer sah gut aus, auch seine Mutter wirkte halbwegs zufrieden. Gut daran zu erkennen, dass sie nichts sagte. *Wie sagt man so schön? Nicht geschimpft ist Lob genug.*

Aus dem Bluetooth-Lautsprecher, versteckt im Bücherregal, drang leise etwas, das Wanda Fahrstuhlmusik nannte.

Es würde alles gut, alles war vorbereitet, der Raum wirkte und sprach für sich selbst. Felix atmete zum ersten Mal seit Stunden wieder richtig ein und aus, seine Schultern sanken entspannt etwas ab. Er gestattete sich ein leises Lächeln.

Es wird alles gut.

Eine tiefe Stimme erklang: »Was ist das denn für eine Scheiße?«

KATHRIN

Kathrin zuckte zusammen und boxte ihren Mann erschrocken in die Seite.

Was, um Himmels willen, mochte die Ursache für seinen Ausbruch sein?

Ich muss versuchen, ihn besser zu verstehen.

Sie schaute zu ihrem Mann, der mit offenem Mund in der Tür stand und in den Wohnbereich starrte. Sie stieß ihn wieder mit dem Ellenbogen an, diesmal fester. »Was ist denn los mit dir, Ulf?«, flüsterte sie, um nicht noch mehr Aufmerksamkeit auf sie beide zu ziehen.

Es schauen eh schon alle. Oh Gott.
»Sie haben sie abgerissen.«

Kathrin hatte selten so viel Entrüstung in seiner Stimme gehört wie in diesem Moment. »Die Schweine haben sie einfach abgerissen. Ohne uns zu fragen.« Dabei zeigte er mitten in den Raum, und sie verstand. Er sprach von der Zwischenwand, die er nach tagelangem Schuften damals, kurz nach dem Verschwinden von Vanessa, im Zuge seiner Trauerarbeit allein hochgezogen hatte.

Ich darf nicht vergessen, wie schlimm diese Zeit auch für ihn war. Auch er hat ein Kind verloren.

Sie hatten damals schon länger einige Umbauten geplant, auch ein neues Bad war angedacht, aber erst nach dem Verlust von Vanessa hatte Ulf seine Trauerenergie und einen Großteil seines Urlaubs genutzt und sehr viel im Haus renoviert und umgebaut.

Es scheint ihn wirklich zu treffen, dass seine Arbeiten, seine Trauerverarbeitung einfach so abgerissen worden sind.

Sie wandte sich dem Gastgeber zu.

Ablenken. Ablenken. Den Rest danach reparieren.

»Das habt ihr toll hergerichtet, Felix.«

An seinem Arm untergehakt, zog sie Ulf an eine Ecke des Tisches und platzierte ihn dort, möglichst weit weg von Felix und seiner Mutter.

Emma nahm neben ihr Platz, ihnen gegenüber Wanda, Ares und Agatha. Alfred ging, leise vor sich hin murmelnd, um den Tisch und setzte sich neben Emma, die ihm ihr schönstes Lächeln schenkte.

Sie hat so eine entwaffnende Freundlichkeit. Wie habe ich nur so ein tolles Kind verdient?

Alfred wurde noch weißer, und er hatte schon vorher wie der wandelnde Tod ausgesehen. Fast wirkte es, als könnte er Emma nicht anschauen; sein Blick wanderte unstet erst über das Mädchen, dann über den gedeckten Tisch.

Was ist nur mit den Männern heute hier los?

Eine Vorahnung von großem Leid überkam Kathrin.

Das Geräusch von klirrendem Metall auf Glas lenkte ihre Aufmerksamkeit auf das Kopfende des Tisches. Dort stand Felix neben seiner sitzenden Mutter und hatte einen kleinen Löffel gegen sein Weinglas geschlagen. Hannelore drehte sich etwas im Stuhl, ließ kurz ihr üppiges Dekolleté erscheinen, bevor es wieder hinter einem Stoff- und Farbenkonglomerat verschwand.

»Guten Abend, liebe Freunde und, äh, Freundinnen. Also alle, genau an alle, die da sind, die Grüße.«

Kathrin musste schmunzeln, und ihr schlechtes Gefühl verschwand.

»Ich begrüße euch alle ganz herzlich zu dieser Einweihungsparty in unserem«, er blickte liebevoll zu Wanda, »neuen Zuhause.« Ihre von Lippenstift betonten roten Lippen verzogen sich zu einem blutig wirkenden Lächeln.

Er räusperte sich, fuhr sich mit der Hand über die schweißbedeckte Stirn. »Vielleicht habe ich es mit dem Einheizen etwas übertrieben, ist euch auch so warm?« Er blickte hilfesuchend in die Runde. Niemand reagierte. Hannelore schob langsam ihr Weinglas noch ein Stückchen nach vorne.

»Ja, äh, danke, Mutter. In den Karaffen vor euch findet ihr Wein, in den gekühlten Weißwein, in den anderen Rotwein. Ich kenne mich nicht wirklich gut mit Wein aus, aber der Weinberater im Edeka in Dahn«, Ulf und Hannelore stöhnten unisono auf und verdrehten die Augen, »äh, hat mir die empfohlen. Die sollen sehr gut sein. Nach dem Anstoßen serviere ich gerne die Vorspeise, vielleicht mag mir jemand helfen? Es gibt ...« Den Rest des Satzes hörte Kathrin nicht mehr, da ihre ganze Aufmerksamkeit Ulf galt, der den Rotwein nahm, sein Glas füllte und es dann in zwei Zügen komplett leerte.

Ares schien beeindruckt zu sein, er hatte die Arme vor der Brust verschränkt, Alfred schaute ins Nichts und hatte offensichtlich nichts mitbekommen.

»Was soll das denn? Bitte reiß dich zusammen. Bitte!«, zischte Kathrin ihrem Mann zu. Emma rutschte unruhig auf ihrem Stuhl hin und her.

Der Blick aus Ulfs eisblauen Augen traf sie böse und hart, bevor er die Stimme erhob. »Ist die Rede schon fertig? Sensationell! So ein Talent! So eine Gabe! Unfassbar. Das liegt sicher in der Familie.« Langsam ließ er die Hände ineinanderklatschen.

Kathrin war fassungslos, zum Glück rettete Agatha die Situation, indem sie aufstand und meinte: »Ich schenke mal jedem etwas ein. Willst du rot oder weiß, Wanda?«

Stimmengewirr erhob sich. »Ich nehme den roten heute, danke, Aga.« – »Danke, ich nehme den weißen.« – »Das Kind will sicher eine Fanta.«

Ist das der Abend, an dem ich wegen Ulfs unmöglichen Verhaltens meine neuen Freunde und damit auch mein altes Haus endgültig verliere?

Gespräche begannen und versandeten, Essen wurde serviert, Ulf trank noch mehr Wein, und Felix legte noch mehr Holz nach. Kathrin konnte zum ersten Mal seit der Ankunft hier kurz durchatmen.

Ein Aufheulen des Windes lenkte ihren Blick zum Fenster. Das Wetter hatte angezogen, entwickelte sich immer mehr zu einem Gewitter, vielleicht sogar einem Schneesturm. Der Himmel war von bedrohlichen, schwarzen Wolken übersät, die Schneeflocken wirbelten wild durch die Nacht.

Kathrin legte ihre Hand auf den Arm ihres Mannes und blickte ihn liebevoll an.

Tut mir leid, dass ich deine stressige Arbeit nicht gesehen habe. Ich werde mich bessern, versprochen.

War das in der Ferne ein erster Donner?

10

ANDI

Der Schneefall war stärker geworden, als Andreas, genannt Andi, das Taxi vor seinem Haus am Dorfrand von Niederschlettenbach abgestellt hatte. Nachdem er den Zündschlüssel gezogen hatte, blieb er noch einige Momente im Auto sitzen. Ihm gehörte das Taxiunternehmen in der Gegend, daher musste das Taxi nicht zurück in die Firma, sondern konnte vor seinem Haus stehen bleiben.

Firma ist ein großes Wort.

Seine Firma bestand aus einem kleinen, *wirklich sehr kleinen* Büro neben zwei Garagen mitten im kleinen, *wirklich sehr kleinen* Industriegebiet im Nachbardorf. Er hatte noch einen Fahrer, der ab und an das zweite Taxi fuhr, ansonsten machte er alles allein. Es gab nicht viele Anfragen in dem ländlichen Gebiet hier. Wer hier wohnte, wusste, dass es keine Züge und kaum Busse gab, daher hatte man ein Auto oder ging zu Fuß.

Oder bleibt eben mit dem Arsch daheim und schaut in die Glotze!

Das Taxi wurde meist nur von Touristen und betrunkenen Schülern genutzt.

Und von Franzosen.

Andi zog geräuschvoll die Nase hoch und überlegte dann, wohin er ausspucken könnte.

Franzosen.

Er wusste nicht mal, warum er sie nicht mochte. Er verdiente gutes Geld mit ihnen. Die meisten, die hier herüberkamen, wohnten in der Nähe der Grenze und sprachen perfektes Deutsch. Besseres Hochdeutsch als er, wenn er ehrlich mit sich war, was allerdings sehr selten vorkam.

Langsam stieg er aus dem Taxi aus, sofort fror er auf seinem bulligen, kahlen Schädel. Frostiger Wind und starker Schneefall begrüßten ihn. Sein Atem gefror in der kalten Nachtluft und wurde zu einer weißen Wolke vor seinem Gesicht.

Mit einem Klicken auf seinen Autoschlüssel verriegelte er sein Taxi und ging die paar Meter über einen mit großen grauen Schieferplatten ausgelegten Weg zu seiner Haustür.

Genau genommen ist es das Haus meiner Frau. Aber in meiner Bruchbude in Pirmasens kann niemand wohnen.

Er hoffte, dass sie ein warmes Essen auf dem Herd stehen hatte.

Sie waren nicht verheiratet *(das will ich auch nicht)*, hatten aber dennoch eine lange und bewegte Geschichte hinter sich. Während seiner Zeit im Knast hatte er gelernt, von Erinnerungen zu leben.

Erinnerungen definieren uns, machen uns zu dem, der wir sind.

Es war gut, sich zu erinnern. Das bewahrt einen davor, Fehler zu wiederholen.

Nachdenklich schloss er die Tür auf. Es würde seiner Frau nicht gefallen, dass er so unfreundlich zu seinen letzten Fahrgästen gewesen war. Er seufzte leise bei sich. Sie würde ihm das sicher nicht ausdrücklich vorwerfen, aber dennoch ... Er könnte ihr natürlich einfach nichts davon erzählen, aber irgendwie wollte er, dass sie ihm Vorwürfe machte. Sie war sein Gewissen, er hatte es bei ihr ausgelagert. Sein eigenes funktionierte nicht gut, das hatten die Vergangenheit und das Gerichtsurteil deutlich gezeigt.

Carola empfing ihn, warm und herzlich, mit einer Küchenschürze um die breite Hüfte und einem Weihnachtspullover mit einem braunen Rentier darauf, auf dem sich ihre langen, immer grauer werdenden Haare deutlich abhoben.

»Es gibt Saumagen und Knödel, deck schon mal den Tisch, Liebling«, rief sie ihm nach dem Begrüßungskuss zu und verschwand wieder in der Küche.

Ach, seine Carola. Sie war fünfzehn Jahre älter als er, aber trotz – *eher wegen!* – des Altersunterschieds seine absolute Traumfrau. Er hatte schon immer auf ältere Frauen gestanden, eine Vorliebe, die in der Vergangenheit nicht nur positiv für ihn ausgegangen war.

Ein Onkelz-Lied pfeifend, deckte er den Tisch ein.

Nur die Besten sterben jung.

Er freute sich auf ein Bierchen zum Essen und dann gemütlich unter der warmen Decke noch etwas fernsehen und Gott einen guten Mann sein lassen. Mit einem Knacken bewegte er seinen Kopf von rechts nach links. Das Knacken klang laut und bedrohlich. Ein Geräusch, das einige der Schnösel, die ihn gerne dumm anmachten, als Letztes gehört hatten, bevor seine Faust geflogen kam.

Vergangenheit.

Seiner Carola war das egal, auch die Gerüchte und Geschichten im Dorf waren ihr egal. Sie liebte ihn, wie er war, und das war das Beste, was ihm jemals hätte passieren können.

Der Duft von gebratenem Saumagen und dunkler Soße drang in seine Nase, aus der Küche klirrten Pfannen und Gläser. Sein Magen knurrte lautstark.

Ein heftiger Windstoß ließ das große Wohnzimmerfenster erzittern. Mit einem besorgten Blick unter seinen dichten schwarzen Augenbrauen schaute Andi in die Nacht hinaus. Das war keine normale Schneenacht, das würde in den nächsten Stunden ein ausgewachsener Sturm werden. Er hatte solche Stürme ab und an erlebt, in den letzten Jahren waren sie selten geworden. Es bedeutete, dass die Menschen hier auf sich selbst gestellt sein würden, Rettungswagen und Feuerwehr aus Dahn befuhren die Wege durch den Wald Richtung Fischbach bei dem Wetter nicht mehr. Zu groß die Gefahr, dass ein Baum auf die Straße krachte, zu groß die Gefahr, bei Glatteis die Bodenhaftung zu verlieren und ungesichert einen Hang irgendwo hinunterzurutschen. Wer einmal in so einer Nacht im Hang lag, lag da für immer.

Wie viele Leichen wohl in den Wäldern um uns herum liegen und vergessen wurden?

Und seine Gäste vorhin? Er hatte sie nicht mal zum Haus gefahren, sondern einfach aus dem Auto geworfen. Er schüttelte den Kopf, so als ob er die bösen Gedanken vertreiben wollte.

Dieses Haus. Es ist immer dieses alte Herrenhaus.

Andi verstand sein Gehirn manchmal nicht. Es hatte ihm schon oft Probleme eingebrockt, und er war froh, wenn er eine klare Richtung hatte, in die er gehen konnte, und nicht alles zerdenken musste. Dabei kam nur

Blödsinn heraus. Wie jetzt auch wieder. Das mit dem Paar war geschehen, er hatte sie am Dorfrand abgesetzt, sie würden das Haus schon gefunden haben.

Hatte der Mann nicht gehinkt? War er verletzt?

Carola kam mit dem Essen herein, und sein Kopf gab kurze Zeit Ruhe.

Der Saumagen war unglaublich lecker, Carola war eine fantastische Köchin. Sie aßen in Ruhe, dann tupfte sie sich den Mund mit einem Küchentuch sauber, schlug ihre faltiger werdenden Hände über der Schürze zusammen und schaute ihn an. »Dann erzähl mal. Was beschäftigt meinen Mann heute denn so?«

Und er erzählte es ihr. Von dem merkwürdigen Paar mit dem hinkenden Mann, die zum alten Herrenhaus des Landgrafen wollten. Dass er sie am Dorfrand aus dem Auto geworfen und ihnen zu viel Geld abgeknöpft hatte. Dass es keine Franzosen waren, er aber dennoch nicht nett gewesen war und dass er nicht genau wusste, warum er sich so danebenbenommen hatte. Und dass er sich Sorgen machte, dass bei dem Sturm da draußen etwas schiefgegangen war und sie den Weg nicht gefunden hatten.

»Auch wenn der Weg nicht schwer ist. Sie mussten nur an der Kirche geradeaus, bei dem alten Bäcker vorbei, dann links den Hügel hoch. Das war wirklich nicht schwer zu finden. Vielleicht zehn Minuten zu Fuß. Vielleicht zwanzig oder dreißig, wenn man hinkt. Was weiß ich denn? Ich habe noch nie gehinkt.«

Carola sah ihn an, lächelte, stand auf und holte seinen Autoschlüssel.

»Du weißt, was du tun musst, Liebling. Und wegen des alten Herrenhauses und deiner Geschichte damit:

Ich vertraue dir. Das wird dir nicht noch mal passieren, das weiß ich. Und jetzt steh auf und fahr.«

Andi stand auf, gab ihr einen Abschiedskuss, zog sich seine Winterschuhe, seine noch feuchte Winterjacke an und seine schwarze Wollmütze auf, legte den Schal um seinen tätowierten Hals und ging aus dem Haus zum Taxi.

»Ganz einfach, ich fahr zum Haus, frag, ob die zwei gut angekommen sind, geb denen die elf Euro zu viel raus, und dann geh ich wieder. Kein Gespräch, kein Kontakt zu den Besitzern oder zu Alfred. Ganz einfach. Und danach unter die Decke vor den Fernseher.«

Sein Bauch grummelte, er hatte zu schnell gegessen, das Bier zu schnell nachgekippt.

Andi atmete tief ein, legte seine Onkelz-CD ein, startete den Wagen und fuhr los.

11

AGATHA

Agatha war sich nicht sicher, welches Geräusch sie mehr beunruhigte, während sie ihre beige Tasche mit dem abgewetzten Lederband vor sich auf den Tisch stellte und öffnete: das Heulen des Windes draußen oder das Geschrei aus dem Nebenzimmer. Ihre Füße begannen in den hohen Schuhen zu schmerzen, sie wackelte leicht mit den Füßen.

Nach dem Hauptgang, der in einer etwas besseren Stimmung als die Vorspeise verlaufen war, hatte sie mit Felix und Wanda die Idee angestoßen, die Zimmer zu beziehen. Der Sturm war minütlich stärker geworden. Bei diesem Wetter war es unmöglich, dass jemand mit dem Auto nach Hause fahren würde.

Daher wurden die Zimmer bezogen.

Theoretisch hätte es genug Zimmer gegeben, damit jeder ein Einzelzimmer haben konnte, allerdings waren nur wenige als Gästezimmer hergerichtet.

Oder überhaupt hergerichtet. Was macht Wanda eigentlich den ganzen Tag? Warum bekommt sie nach bald einem halben Jahr ihr Haus nicht in den Griff?

Von daher wurden Schlafgemeinschaften gebildet, Agatha schlief mit Ares in einem Zimmer. Der Raum, in dem sie untergebracht waren, wurde von einer alten kaputten Wanduhr und einem riesigen Holzregal dominiert. Zwei staubtrockene Kakteen passten nicht zu dieser Welt, die aktuell in Kälte und Schnee verging.

Agatha trat an das große Fenster, das an guten Tagen sicher einen wunderschönen Blick in den Garten ermöglichte. Sie konnte sich vorstellen, wie Ulf früher, zurückgelehnt auf seinem Schreibtischstuhl, die Füße auf dem Tisch und auf einem Bleistift kauend, dort saß und nach draußen schaute. Auf einen blühenden, bunten Garten, mit einer lachenden Emma, die ihrer Mutter eine neue Blume zeigte, die es gestern noch nicht gegeben hatte. Aber jetzt war der Blick ein anderer. Sie sah ein Chaos aus Schnee und Eis, der Garten war mittlerweile von einer schnell wachsenden zentimeterdicken Schicht aus Schnee bedeckt. Doch deutlich beunruhigender war der Wind, dieses Heulen und Jaulen. Er fuhr mit einer Gewalt durch die alten, riesigen Nadelbäume, die so groß und robust waren, dass sie älter als das Haus selbst wirkten. Sie bogen und schüttelten sich unter der Last, doch kaum hatten sie eine Böe gut überstanden und sich wieder aufgerichtet, kam der nächste Hammerschlag mit einem windischen Jauchzen herangebraust.

Ein Baum, der aufs Haus stürzt, würde uns gerade noch fehlen.

Ares bezog sein Bett und war damit näher als sie an dem zweiten beunruhigenden Geräusch. Im Zimmer nebenan waren Ulf, Kathrin und Emma untergebracht. Felix hatte schnell eine kleine Liege in das Zimmer gestellt, sodass sie hier zu dritt schlafen konnten. Die drei machten wahrscheinlich das Gleiche wie sie: auspacken, sich verloren fühlen und das Zimmer für die Nacht vorbereiten.

Ich verstehe, dass das für Ulf nicht einfach ist. Das ist wahrscheinlich seine erste Nacht in diesem Haus, seit er ausgezogen ist. In seinem ursprünglichen Schlafzimmer im zweiten Stock, mit dem schönen kleinen Erker davor, liegen zwei Fremde. Er schläft auf einem Gästebett, und irgendwie wurde seine Handwerkerehre mit dem Umbau verletzt, aber nichts entschuldigt DAS.

»Das« war das Geschrei aus dem Nachbarzimmer. Obwohl die Zimmer durch dicke Wände getrennt waren, konnte Agatha jedes Wort verstehen und hatte das Gefühl, direkt neben Ulf zu stehen.

»Es ist mir scheißegal, was du darüber denkst! Und wenn ich zwanzig Gläser Wein trinke, um diesen verfickten Abend durchzuhalten, ist das auch meine Sache!«

»Ulf, bitte! Nicht diese Wörter, nicht vor dem Kind!«

Die etwas leisere, flehende Stimme, die versuchte, seine Lautstärke zu drosseln, gehörte Kathrin. Agatha wunderte sich über deren Geduld. Sie ließ sich anschreien, seit sie im Zimmer angekommen waren.

Ich hätte ihm längst eine reingehauen.

Das leise Schluchzen zwischendurch gehörte Emma. Wahrscheinlich lag sie auf dem Bett. Vielleicht hatte sie sich unter der Decke versteckt und zur Wand gedreht? Klein-Agatha hätte sich sicher unter der Decke versteckt, wenn ihr Vater auch nur eines der vielen Schimpfwörter verwendet hätte, mit denen Ulf um sich warf. Einige davon hatte selbst Groß-Agatha noch nie gehört.

Als Agatha gerade einen Blick auf die Uhr werfen wollte, kam ein drittes beunruhigendes Geräusch dazu. Ein lautes Scheppern, als die Tür im Nachbarzimmer aufgerissen und dann wieder zugeworfen wurde, und dann das leiser werdende Geräusch von sich schnell entfernenden Kinderfüßen.

»Oh, oh«, hörte sie Ares murmeln.

Sie sah zu Ares hinüber. »Müssen wir was machen?«

Er legte den Kopf leicht schräg und schüttelte ihn dann langsam.

Agatha verstaute ihre Sachen im Regal, brachte den Hygienebeutel ins kleine, offenbar nicht geputzte Bad gegenüber dem Gästezimmer und war gerade wieder ins Gästezimmer zurückgekehrt, als es an der Tür klopfte.

Sie öffnete einer sehr besorgt dreinblickenden Kathrin die Tür. Ihre kleine Brille hing etwas schief auf ihrer noch kleineren Nase. »Emma ist weggelaufen. Das hat sie noch gemacht.« Sie schluckte einmal, zweimal, bevor sie weiterreden konnte. »Könnt ihr uns helfen, sie zu finden?«

Die nächsten Minuten waren wie ein chaotischer nächtlicher Fiebertraum, aus dem man schweißgebadet aufwacht, die Decke vom Körper strampelt und der Kopf glühend heiß brennt.

Sie hatten alle Anwesenden im Wohnzimmer zusammengerufen, waren einmal zusammen schnell durchs Haus gelaufen und hatten nach Emma gerufen. Ohne Erfolg. Kathrin war außer sich vor Sorge und schluchzte haltlos etwas, das nach: »Nicht schon wieder«, klang.

Hannelore hatte die Polizei rufen wollen, Ulf hatte Wein getrunken und die Abrissstelle der Zwischenwand untersucht, Felix hatte die Idee, sich aufzuteilen und alle Räume und alle Verstecke, selbst Speicher und Keller, gründlich – sehr gründlich – zu durchsuchen.

Kurz danach wurde Agatha auserkoren, die Polizei anzurufen. Im Wohnzimmer gab es einen Festnetzanschluss samt Telefon. Sie hätte lieber das vertraute Gewicht ihres Handys in der Hand gehabt, aber durch den Schneesturm schwankte der Empfang auf allen Geräten zwischen keinem und einem halben Balken, und damit ließ sich kein vernünftiges Gespräch führen.

Als ob der Empfang in dieser verlassenen Ecke Deutschlands jemals gut wäre.

»Polizeihauptmeister Gärtner, gude Owend.«

Sie sah aus den Augenwinkeln, wie Kathrin zusammengesunken in dem großen Sessel neben dem Kamin saß und Ares neben ihr kniend auf sie einredete.

»Ja, äh, hallo, guten Abend Herr Gärtner. Agatha Würth hier, ich rufe an aus dem alten Herrenhaus in Ludwigswinkel. Wir haben ein Problem.«

Dann erklärte Agatha es ihm. Dass sie mit ihrem Bekannten Ares Rot auf einer Einweihungsparty war, dass sie eingeschneit waren und dass ein Kind verschwunden war. Sie redete zu viel und zu ausführlich, aber so war das eben.

»Des versteh ich, Frau Würth, werklich, ich versteh Sie. Awer Sie müssen auch mich verstehe, hier klingelt ständich des Telefon, alle wollen was. Mir hän vier vermisste Personen, davon zwei geistich Beeinträchtigte aus em Altersheim in Dahn. In Bruchweiler is a Bäm uf a Stromleidung gekracht, des halbe Dorf is ohne Strom. Mir hän kä Persone, um jetz nach Ludwigswinkel zu fahre. Ich weß ehrlich gsacht gar nid, ob mir bei dem Wetter iwwerhaupt noch durchkumme und erchendwo annefahre könne. Es tut mir leid. Aber Sie sind uf sich selbst gstellt.«

Auf uns gestellt. Sie kommen nicht. Allein. Wir sind allein. Eingeschneit.

Agathas Hand zitterte, als sie das Telefon zurück auf die Ladestation legte. Alle starrten sie an. Alle bis auf Kathrin und Ares, der immer noch auf Kathrin einredete und ihre Hand hielt. Sie schien sich etwas beruhigt zu haben.

Zieht er wieder sein Therapeutending ab?

Felix sah sie hilflos an.

Sie brauchen Führung.

»Felix, du hattest eine tolle Idee. Wir machen es so, wie du es vorgeschlagen hast. Wir bilden Zweiertruppen und durchsuchen jeden Raum, jeden Winkel und jede Ecke dieses Hauses. Sie ist ein Kind, verängstigt, aber sehr klug. Und sie kennt das Haus, es war lange ihr Zuhause, da wird ihr nichts passieren. Wir werden sie sicherlich schnell finden und können dann mit der schönen Party weitermachen.«

Das hoffe ich zumindest.

Oder es wird alles nur noch schlimmer.

Vor ihrem inneren Auge rüttelte und schüttelte der Sturm an den alten, ehrwürdigen Bäumen, bis einer sich der Gewalt ergab, langsam kippte und dann, immer schneller werdend, in das alte Haus einschlug, die Dachschindeln durchbrach und sie alle unter sich begrub.

»Lasst uns die Räume und die Teams aufteilen und loslegen.«

12

HANNELORE

Hannelore ging missmutig hinter Alfred her, ihre verschiedenen Kleider- und Röckeschichten umwehten sie bei jedem Schritt. Anmutig wäre das Wort, mit dem sie ihren Laufstil selbst beschreiben würde. Nur war dieser Alfred niemand, der das zu würdigen wusste.

Von allen Anwesenden war ihr ausgerechnet dieser heruntergekommene Gärtner zugeteilt worden! Er lief vorneweg und murmelte die ganze Zeit unverständliches Zeug vor sich hin. Vielleicht war er ja verrückt.

Sind Selbstgespräche nicht das erste Zeichen für Verrücktheit?

Sie hatte dazu mal einen Artikel gelesen, den ein Freund von ihr geschrieben hatte. Dr. Thomas Hinteregger, Psychiater aus München. Er feierte so tolle Partys auf seiner Dachterrasse, und sie war immer eingeladen, ach Gott, war das schön da! Es gab oft High Roller Martini. Ein Drink kostete mehrere Hundert Euro. Mehrere! Und auf Thomas' Dachterrasse gab es diese Drinks einfach so, für jeden Gast. Manchmal war Bernd Müller da, Chefreporter des München Süd Verlags. Oder Andrea Schallmichl, sie hatte einen Sitz im Bayrischen Landtag. Und zwischen all diesen Gucci-Taschen, Chanel-Kleidern und Tiffany-Ohrringen war sie. Hannelore Knaut. Sie redete, lachte, lebte, wirbelte, flirtete mit all diesen besonderen Menschen in den besonderen Kleidern und Uhren in eine Münchner Nacht hinein. *Wundervoll.*

Und jetzt? War sie dank ihres Sohnes in diesem Kaff in der Hinterpfalz, alles roch hier nach Armut und Kuhscheiße, und sie musste ein verlorenes Gör suchen, dem wahrscheinlich ein Furz quersteckte und das Spaß daran hatte, die ganze Gruppe der Erwachsenen wie einen Haufen Hühner durch die Gegend rennen zu sehen.

Und dann dieser Gärtner! Warum genau war sie noch mal ihm zugeteilt? Ihr Sohn wusste doch, wie schwer sie sich im Umgang mit solchen Menschen tat. Hatte Felix überhaupt eine Ahnung, was er ihr damit angetan hatte? Er wirkte sowieso etwas neben der Spur, diese Wanda hatte einfach keinen guten Einfluss auf ihn. Wie lange waren die beiden jetzt schon zusammen? Gefühlt eine Ewigkeit.

Eine Ewigkeit!

Und immer noch kein Enkelkind. Hannelore seufzte und fuhr sich mit ihren perfekt manikürten Nägeln über ihre mit einem blauen Stein besetzte goldene Halskette. Daran war sicherlich diese Wanda schuld. Wahrscheinlich haben irgendwelche Bäume zu ihr gesprochen, dass sie noch kein Kind bekommen soll, weil das Moos noch nicht im Sternzeichen Schütze nach Norden wächst, während der Vollmond im Quadrat steht. Ja, sie hatte Krebs gehabt, aber kann man deswegen keine Kinder bekommen? Hannelore hatte in München den weltbesten Krebsarzt gefragt, und er meinte, es stünde dem Kinderkriegen nach einer überstandenen Krebserkrankung nichts im Wege. Also, warum wurde Wanda nicht schwanger? Schließlich hatte Hannelore in München schon verkündet, dass sie mit Sicherheit im Laufe des nächsten Jahres eine großartige Party für ihr erstes Enkelkind geben würde.

Oder muss man diesen Eso-Leuten das mit den Bienchen und Blümchen noch mal erklären? Man merkt, dass hier die CSU nicht regiert, dann wüssten die Leute hier, wie wichtig Familie ist.

Ihre Gewänder raschelten, während sie Alfred nacheilte, der jede Tür öffnete, in jeden Raum schaute und dabei immer wieder nach Emma rief. Moment, hatte er nicht eben Vanessa gerufen?

Doch, er hat definitiv »Vanessa« gerufen. Vanessa?

»Verrückt«, murmelte sie leise.

An seiner Bauchtasche ragte eine Ausbuchtung heraus. Sie schaute genauer hin. War das eine Pistole?

Oh Gott. Das ist eine! Das ist eine Pistole!

Sie erkannte den Knauf einer Pistole, wenn sie eine sah, schließlich hatte ihr Ex-Mann sie einmal mit einer bedroht, nachdem das Gericht ihr nach der Scheidung die Hälfte seines Vermögens zugesprochen hatte. Er war betrunken vor ihrer Wohnung aufgetaucht, wollte angeblich nur reden. Als sie ihn hereingelassen hatte, zog er auf einmal eine Waffe und fuchtelte damit vor ihr herum. Sagte, dass sie eine Schlampe sei und es nicht verdiene zu leben. Sagte, dass sie ihm alles genommen habe. Sein Kind, sein Geld, seinen guten Ruf. Sie hatte sich auf einen Stuhl setzen und selbst an die Stuhlbeine fesseln müssen, er stand vor ihr und wedelte immer wieder mit der Waffe, während er seine Rede schwang.

Hannelore hatte kein Wort mehr davon in Erinnerung. Aber die Waffe, die hatte sie genau gesehen. Jede kleine Unebenheit, jeder Millimeter hatte sich in ihre Netzhaut eingebrannt wie ein überbelichtetes Bild. Das würde sie nie vergessen. Die Waffe war eine Schlange, tödlich, bereit zum ersten und letzten Biss. Hannelore hatte schon die Augen geschlossen, aber das Gift, der Biss kam nicht. Ihr Mann war gegangen.

Alfred hatte inzwischen die Durchsuchung des nächsten – praktisch leeren – Raumes beendet.

Verrückt. Verrückt!

Wenn es schon keine Enkelkindparty gibt, dann zumindest eine mit einer Geschichte! Was mache ich? Was bringt mir eine Geschichte, die ich erzählen kann?

Wie hatte sie ihn vorhin bezeichnet? Als asozial. Eine Idee keimte in ihr, langsam wuchs der Samen des Unkrauts heran.

»Was hast du ihnen eigentlich gegeben? Meinem Sohn und seiner Frau, meine ich.«

Alfred blieb irritiert stehen, schaute zurück. »Was meinen Sie?«

»Na, was du meinem Sohn gegeben hast, dass du zur Party kommen durftest. Das ist ja sicherlich nicht die Art der Gesellschaft, die du normalerweise gewöhnt bist.«

Sie sah, wie Alfred empört Luft holte, seine Hand sich zur Faust ballte. Aber irgendwie war sich Hannelore sehr sicher, dass er sie nicht erschießen würde.

Ganz langsam drehte er sich um und ging weiter, sie sah, wie seine Schultern zitterten. Sie blieb stehen, bis er um die nächste Ecke herum und damit außer Sichtweite war. Erst dann wagte sie wieder zu atmen.

Wenn ich das später in München erzähle, hat der Gärtner auf jeden Fall die Waffe gezogen und mich bedroht. Das hatte er schließlich vor, ich habe es doch in seinem Gesicht gesehen. Und warum hat er überhaupt eine Waffe, wenn er sie nicht benutzen will?

Sie musste Felix finden und ihn vor seinem Gärtner warnen, er war mit Sicherheit gefährlich und psychisch krank – und überdies bewaffnet. Vielleicht hatte er sogar diese Emma zum Weglaufen überredet, um ihr dann in einem Versteck etwas antun zu können. Das würde erklären, warum er Räume durchsuchte, in denen sich das Kind nicht verstecken konnte.

Und warum er nach einer Vanessa ruft.

Sie drehte sich um und ging wieder Richtung Wohnzimmer.

Das muss ich jemandem erzählen. Sobald alle zurück sind von ihren Durchsuchungen und das Kind gefunden ist, bekomme ich endlich die Aufmerksamkeit, die ich verdiene.

Während sie langsam die vertäfelten Gänge entlangstöckelte, kroch die Kälte immer näher an sie heran. Es würde noch dauern, bis sie sich eingestehen würde, dass es die Angst war und nicht die Kälte. Sie war allein, das Stöckeln der Schuhe warf Echos von den Wänden.

13

FELIX

»Ist ja nett, dass wir den Speicher übernehmen, aber hast du daran gedacht, dass ich hohe Schuhe anhabe, als du uns für den Speicher angemeldet hast, mein Lieber?«

Agatha stöckelt in den Valentino-Pumps neben Felix die geschwungenen Treppen nach oben. Er fühlte sich schlecht. Aus mehreren Gründen. Zum einen lief die Party überhaupt nicht gut. Erst der Streit mit Ulf, der ihn aus nicht nachvollziehbaren Gründen so hart angegangen war, dann das Kind, das verschwunden war, und jetzt hatte er scheinbar nicht weit genug gedacht und schleppte Agatha in ihrem schicken Hosenanzug und den Pumps auf den Speicher. Warum dachte er nicht nach? Hatte er früher schon nicht nachgedacht?

Dabei denke ich sehr viel nach. So im Vergleich mit anderen, auch wenn das schwer zu vergleichen ist.

Er dachte ständig nach, über alles. Deswegen war er in Therapie, deswegen hatte er ständig diese stechenden Magenschmerzen.

Als würde mir jemand mit einem Messer in die Eingeweide stechen.

Er durchdachte alles und versuchte ständig für sein Umfeld mitzudenken. Insbesondere für Wanda. Wenn er für Wanda nicht mitdachte, tat sie es auch nicht. Er war es, der die ganzen Besorgungen für die Party gemacht hatte *(die Antipasti waren echt lecker, ich hoffe, wir kommen noch zum Nachtisch)*, während Wanda ein Feuerritual für die Raunächte gemacht oder im Wald besondere Tannenzweige gesucht hatte.

Die Sachen, die sie dann damit macht, sind schon toll.

Ein paar der Zweige hatte sie im Kamin verbrannt, und es roch sehr winterlich nach Tannennadeln, natürlich war das schön. Wanda hatte einen Blick und ein Händchen für Stimmungen und für das wabernde, schwer zu greifende Etwas, das zwischen Menschen hin- und herfloss, sie aneinanderband.

Felix konnte das nicht. Er fand sich im Kontakt mit anderen Menschen immer merkwürdig, *weird*, wie seine Jungs auf seinem Arbeitsplatz in der Behindertenwerkstatt gerne sagten, und er war sich sicher, dass andere das auch so sahen. Irgendwie war er immer etwas steif, immer etwas unpassend. Seine Kommentare waren immer etwas verschroben, zu spät oder nicht lustig, nicht fertig oder irgendwie unpassend.

Warum ist es so schwer dazuzugehören? Nein, das ist nicht die richtige Frage. Warum ist es für mich so schwer dazuzugehören? Zur Gruppe oder allgemein, einfach dazu. So wie andere, wenn sie ein Teil von etwas Größerem sind.

Wanda machte nichts, nichts Sichtbares zumindest, und sie war mit allen in einem Raum in Kontakt. Hatte eine Verbindung zu ihnen. Und wenn sie mal keine Verbindung zu jemandem hatte, war ihr das auch egal. Was auch öfter vorkam, wenn er ehrlich war. Aber es war ihr dann einfach egal.

Wenn sie doch nur etwas mehr auf sich achten würde!

Er war einmal fünf Tage auf einer Weiterbildung in Bonn gewesen. Als er wiedergekommen war, hatte er festgestellt, dass der Kühlschrank immer noch bis obenhin voll mit seinen Einkäufen gewesen war, die zum Teil in dieser Zeit abgelaufen waren, während sich Wanda von Fertigfraß ernährt hatte.

»Tut mir leid, ich hatte deine Schuhe nicht im Blick«, antwortete er Agatha jetzt zerknirscht, als sie das dritte Stockwerk erreicht hatten.

Es war hier oben merklich kälter, die Etage wurde nicht geheizt, denn Wanda und er hielten sich nur auf den ersten beiden Stockwerken auf. Auch waren hier die Fenster und Dämmungen am ältesten, von daher zog Felix bei jedem Schritt ein eiskalter, aus unterschiedlichen Richtungen kommender Luftstrom um die Beine oder den Oberkörper.

Agatha schien seine Gedanken zu lesen. Sie kannte ihn wirklich sehr gut. »Was ist los, Felix? Solltest du nicht einfach nur das Leben genießen?«

»Ich versuche es, Aga, wirklich. Es ist nur, hm, wie erkläre ich das?«, fing er an. »Ich habe bei dem Kampf gegen Wandas Krebs so viel Energie gelassen, meine Batterien sind so leer, dass sie irgendwie nicht mehr voll werden. Es fühlt sich an, als wäre die Batterie kaputt, da kann ich an der Steckdose aufladen, wie ich will. Weißt du, was ich meine?«

Agatha nickte. »Das weiß ich nur zu gut. Denkst du, das Kind ist hier langgekommen?«

»Ich hoffe nicht. Ich hoffe, sie versteckt sich irgendwo im ersten Stock, dann finden die anderen sie schnell.

Hier oben ist es richtig kalt, wie du ja sicher auch merkst, und auf dem Speicher wird es noch kälter.«

Der Speicher war nur über eine ausklappbare Leiter zu erreichen, dazu musste ein Hebel in der Wand betätigt werden. Dieser ließ eine Luke in der Decke aufgehen, ein Seil fiel herab, und mit diesem konnte die Leiter heruntergezogen und aufgeklappt werden. Felix zog an dem alten, rostigen, eiskalten Metallhebel, der irgendwann vor vielen Jahren mal rot lackiert gewesen war.

Die Luke knarrte und ächzte, im Laufe der Jahrhunderte hatten sich Metall und Holz verzogen. Felix klappte die Leiter herunter, ein modriger Geruch schwappte zu ihnen herunter. Irgendetwas knackte laut und bedrohlich über ihnen, Felix und Agatha zuckten zusammen. Felix blickte zu Agatha herüber.

Machen wir das wirklich?

Langsam stiegen sie die Treppe hoch, Agatha zuerst, Felix folgte ihr.

Ein düsteres Licht empfing sie.

14

ULF

Mit zitternden Händen zündete er sich eine Zigarette an, während er mit seiner Frau die Treppe in den zweiten Stock emporstieg. Tief atmete er den Rauch ein, sofort setzte die Wirkung des Nikotins ein, und seine Hände wurden etwas ruhiger. Kathrin blickte zu ihm herüber, er erwiderte den Blick, bis sie wegschaute.

Wie oft bin ich diese Treppe früher hochgegangen?

Er kannte die Stufen in- und auswendig. Viele Stufen knarrten. Über die Steintreppe, die am hinteren Ende des Herrenhauses die drei Stockwerke miteinander verband, war im Zuge des Umbaus auf jede Stufe eine Holzdiele montiert worden.

Viele davon habe ich selbst gelegt.

Das sah schöner aus und war angenehmer zum Laufen, knarrte allerdings ab und an, das Holz arbeitete, jede Stufe war unterschiedlich. Anschleichen war auf der Treppe praktisch unmöglich. Aber warum sollte man sich auch anschleichen wollen?

Um jemanden in der Luft zu zerreißen?

Kathrin war stehen geblieben. »Was ist los, Ulf?«

Er konnte förmlich hören, dass sie die Arme angewinkelt hatte.

Auch er blieb stehen. Er hätte mit der Frage rechnen müssen, sie kannte ihn gut. Und er sie. »Du rauchst und trinkst so viel wie schon ewig nicht mehr. Wir sind hier zu Gast, Emma ist verschwunden. Ich brauche dich jetzt.« Ihre Stimme klang flehend. »Bitte. Ich brauche jetzt dich.«

Wieder zog er an der Zigarette. In ihm brannte ein Feuer, loderte lichterloh.

Und dieser verschissene Matthias hat noch nicht geschrieben!

Er hatte es gerade überprüft. Und dann baute dieses Arschloch Felix auch noch in dem Haus herum, als ob er ein Recht dazu hätte. Er hatte keine Ahnung, was er damit angerichtet hatte, er hatte keine Ahnung! Ulfs eine Hand krampfte sich um das verschnörkelte, schwarze Metallgeländer, in der anderen hielt er die Zigarette.

Ich werde nie wie meine Eltern. Ich bin so viel besser.

Er kämpfte – beruflich, gegen Kollegen, gegen die Chefs, aber auch mal gegen Ämter und Betriebe. Vor wenigen Jahren war er wegen eines ungerechtfertigten Strafzettels in den Krieg gegen die Stadtverwaltung in Dahn gezogen. Nach siebzehn Monaten und drei unterschiedlichen Gerichten hatte er gewonnen, das Ganze hatte einen Streitwert von über achttausend Euro gehabt. Die Stadt hatte verloren, die Sachbearbeiterin hatte gekündigt, nachdem er ihr einen deftigen Brief zu ihrem Versagen geschrieben hatte.

Ulf seufzte. Nur diese Härte führte zu Erfolg.

Wenn die Menschen Mitleid mit dir haben, hast du verloren. Wenn du Hilfe erbitten musst, hast du verloren.

Er schaute auf seine Hand mit der Zigarette. Sie war wieder ganz ruhig. Seine Grundsätze halfen ihm immer.

Erbitte keine Hilfe, fordere sie ein. Und sei so erfolgreich, dass du sie danach nie wieder brauchst.

»Emma ist verschwunden. Es gibt hier keinen Raum für Gefühle. Ich muss hier hart sein. Aber diese Härte wird Emma finden und gegen alles und jeden verteidigen, was sie bedroht. Ich erwarte, dass du mich jetzt unterstützt.«

Er hatte nach vorne geschaut, die Treppe hinauf. Jetzt setzte er seinen Weg fort, ohne zurückzublicken. Sie würde ihm nachkommen. Er kannte ihre Geheimnisse so wie sie seine. Daher wusste sie, dass seine Art in manchen Momenten das Werkzeug war, das es brauchte. Der Hammer, wenn die Pinzette nicht ausreiche. Er holte nicht den Stachel raus, er tötete den ganzen verdammten Bienenstamm, fackelte den kompletten Baum ab, damit niemand mehr gestochen wurde. Für das Pflaster und die netten Worte, das Trösten und gemeinsam Traurigsein war dann Kathrin zuständig.

Anfangs war das ein großes Thema zwischen ihnen gewesen, sie fand ihn zu hart, wollte mehr Gefühle, mehr Nähe, mehr Empathie. Dann wurde Vanessa entführt, und alles änderte sich. Während sie zusammenbrach, trug er die ganze Last. Die Gespräche mit der Polizei, mit der Presse, das ganze Drumherum – und währenddessen ging er noch arbeiten und verdiente Geld, um das Haus halten zu können. Kein Mitleid, nicht nachgeben.

Keinen Millimeter nachgeben. Keinen einzigen.

Hinter sich hörte er, dass Kathrin auf die nächste Stufe trat. Sie folgte ihm. Ein leises Lächeln stahl sich auf sein Gesicht, mit der Hand fuhr er sich über die blonden gegelten Haare.

In seiner Tasche klingelte sein Smartphone, der Klingelton verriet ihm, dass es ein Anruf von der Arbeit war.
Wahrscheinlich Matthias.
Ein Problem nach dem anderen.
Er blieb stehen und öffnete ein Fenster zur Gartenseite, der Wind fuhr hinein. Kälte machte ihm nichts aus, im Gegenteil. Kälte härtete ab.
Als er sah, wie jemand durch das Licht des Eingangsbereichs allein auf Alfreds Anbau zuging, änderte er seine Meinung, schob in Gedanken Emma und Matthias etwas nach hinten und wandte sich seiner Frau zu. Seine Frau, Kathrin, eine Allegorie für Loyalität.
Ein Problem nach dem anderen.
»Kathrin.«

15

FELIX

Der Speicher war ein großer Raum, der, dem Dachverlauf folgend, in alle Richtungen abfiel, sodass man sich immer weiter ducken musste, je weiter man sich von der Mitte entfernte. Die Mitte wurde von einem dicken Pfeiler dominiert, an dem einsam eine Glühbirne baumelte. Ihr Licht reichte kaum aus, um den Speicher zu erhellen. An vielen Stellen bröckelte die Dämmung in den Speicher hinein, und das blanke Dach war zu sehen. Es war unfassbar kalt *(arschkalt, wie seine Jungs sagen würden)*, und beide, Felix und Agatha, drückten fröstelnd ihre Arme an sich.

»Lange würde Emma hier oben bei der Kälte nicht aushalten.« Agatha sprach aus, was beide dachten. Hier waren der Wind und die Kraft des Winters viel direkter zu spüren. Die Dachziegel knarzten und knackten bedrohlich, es pfiff aus allen Richtungen, und Felix glaubte leise Stimmen und Getrippel in den dunklen Ecken zu hören, in die das Licht nicht vordrang. War da nicht gerade ein Schatten unnatürlich lang geworden? Was war das für ein Geräusch aus der Ecke vor ihm? Mit leisen kleinen Händen krochen Ängste seinen Rücken herauf.

»Wir beeilen uns am besten«, hörte er sich mit wackliger Stimme sagen. »Vielleicht teilen wir uns auf, ich nehme den Bereich vor uns, du alles hinter uns.« In das Dach waren insgesamt sechs kleine rechteckige, durch Zeit und Wetter stumpf gewordene Dachfenster eingelassen, die etwas Licht in den Speicher warfen. Tagsüber reichten sie aus, um den kompletten Raum zu erhellen, jetzt, mitten in einem Wintersturm, warfen die vorbeirasenden nachtschwarzen Wolken vor einer kleinen Mondsichel bedrohliche, verzerrte Restschatten auf den Boden, kurz bevor sie für immer verschwanden.

Der Boden selbst war übersät mit Staub, Kisten, undefinierbaren Gegenständen aus über zweihundert Jahren Nutzung und alten Möbelstücken. Ein alter Sessel, der bedrohlich auf drei Beinen vor sich hin wackelte, ein halber Schrank ohne Türen, große, mit Metall beschlagene Holzkisten, ein halb zersplittertes Bücherregal. Während dieses Szenario ihn in langen, lauen Sommerabenden sicherlich zum Stöbern, Abenteuern und Suchen eingeladen und für wohlige Spannung gesorgt hätte, wirkte in diesem Moment alles grotesk, angsteinflößend und verzerrt.

Beide holten ihre Handys hervor und schalteten die eingebauten Taschenlampen an, um mehr Licht zu haben, dann begannen sie langsam, sehr langsam, den Dachboden abzusuchen und dabei leise nach Emma zu rufen.

Wo bist du, Emma, wo?

Jetzt reiß dich zusammen, Felix. Einfach überallhin leuchten und dann wieder zurück in die Wärme und das Licht, das schaffst du.

Irgendetwas war dort hinten, er spürte es in der Magengegend. Ein Ziehen, wenn er in die hinterste Ecke leuchtete. Irgendwie schien das Licht den großen dunklen Schatten dort nicht durchdringen zu können. Oder war der Schatten gar kein Schatten, sondern ein großer Mann in einem schwarzen Mantel? Um das sicher sagen zu können, müsste er noch zwei, drei Schritte näher gehen.

Alles drehte sich um Felix, die Wolken flogen immer schneller vorbei. Der Schatten wurde größer und größer, durch irgendein Loch pfiff der Wind, und Felix wich zurück. Erst einen Schritt, dann noch einen Schritt, rückwärts, nur weg. Weg von der Angst, weg von dem Schrecken, der dort sicherlich in der Ecke kauerte. Beim nächsten Schritt rückwärts stolperte er über eine Kiste und schlug der Länge nach mit einem lauten Schlag auf dem Boden auf, sein Handy fiel ihm aus der Hand. Sich überschlagend wirbelte es durch die Luft, die eingebaute Taschenlampe warf eine wilde Mischung aus Lichtinseln und schattengeplagter Dunkelheit durch den Speicher.

»Felix!«

Was für eine schöne Stimme Aga doch hat.

»Ist dir was passiert?« Sie kam angerannt und half ihm hoch.

»Ich bin nur blöd gestolpert«, murmelte er und rieb sich den Hinterkopf. »Ich denke, Emma ist nicht hier, lass uns gehen.« Er versuchte, nicht in die Ecke mit dem Schatten zu schauen.

Nur ein Schatten, nichts weiter als ein Schatten.

Aber da war das Bild eines großen Mannes mit einem schwarzen Mantel in seinem Kopf. Er sah ihn vor sich, wie er in der Dunkelheit kauerte.

»Ja, das denke ich auch. Emma ist nicht hier. Aber ich habe etwas gefunden«, sagte Agatha mit einem merkwürdigen Unterton. »Schau mal hier«, sie zerrte eine Kiste zu ihm heran.

Die Kiste war ein alter, mit Klebeband zugeklebter Umzugskarton. Die Pappe war leicht rissig und voller Staub. Das Besondere war der Zettel, der darauf klebte und handbeschriftet folgenden Text enthielt: *Kathrin und Ulf. Presse zum Verschwinden von Vanessa.*

Agatha schaute Felix an. »Wer ist Vanessa?«

Felix drehte sich etwas zur Seite, er wollte diesen Schatten nicht in seinem Rücken haben. Jetzt konnte er ihn aus dem Augenwinkel sehen. Wenn sich dort etwas bewegte, würde er es sehen.

»Vanessa war das erste Kind von Ulf und Kathrin«, fing er langsam und stockend zu erzählen an. Es war keine schöne Geschichte. Die einzelne Lampe über ihnen flackerte. Kurz war es dunkel, dann leuchtete sie wieder. »Vanessa wurde entführt, als sie drei oder vier war, so genau weiß ich das nicht. Kathrin hat das alles Wanda erzählt, ich habe das nur am Rande mitbekommen. Muss ein großes Ding gewesen sein, ist über zehn Jahre her. Damals war die Polizei des ganzen Felsenlandes beteiligt, Hundestaffeln, sogar die Presse war da, es gab Fahndungsaufrufe, Suchaktionen, Nachbarschaftsbefragungen, Zeitungsartikel. Das ganze Programm.«

»Und?« Agatha war neugierig, drängte Felix zum Weitererzählen. »Was ist dann passiert?«

»Nichts«, antwortete Felix. »Nichts weiter. Sie haben nichts gefunden, weder die Hunde noch die Suchstaffeln noch irgendjemand. Keine einzige Spur. Kein Erpresserbrief, kein Lebenszeichen, nichts. Furchtbar, oder? Sie war wie vom Erdboden verschluckt. Als ob sie nie gelebt hätte. Das macht schon was mit einem, so eine Geschichte, also zumindest bei mir ist das so.« Er schluckte. »Für Kathrin war es eine besonders harte Zeit, was ich gehört habe. Nicht nur, dass ihre Tochter verschwunden war, sie wurde auch noch eine Zeit lang von der Polizei verdächtigt, etwas damit zu tun gehabt zu haben.«

»Bitte was? Kathrin wurde verdächtigt, ihrer Tochter etwas angetan zu haben? Die Kathrin, die da unten sitzt und sich ein Bein ausreißen würde, damit es Emma gut geht? Das kann ich mir nicht vorstellen.«

»Ich mir auch nicht«, murmelte Felix und kratzte sich am Bart. »Aber die Polizei hatte da eine Spur verfolgt, so genau weiß ich das auch nicht. Vielleicht kennt man Leute doch nicht so gut, wie man denkt?«

»Dem sollten wir nachgehen!«, sagte Agatha energisch. »Wir müssen doch wissen, ob wir hier mit einer potenziellen Kindesentführerin oder sogar Mörderin unter einem Dach eingesperrt sind!«

»Hm, na ja.« Felix war nicht überzeugt. »Gerade meintest du noch, dass du nicht glaubst, dass sie was damit zu tun hatte. Und wie willst du dem Thema nachgehen? Ich glaube, sie danach zu fragen, während Emma vermisst wird, ist keine sehr gute Idee.«

Agatha fasste nach der Kiste. »Dafür haben wir das hier. Komm, wir gehen«, sagte sie.

Felix warf einen letzten Blick auf den wabernden Schatten in der Ecke. »Und was machen wir jetzt mit der Kiste? Sollen wir reinschauen?«

»Wir müssen Ares finden.«

Wie konnte Aga nur immer so selbstsicher klingen, immer einen Plan haben?

»Wenn es eine Spur in dieser Kiste gibt, ob Kathrin etwas mit Vanessas Verschwinden zu tun hat, wird er sie finden!« Sie nickte, wie zur Selbstbestätigung, und die dicken schwarzen Locken hüpften bestätigend mit.

»Warum er?«, fragte Felix. »Warum? Was kann er, was so besonders ist? Warum ist er überhaupt hier? Mir fällt ein, dass ich das schon mal gefragt, aber noch keine Antwort darauf bekommen habe, aber das habe ich verdient, finde ich. Warum ist Ares überhaupt hier?«

»Ares hat hier eine Aufgabe«, murmelte Agatha, mehr zu sich selbst als wirklich zu Felix. »Aber vielleicht eine andere, als ich ursprünglich dachte. Dinge sind in Bewegung.« Sie bedachte Felix mit einem merkwürdigen Blick. »Es wird alles gut. Auf Leid folgt immer Glück. Wir müssen zu Ares.«

Mit diesem Satz hob sie die Kiste auf und schritt mit schnellen Schritten auf die Treppe zu. Felix folgte ihr, ohne zurückzublicken.

Hat die Luke hinter ihm gerade geknarrt?

Hatte sie geknarrt, weil der Mann aus den Schatten gerade vom Dachboden herunterstieg?

Felix überholte Agatha, es wirkte eher wie eine Flucht, als er auf die Treppe zusteuerte.

16

ANDI

Die Münzen klingelten in seiner Jackentasche. Als er von zu Hause aufgebrochen war, war er erst noch tanken gewesen. Der Tankwart war gerade dabei, die Tankstelle wetterbedingt zu schließen, und hatte ihn für verrückt erklärt, ihn aber natürlich dennoch bedient und ihm sogar, wie gewünscht, das Rückgeld in Münzen gegeben. Nach dem Tanken saß Andi noch eine Weile an der Tankstelle in seinem Auto und sah zu, wie der Tankwart, ein großer, schlaksiger Mann um die fünfzig, den Andi hier noch nie zuvor gesehen hatte, langsam alles abschloss.

Diese Zeit im Gefängnis hat mich so viel gekostet. Davor kannte ich hier jeden, und jeder kannte mich. Es hat sich so viel verändert, und ich kann es nicht aufholen.

Erst als die Tankstelle dunkel war, hatte er sich auf den Weg zum Herrenhaus gemacht. Der Schneesturm wütete, er musste sehr langsam fahren. Zum Glück war er ein guter Autofahrer. Niemand kam ihm entgegen. Er war ganz allein auf der Straße.

Müssen diese ganzen Köter bei Schnee nicht kacken, oder machen die in die Wohnung, wenn Herrchen wegen des Wetters nicht rauswill?

Nach einer gefühlten Ewigkeit erreichte er das Herrenhaus und hielt das Auto direkt in der Einfahrt neben der großen Tanne an.

Willst du nicht bis zur Tür fahren? Oder für wen blockierst du hier den Weg?

Irgendetwas in ihm wollte nicht weiterfahren.

Nach und nach hatte er dann die elf Euro in Münzen aus seinem Geldbeutel herausgesucht und in seine Jackentasche gesteckt. Die Finger seiner rechten Hand spielten damit, ließen sie aneinanderklacken. Er mochte das Geräusch.

Münzen klingen einfach noch nach echtem Geld. Da hat man noch was in der Hand.

Sein Blick fiel auf den Türgriff. Der Wind heulte draußen, langsam baute sich ein Schneehügel auf seiner Windschutzscheibe auf. Andi runzelte die Stirn. Warum konnte er nicht aussteigen? Er hatte sicherlich schon vor einigen Minuten das Auto ausgemacht, saß in Sichtweite des Hauses, aber irgendwie konnte er nicht aussteigen. Es wurde immer kälter im Auto, er hatte schon auf der Herfahrt gefroren, obwohl er noch den warmen Saumagen im Magen und seinen dicken, schwarzen Pulli anhatte. Irgendetwas war mit der Heizung kaputt, er würde das Auto nächste Woche zu Theo bringen.

Egal.

Das war jetzt nicht wichtig. Wichtig war es, dass seine Frau ein gutes Bild von ihm hatte. Und dazu musste er etwas erledigen.

Ich bin einer, der Sachen erledigt. Das ist wichtig. Ich bin einer, der Sachen erledigt.

Langsam ließ er den Blick über die Vorderfront des Hauses schweifen. Die meisten Lichter waren noch an, leuchteten auf den Vordereingang. Im Hof standen zwei Autos, die er nicht kannte.

Eine Party?

Möglich wäre auch ein Familientreffen, aber er kannte die Familie von Ulf und Kathrin recht gut, und dieser hinkende, große Typ vorhin in seinem Taxi wäre ihm auf seinen alten Streifzügen sicher mal aufgefallen.

Streifzüge.

Dieses Wort in seinen Gedanken erinnerte ihn an einen anderen Andi. Einen dunkleren Andi. Dieser Ort machte etwas mit ihm. Etwas, das nicht gesund war.

Vielleicht sollte er einfach umkehren und zu seiner tollen Frau nach Hause fahren, sich vor den warmen Kamin setzen, ein, zwei, drei Bier trinken und den Feierabend genießen. Aber was sollte er seiner Carola sagen?

Was für ein Mann bin ich, wenn ich jetzt einfach heimfahre?

Was sollte er sagen? »Ja, Schatz, ich habe es nicht geschafft, nach dem hinkenden Mann zu fragen und denen das Geld zu geben. Warum? Tja, warum?« Selbst in Gedanken fiel ihm keine passende Antwort ein.

Feigling.

Wieder klimperte er mit den Münzen in seiner Tasche, sein Atem gefror bei jedem Ausatmen vor seinem Gesicht. Je länger er wartete, desto länger dauerte es auch, bis er die Heimfahrt antreten konnte, und desto schlimmer würde der Schneesturm werden.

Die großen Tannen und Fichten rechts des Eingangs bewegten sich im Sturm. Auf der einen hatte er vor Jahren gesessen und beobachtet, über Tage hinweg. Ein starker Ast ging in etwa zwölf Meter Höhe fast horizontal vom Stamm weg, perfekt, um sich darauf zu setzen und am Stamm anzulehnen. Der Baum war von dichtem Wuchs, Andi war von unten praktisch nicht zu sehen, während er selbst einen guten Überblick über den Garten, das Haus und insbesondere den Anbau gehabt hatte.

Den Anbau, in dem Gertrud lebte.

Meine Traumfrau.

In einer besseren Welt wäre sie seine Ehefrau geworden.

In einer gerechteren Welt. Gerechtigkeit.

Gerechtigkeit gibt es nur für die da oben.

Gertrud.

Er hatte sie einmal mit dem Taxi mitgenommen, als drei Autos vor ihnen ein Opa, der definitiv nicht mehr hätte fahren sollen, sein Auto quer stellte und halb auf der Straße, halb in der Leitplanke hing. Zwei Autos vor ihnen war ein Polizist, der die Straße umgehend komplett sperrte, sie saßen insgesamt drei Stunden in diesem Taxi. Nach einer halben Stunde hatte er das mitlaufende Taxameter auf null gestellt. Nach zwei Stunden duzten sie sich und redeten über Lieblingsessen, Nilpferde und die harte Kindheit auf dem Land.

Kurz danach lachte er das erste Mal, sie ein wenig später.

Sie hat so über meine Witze gelacht wie niemand jemals zuvor.

Abends dachte er an sie. Nachts dachte er an sie. Am nächsten Morgen wusste er, dass er alles für diese Frau tun würde.

So schrieb er Briefe, besuchte sie unter einem Vorwand auf ihrer Arbeit, rief sie an, wenn er einsam war und an sie dachte.

Bedauerlicherweise hetzte ihr Mann Alfred sie auf, sodass sie ihn bei der Polizei anzeigte und er sich ihr nicht mehr nähern durfte.

Aber so wie sie mich angesehen hat ...
Das ging alles von diesem Alfred aus.
Wenn er nicht gewesen wäre ...
Andi war glücklich mit seiner Carola. Aber er wäre die letzten Jahre auch mit Gertrud sehr glücklich gewesen.
Ganz sicher.
Als er von ihrem Tod erfahren hatte, hatte er sich betrunken und war den ganzen Tag mit dem Taxi die Straße entlanggefahren, wo sie sich das erste Mal gesehen hatten.
Andi schluckte schwer. Dieser Alfred hatte nie dafür bezahlt, dass er sie umgebracht hatte.
Er hat sie umgebracht. Ganz sicher.
Er hatte es nicht ausgehalten, dass sie ihn, Andi, liebte.
Weil er es Gertrud und mir nicht gönnte.
Wieder warf er einen Blick auf den Baum. Wie viele Stunden er wohl dort oben gesessen und seine Gertrud bei der Gartenarbeit beobachtet hatte? Irgendwann hatte ihn Alfred dabei erwischt, was dann zu seiner Verurteilung führte. Schlimmer als das waren die Blicke aus der Nachbarschaft. Natürlich wusste es jeder, wahrscheinlich hatte es Alfred herumerzählt oder Kathrin.
Diese dreckige Klatschtante.
Andi schüttelte angeekelt den Kopf, dann blickte er nach vorne, hinaus in den Schneesturm. Aber das war Jahre her. Er hatte sein Leben wieder im Griff, hatte einen Job, sogar einen Mitarbeiter in seinem kleinen Taxiunternehmen.
Ich und ein Geschäftsmann! Wenn das Gertrud noch erlebt hätte, wäre vieles anders gekommen.
Nichts bedauern. Nur die Besten sterben jung.

Andi zog den Schlüssel ab und stieg aus. Sofort umfing ihn das wilde Schneegestöber, nachtschwarze Wolken fegten mit einem halsbrecherischen Tempo über ihn hinweg, das Pfeifen und Toben des Windes zog ihm die Luft von den Lippen. Mit einem Fluch zog er Mütze und Schal enger.

Vielleicht sollte ich mal bei Alfred vorbeischauen, wenn ich eh schon da bin.

Einfach mal reinschauen in die Wohnung, war ja alles ebenerdig, und man konnte gut hineinschauen. Hatte er ja früher schon gemacht. Nur einen Blick riskieren, wie es dem alten Sack wohl ging heutzutage.

Was würde Carola tun?

Der Gedanke kam ihm, während er durch den Garten lief. Was würde Carola tun? Sie würde direkt zur Haustür gehen, das Geld abgeben und wieder fahren.

Andi lief langsam und stockend weiter, die Hand in seiner Tasche spielte mit den Münzen.

Was würde Carola tun?
Warum friere ich so sehr?

17

EMMA

Emma drückte sich tief in die kleine Kuhle in der Wand hinein. Langsam spürte sie die Wärme des Kamins. Eine Wand in ihrem kleinen Versteck befand sich direkt hinter dem Kaminabzug, hier war es daher immer schön warm, wenn im Wohnzimmer im Kamin ein Feuer brannte. Sie drückte sich mit dem Rücken fest an den blanken Stein, ganz langsam wurde sie warm. Nur noch ihre Füße und ihre Hände waren nass und kalt. Sie war zuerst nach draußen gelaufen, hatte überlegt, sich dort zu verstecken.

Vielleicht würde Alfred ja in seiner Wohnung nach ihr suchen kommen? Das hatte sie zumindest gehofft. Dann hätte er ihr einen Tee angeboten, einen heißen Pfefferminztee, den mochte sie doch so sehr. Alfred hätte ihr sicher zugehört, wenn sie erzählt hätte, er hörte gerne stundenlang zu. Sie erzählte dann von Harry Potter und Magie und Zaubersprüchen. Er verstand davon nichts, aber er hörte gerne zu und goss immer wieder Pfefferminztee nach, wenn ihre Tasse leer war. Sie zog Arme und Beine an ihren Körper. Alfred war nicht da gewesen.

Etwas anderes war da. Etwas Gruseliges.
Sie atmete immer schneller.
Was soll ich tun?

Die Wand hinter dem Schornstein übertrug nicht nur die Wärme, sondern auch die Geräusche recht gut. Während Emma noch grübelte, hatten die Erwachsenen im Wohnzimmer die Polizei angerufen, besprachen jetzt, in welcher Aufteilung sie Emma suchen würden. Emma lauschte mit angehaltenem Atem. Sie würden sie suchen kommen!

Was mach ich jetzt?

So viele Gedanken, so viele GEDANKEN.

Sie wusste nicht genau, wie viel Zeit vergangen war, während sie allein in der Dunkelheit in ihrem kleinen Versteck, angelehnt an die warme Wand, saß. Sie würden ihr Versteck nicht finden. Sie hatte es selbst nur durch Zufall gefunden, als sie noch hier gelebt hatte. Emma hatte keine Ahnung, für was diese Ecke in der Wand früher genutzt worden war. Im zweiten Stock, direkt neben dem Zimmer, in dem früher ihre Mutter ihren Bereich gehabt hatte, konnte man ein Stück der Tapete umklappen, und dahinter war ein Hohlraum. Groß genug, dass Emma hineinpasste, und wenn man die Tapetentür etwas aufließ, kam sogar Licht herein. Manchmal hatte sie sich früher hier versteckt, wenn sich ihre Eltern mal wieder gestritten hatten. Ein perfekter Ort zum Lesen. Umgeben von sicheren Wänden, und niemand fand sie.

»So eine blöde Kuh.« Das war Alfreds Stimme.

War er nicht mit Felix' Mutter unterwegs? Hannelore oder so ähnlich? Beleidigte er sie gerade?

Emma lauschte und drückte ihr Ohr an die Innenseite der Tapetentür. Sie hörte nur Alfreds Stimme. Es klang so, als ob er allein wäre.

»So eine dumme, dumme, menschlich hässliche Frau.«
Das klang gar nicht gut.

Warum streiten immer alle? Ich will das nicht. Ich will das nicht!

Er schien vor ihrem Versteck auf und ab zu gehen. Emma biss sich auf die Lippen und versuchte, langsamer zu atmen.

»Was mach ich denn jetzt, Gertrud? Warum redest du nicht mit mir?«

Gertrud?

Emma kannte nur eine Gertrud, und das war die verstorbene Ehefrau von Alfred. Sie war schon ein paar Jahre tot, Emma hatte sie gemocht. Auf der Beerdigung hatte es geregnet, der Boden war matschig, und viele Leute hatten geweint, das wusste sie noch. Aber warum sollte sie jetzt mit ihm reden? Das gefiel Emma ganz und gar nicht, irgendetwas Merkwürdiges ging hier vor.

»Ohne dich kann ich es nicht, Gertrud. Ich schaffe das nicht. Erst Vanessa, gestern die Waffe, dein Verstummen, jetzt auch noch diese blöde Kuh. Das ist zu viel, was mache ich nur, das ist einfach zu viel.«

Emma hielt den Atem an, drückte ihr Ohr an die Tapetentür. Hatte er gerade »Vanessa« gesagt?

Meine Schwester. Meine verlorene Schwester. Sie ist da.

Und hatte er gerade »Waffe« gesagt? Das war nicht gut, das war gar nicht gut.

»Ich gehe heim. Sie können mich alle mal …« Die Worte erstarben, während sich Alfred entfernte. Er ging heim? Sicher ging er zu seiner Wohnung. Aber bei seiner Wohnung war doch das Ding. Das war nicht gut, das war alles gar nicht gut. Und er hatte eine Waffe.

Ich muss jemanden warnen, ich muss jemandem etwas sagen.

Als Emma gerade die Tapetentür zur Seite drücken wollte, hörte sie noch etwas. Wieder Geräusche, Schritte, sie traten schwer auf. Bam Bam Bam Bam. Es klang bedrohlich. Bam Bam Bam.

Ihr sackte das Herz in die Hose, als die Schritte verstummten, direkt neben ihrem Versteck.

Nicht atmen, nicht atmen, nicht atmen.

Bam Bam bam. Die Schritte entfernten sich von ihrem Versteck. Bam bam bam. Leiser. Dann waren sie verschwunden.

Emma atmete ein, lehnte den Kopf an und schloss die Augen. So viele Sachen, die sie nicht verstand, passierten heute in diesem Haus. Ihr Kopf lag auf ihren Knien, und sie dachte nach.

18

ALFRED

Was für eine dumme Kuh!
Er ging so schnell, dass er die Schmerzen in seinem Bein nicht bemerkte, rannte förmlich die Treppen herunter, aus der Haustür und hinaus in den Schnee. Seine Jacke blieb am Türknauf hängen und riss ein Stück ein, die Haustür ließ er offen stehen.

So eine dumme, dumme, einfältige Kuh.

Er wusste, dass er so nicht denken sollte. Er wusste, wie Gertrud ihn anschaute, wenn er solche Wörter verwendete. Aber Gertrud sprach nicht mehr mit ihm.

Ohne zu zögern, zog es ihn dorthin, wo er sicher war, wo er immer sicher gewesen war. Sein kleines Häuschen, sein Anbau. Hier hatte er seine schönsten und auch seine schlimmsten Momente gehabt, hier hatte er sich von Gertrud verabschiedet, hier hatte er zum ersten Mal ihre Stimme in seinem Kopf gehört. Hier hatten sie sich zum ersten Mal geküsst.

Gertrud hatte immer so weiche Lippen.

Egal, wie verrückt die Welt zu sein schien – wenn er den Geruch seiner Wohnung roch, die vertrauten Möbel, die von seiner Frau gefertigten Dekotiere, das Gefühl des Tisches unter seinen Fingern, dann war alles gut. Sein kleiner Anbau war sein Tempel, sein Heiligtum.

Als Gertrud noch lebte, hatte sie meist schon gekocht, wenn er Feierabend machte, dann standen dampfende Schüsseln sowie Gläser und Teller auf dem Tisch. Sie saß meist auf ihrem Sessel und las etwas oder wartete einfach auf ihn. Dann war es ein guter Tag. Ein kleiner König in einem sehr kleinen Königreich.

Mit einer tollen Königin.

Das brauchte er. Dringend. Er brauchte dieses Gefühl. Alles geriet aus den Fugen, er wusste nicht mehr, was schwarz und was weiß war. Wo war oben, wo war unten?

Böse Menschen und ihre Spiele. Sie kommen von außerhalb und bringen ihre Boshaftigkeit mit.

Er wollte keine Spiele spielen.

Gehetzt schaute er sich um. Die Kälte durchdrang seine Kleidung, er bemerkte kaum, dass er anfing zu zittern.

War da nicht gerade ein Schatten hinter dem Baum gewesen?

Er blickte wieder nach vorne. Es war nichts da draußen, das wusste er. Es war in seinem Inneren, er war aus dem Takt geraten, seine innere Uhr lief nicht mehr gleichmäßig. Er dachte, er wüsste, was heute passieren würde, aber nichts davon war passiert. Niemand hatte ihn angesprochen oder bedroht, wie er es erwartet hatte nach seiner Entdeckung. Vielleicht hatte er sich doch getäuscht, vielleicht war es einfach irgendein Kuscheltier, das zufällig neben seiner Wohnung gelandet war.

Aber diese toten Augen! Was soll ich denken, was soll ich glauben?

Alfred keuchte und hetzte weiter.

Was ist richtig, was ist falsch?
War es ein Zufall, dass die Mutter von Felix ihn so behandelte? War sie einfach ein schlechter Mensch, oder hatte sie etwas mit der Sache zu tun? Gab es überhaupt eine Sache? Wurde er verrückt? Immerhin redete er mit seiner toten Frau!

Nur antwortet sie nicht mehr. Ach, Gertrud, meine liebe, großartige Gertrud.

Fast zu Hause. Seine kleine Wohnung wuchs langsam vor ihm an, sein Puls raste in seinen Ohren, er brauchte drei Anläufe, um die Wohnungstür aufzuschließen und den Winter und die Verrücktheit dieser Welt hinter sich zu lassen. Mit einem Seufzen lehnte er sich von innen an die Eingangstür, bemerkte, dass er am ganzen Körper zitterte.

Ein Tee mit Schuss, ein warmes Bett, und die Welt würde morgen wieder besser aussehen. Vielleicht würden sich die Leute wundern, dass er sich heute Abend einfach so zurückgezogen hatte, ohne etwas zu sagen, aber ... Alfred schüttelte den Kopf.

Aber ich kann nicht mehr.

Er würde morgen früh um halb sechs an der Straße stehen und Schnee schippen, die Hausbesitzer würden, wenn sie aufwachten, sehen, dass er seine Arbeit gemacht hatte, und die Welt wäre wieder in Ordnung. Vor seinen Augen entfaltete die Magie seiner Wohnung, Gertruds Magie, ihre Wirkung. Die kleinen liebevoll bemalten Holztiere und -zwerge überall schenkten ihm ihr kleines hölzernes Lächeln, die kleinen bunten Drahtvögel, die zu Dutzenden von der Decke hingen, schienen ihm fröhlich zuzupiepsen. Gertrud hatte in all diesen Jahren so viel von ihrer Art, von ihrer Liebe und ihrer Kreativität in diese Wohnung fließen lassen.

Ach, Gertrud.

Vielleicht konnte er morgen über seine Entdeckung sprechen. Aber wie? Wie sagt man so etwas? Wie sagt man überhaupt etwas? Irgendwie verstanden Menschen gerne Dinge falsch oder auch mal gar nicht.

Gertrud hat Gespräche geführt, wenn es welche zu führen gab.

Gertrud hatte ihn auch immer verstanden, sogar am besten, wenn er nichts gesagt hatte. Sie hatte ihn nur angeschaut, wenn er von der Arbeit heimgekommen war, und wusste genau, wie sein Tag gewesen war und was er brauchte.

»Bitte«, murmelte er, »ich brauche dich. Lass mich jetzt nicht im Stich.«

Er wartete. Spürte, hörte in die Stille hinein. Die Stille in ihm war umfassend.

Keine Antwort. Keine Antwort, nur das Heulen des Winterwindes vor der Tür. Und ein leichtes Kratzen an der Tür. Bewegte sich gerade der Griff?

Er wusste, was er brauchte, um seine überreizten, durchdrehenden, verrückten Nerven wieder in den Takt zu bekommen.

Einen guten Schluck Selbstgebrannten.

Mit einem Klicken öffnete er den Verschluss seiner Bauchtasche und legte sie auf das Schränkchen neben der Tür.

Auf dem Tisch standen noch die Reste seines Mittagessens. Seit Gertrud nicht mehr da war, war er etwas nachlässig beim Aufräumen geworden.

Nicht nur nachlässig beim Aufräumen.

Langsam ging er zu seinem Tisch. Das Buttermesser lag noch halb auf dem Teller, auch das scharfe Wurstmesser lag noch mitten auf dem Tisch, zwei Wurstzipfel daneben. Eine kleine weiße Kerze, halb abgebrannt, ein lachender Holzzwerg, der an dem Kerzenständer lehnte, und ein sehr fleckiges Tischtuch unter dem Teller rundeten das Gesamtbild ab.

Sicherheit. Endlich. Keine Menschen mehr.

Mit einem Schmatzen öffnete er den Mund, er konnte den Tee mit Schuss schon fast schmecken, als er auf einmal ein Geräusch hinter sich hörte.

Mit dem Geräusch kam eine Gewissheit, so hart wie ein Schlag mit der Faust in den Magen.

Ich bin nicht alleine.

Jemand war hier, jetzt gerade in dieser Sekunde. Dieser Jemand stand an der Tür. Damit gab es keinen Ausweg aus der Wohnung. Aber Alfred hatte nicht vor wegzulaufen. Er war in seinem Leben noch nie vor etwas weggelaufen. »Mal schauen, ob ich wirklich verrückt bin.«

Mit diesem Satz drehte er sich um.

»Ah. So ist das also«, sagte er.

»Ja. So ist das«, sagte die andere Stimme.

Kurz blickten sie sich an, wissend. Alfred wusste etwas, und jetzt war er sich sicher, was es bedeutete. Beide standen sich gegenüber, abschätzend, wartend. Es musste nichts gesprochen werden, die Karten lagen auf dem Tisch. »Ja, so ist das«, hörte Alfred noch mal. Etwas veränderte sich, Alfred spürte es. Aus dem Abwarten, aus dem Nachdenken, aus dem Abwägen war eine Entscheidung geworden. Und er war das Ziel dieser Entscheidung.

Mit einem Satz sprang die Person nach vorne, griff nach dem scharfen Wurstmesser und stach es Alfred von vorne frontal und ohne zu zögern knapp unter dem linken Schlüsselbein bis zum Anschlag tief in die Brust. Sofort spritzte Blut, die Person sprang zurück, erschrocken. Sah er da Erschütterung in den Augen? Erschütterung über die Tat? Über den Mord an ihm?

Langsam wand Alfred den Blick ab. Das war sein Zuhause, er entschied, was er als Letztes sehen würde.

Wo bist du, Gertrud? Wo bist du?

Seine Beine gaben nach, und er rutschte neben dem Tisch auf den Boden, blieb dabei an der Stuhllehne hängen. Kurz hing er in der Luft, dann gab der Stuhl mit einem hässlichen Geräusch unter der einseitigen Belastung nach, ein Bein brach, der Stuhl kippte zur Seite weg. Alfred versuchte sich noch am Tisch festzuhalten, erwischte das Tischtuch, krallte sich fest und zog es mit sich. Die Kerze und sein Teller knallten zu Boden. Kurz darauf kam sein Körper schwer auf dem Boden auf. Die Luft wurde ihm aus der Lunge gedrückt. Er versuchte einzuatmen, es klang nass und pfeifend.

Als er aufblickte, war er allein. Er hörte die Haustür knallen, es war niemand mehr da.

Allein?

Jetzt kam die Angst.

Gertrud? Bist du da? Bitte. Bitte lass mich jetzt nicht allein.

Stille umfing ihn. Zitternd lag er in der Dunkelheit. Es gab keinen Kampf mehr. Für was auch? Am Ende hatte ihn sogar seine Gertrud verlassen. »Es tut mir leid. Vanessa, Gertrud, es tut mir so leid.«

Seine Augen schlossen sich.

19

WANDA

Bei der Abstimmung hatte sie Ares mitsamt dem Keller bekommen. Wanda musterte ihn, während sie losgingen.

Wohl das spannendste Los.

Agatha hatte ihn ab und an mal erwähnt, aber es war nie ein Wort davon gesprochen worden, dass er heute dabei wäre. Wanda zog ihre Arme leicht nach hinten und drückte sie durch. Die Ellenbogen knackten. Durch die Chemotherapie waren ihre Muskeln, insbesondere im Rücken und im Bauch, noch sehr schwach; je nachdem wie sie saß oder stand, war sogar das sehr anstrengend.

»Zum Keller geht es da lang, wir müssen die hintere Treppe nehmen und von dort aus in den Keller. Ich hoffe, du hast keine Stauballergie. Der Keller ist riesig, und wir haben noch nichts da unten gemacht, seit wir eingezogen sind.« Sie standen vor der Tür zum Wohnbereich, und Wanda zeigte in den hinteren Teil des Hauses, der große Flur führte am Wohnbereich vorbei.

Ares zuckte einfach mit den Schultern und steuerte die vordere Treppe an.

»Hast du mich gehört? Hallo, fremder Mann?« Wanda rief ihm hinterher.

Was war los mit dem?

Sie ging ihm nach. »Hallo?«

Ares blieb stehen und wandte sich zu ihr um. »Was ist das Wichtigste, wenn wir ein Kind suchen?«

Sie zuckte mit den Schultern.

»Den Suchbereich eingrenzen.« Ares sprach weiter, er hatte ein merkwürdiges Glitzern in den braunen Augen.

Machte ihm das etwa Spaß?

»Wir kontrollieren zuerst die Haustür; wenn ich es richtig gesehen habe, hat dein Mann vorhin abgeschlossen. Wenn die Haustür noch von innen abgeschlossen ist, ist Emma nicht hier raus und hier auch niemand rein. Danach kontrollieren wir die Hintertür. Die ist doch sicher auch abgeschlossen, so wie ich euren Gärtner und deinen Mann einschätze, nicht? Ich gehe davon aus, dass wir von der Eingangstür im Erdgeschoss zur Hintertür kommen und von dort aus in den Keller?«

Wanda konnte nur stumm nicken.

Beeindruckend. So schnell sind nur wenige. Was wohl sein Geisttier ist? Sicher ein Raubtier. Vielleicht ein Tiger?

Kurz darauf kniete Ares vor der Eingangstür, mit einer Hand hielt er sich am Türpfosten fest, mit der anderen fuhr er leicht über den Boden, fuhr eine Form nach, nickte dann wissend.

»Und? Was meinst du? Die Tür ist von innen abgeschlossen, der Schlüssel steckt. Das Kind ist nicht raus«, sagte Wanda mit leichter Irritation in der Stimme ob seines Verhaltens. Das war ihr Haus, und dennoch hatte sie das Gefühl, dass er mehr über das Haus und die Vorgänge am heutigen Tag wusste als sie.

War er schon mal hier gewesen?

»Nein. Sie war draußen, ist aber wieder reingekommen. Der Schlüssel ist in einer leicht anderen Position als bei der Begrüßung, nachdem dein Mann abgeschlossen hatte. Und hier sind nasse Flecken auf dem Boden, wahrscheinlich Fußspuren, die Richtung Treppe führen und sich dann verlieren. Sie wirken sehr klein, wahrscheinlich Kinderfüße.« Er blickte auf, sein Blick war schmerzverzerrt. Mitgefühl wegen seines Beins durchströmte Wanda, sie fuhr sich mit der Hand über den Kopf.

Glatzig. Ich hätte doch die Perücke anziehen sollen.

»Fußspuren?« Ihre Stimme klang flach.

Er zuckte mit den Schultern, zog sich dann am Türrahmen wieder nach oben. Die Worte waren etwas gepresst, als er aufstand. »Ich vermute, dass sie rausgerannt ist, dann bemerkt hat, wie kalt und stürmisch es ist, und dann wieder umkehrte und sich hier im Haus versteckt hat. Wahrscheinlich eher im oberen Bereich, wenn man die Richtung der Schritte bedenkt. Umsehen sollten wir uns im Keller dennoch.«

ARES

Ares spürte Wandas Blicke in seinem Rücken. Was hatte Agatha alles erzählt?

Die Geschichte mit Merlin? Hoffentlich nicht. Hoffentlich nicht Merlin. Wie intensiv hat sie wohl die Presse verfolgt? Ach, Merlin.

Warum war dieser Name auch so eingängig, dass er ständig daran denken musste?

Die Überprüfung der Hintertür brachte keine neuen Ergebnisse, auch diese war abgeschlossen und augenscheinlich unberührt und ungeöffnet. Sein Bein schmerzte.

Zum Glück bin ich Schmerzen gewohnt.

Die Kellertür war abgeschlossen. Ares blickte zu Wanda, die mit den Schultern zuckte. »Felix hat wohl den Schlüssel, denke ich.«

»Dann ist sie nicht da unten.«

Wanda ließ sich müde auf die Treppe sinken. »Dann machen wir kurz Pause, bis die anderen das Kind gefunden haben. Ich will mehr über dich erfahren, Mister Therapeut.«

Ihr Kleid ist definitiv zu kurz, um auf diese Art zu sitzen. Aber auch das scheint sie nicht zu bemerken. Ist das ein Tattoo eines Flügels auf der Innenseite ihres Oberschenkels?

»Warum hast du die Feier in diese Zeit gelegt? Das ist doch eine ungewöhnliche Zeit für eine Einweihungsparty«, fragte Ares, während er sich neben sie setzte.

»Wegen der Raunächte.«

»Die Raunächte? Was ist das?«

Wanda blickte ihn irritiert an. »Die Raunächte sind die zwölf mythischen Nächte zwischen den Jahren. Noch nie gehört? Was lernt man denn in Deutschland in der Schule? Es gibt einen Unterschied zwischen dem Sonnenkalender, dem die meisten Menschen in Europa folgen, und dem Mondkalender, der einigen wenigen Auserwählten vorbehalten ist. Der Unterschied beträgt im Jahr zwölf Nächte. Wir befinden uns gerade mitten in den Raunächten.«

Was erzählte sie da?

Er spürte, wie der Therapeut in ihm seine Arbeit aufnahm, den Block zückte und sich erste Notizen machte. Ihre Stimme nahm einen klingenden Singsang an, während sie weitersprach. Das Weiß ihrer Haut, zusammen mit dem Schwarz des Kleides und dem Silber der Nieten und Schnallen, schärfte, überschärfte sogar ihre Gestalt.

»Es sind besondere Nächte, magische Nächte. Dort können Dinge passieren, sie sind voller alter, vergessener Rituale, Mythen und Geheimnisse. Schau nach draußen«, sie zeigte auf das stumpfe, kleine Rundfenster zu seiner Linken, das nahezu komplett eingeschneit war. »Glaubst du, das geht alles mit geordneten Dingen zu? Glaubst du, wir leben in einer reinen Welt der Wissenschaft, ohne Magie, ohne Mystik?« Sie schüttelte den Kopf, bemerkte seinen interessierten Blick. Er wollte mehr wissen, wollte verstehen.

WANDA

Das war gut. Viele Leute waren abgeschreckt, wenn sie mit Mystik oder Spiritualität anfing, aber ab und an gab es jemanden, der neugierig war. Ares war so jemand.

Dann lüften wir den Schleier etwas. Ich bin gespannt, was die Anderswelt für dich bereithält, du ungebetener Gast. Ist es vielleicht Schicksal, dass du da bist? Und wenn ja, bist du ein Tod- oder Lebenbringer?

Langsam drückte sie ihre Arme nach hinten durch.

ARES

Ares sah es ihr an. Sie wurde von den Menschen in ihrer Umgebung nicht verstanden oder hatte zumindest das Gefühl, dass es so war. Daher suchte sie sich selbst in anderen Umgebungen, Büchern, Filmen, Magie, Mythen.

Sie sucht sich ihre Freunde sehr genau aus.

Wanda blickte ihn an. »Fertig mit dem Analysieren, Fremder? *(Freemderrr)* Du sollst dich konzentrieren und nicht deine Psychonummer abziehen. Wenn du überhaupt wirklich ein Therapeut bist. Jeder Mensch lügt. Auch du.«

Er stand wieder auf. Mit dem Handy leuchtete er noch mal auf das Schloss der Kellertür, um sicher zu sein, dass sie nicht geöffnet worden war.

Wenn nicht das schwarze Loch der Schuld noch in mir wäre, wäre das ein spannender Abend. Die Verbindung Wanda und Felix, der geheimnisvolle Alfred, Emma. Das verspricht eine feinste psychologische Torte.

Er ging ein paar Meter und kam wieder zurück. Sein Mund verzog sich zu einem Grinsen, aber dann kehrte die Trauer zurück, und das Lächeln erstarb.

Merlin. Ja, ich weiß. Wenn ich ständig an meine Schuld denke, wird sie größer. Das weiß ich. Aber das ist kein An-Aus-Schalter. Und überall sehe ich sein Gesicht. Ob es Wanda verstehen würde?

WANDA

Ihre Konzentration galt wieder dem Fenster, dem heulenden Sturm da draußen. Emma hatte sie komplett vergessen. Das passierte ihr öfter, sie versank in anderen Welten, breitete ihre Schwingen aus und flog, vergaß dabei Zeit und Raum. Nur wenige verstanden das. Felix verstand sie, aber irgendetwas verbarg er.

Das hat er früher nie getan. Irgendwas hat sich verändert. Er hat ein Geheimnis vor mir.

Sie liebte ihn, aber irgendetwas Trennendes war zwischen ihnen. Sie konnte es spüren, als ob ein langer, tiefer werdender Fluss sie trennte. Und dann war da noch Agatha.

Ich bin selten neidisch, aber diese Locken hätte ich gerne.

Die unglaubliche, talentierte Ärztin. Sie hatte sie auf der einen Seite gerettet und auf der anderen Seite so sehr mit ihr gestritten wie schon lange niemand mehr. Agatha war schon immer unzufrieden mit Wandas Lebensgestaltung gewesen, sagte, dass sie zu wenig aus sich mache, körperlich, emotional, psychisch, überall. Diese Diskussionen über Sinn und Zweck des Lebens wurden früher noch ab und an bei einem Glas Wein geführt, nach der Krebserkrankung und insbesondere nach dem Geldsegen durch den Tod von Wandas Vater nahmen sie an Intensität, Häufigkeit und Härte zu.

Wenn Aga sich in einem Thema verbissen hat, zieht sie es auch bis zum Ende durch.

Wandas Augen nahmen das durch das Fenster aufblitzende Mondlicht auf, Ares bemerkte interessiert, wie wenig sie noch von ihrer Umgebung wahrzunehmen schien. Er fragte sich, ob er einfach an ihr vorbeigehen könnte, ohne dass sie es bemerkte.

»Zwölf Nächte sind es, Fremder«, fuhr sie fort. »Zwölf mystische Nächte.«

Ares schüttelte den Kopf. »Mystik, heilige Nächte, Magie. Das ist sehr weit weg von dem, was ich glaube. Ich bin Psychologe, Therapeut, Wissenschaftler.«

ARES

Hatte da gerade etwas geknackt hinter Ares? Die Kellertür von der anderen Seite? Immerhin waren sie noch immer auf der Suche nach einem verlorenen Kind, ein möglicher Entführer konnte im Haus sein. Vielleicht war er durch ein Fenster hereingekommen. Aber er war zu gebannt von Wanda, diesem System aus Gedanken und Gefühlen, das an manchen Stellen so weit von ihm entfernt schien, an anderen Stellen etwas in ihm berührte. Etwas passierte und rührte in ihm.

Der kleine Junge in mir, der will, dass es Drachen gibt, Feen, Magie. Oder einfach der größere Junge, der mehr von ihrem nackten Oberschenkel sehen will.

»Früher haben die alten Frauen in diesen Tagen die Häuser und Ställe ausgeräuchert, mit einer Mischung aus Kräutern, meist ein Gemisch aus Beifuß, Wacholder und Weihrauch, als Schutz, als Abwehr gegen böse Mächte. Das hast du vor ein paar Tagen auch gefeiert. Du wusstest nur nicht, dass es daher kommt. Das geweihte Fest, ein Weihfest, Weihnachten.«

Ares zog die Augenbrauen zusammen. Er wusste, dass die Christen viele Traditionen von älteren Religionen übernommen hatten, um es ihren neuen Anhängern leichter zu machen, sich zurechtzufinden. Dass Weihnachten das alte Weihfest sein sollte, hatte er allerdings noch nie gehört.

Weihnachten. Ich habe meine Mutter besucht und bin danach stundenlang durch leere Straßen gewandert.

»Wir müssen das Kind suchen, Wanda. Komm, wir machen weiter.«

Wieder schaute sie ihn mit diesem merkwürdigen Blick an, als ob sie mehr von ihm wüsste. Mehr als die anderen. Als ob sie in ihm lesen könnte. Ein seltsames Gefühl.

So muss es also den Menschen in meiner Umgebung gehen, wenn ich das mache.

»Sie lebt, wir werden sie bald finden«, sagte sie.

»Du weißt schon, dass das Sätze sind, die eine Entführerin sagen würde?«

»Wenn sie tot wäre, würde ihr Geist uns ein Zeichen senden. Niemand stirbt in den Raunächten in so einem Haus, ohne ein Zeichen abzusetzen.«

Ares setzte sich wieder.

Das waren keine Sätze, die klassischerweise eine Entführerin sagen würde.

Außerdem war Wanda die ganze Zeit im Wohnzimmer gewesen und danach nie außerhalb seines Sichtfeldes. Er glaubte nicht, dass sie Emma etwas Böses antun würde. Auch die Fußspuren deuteten darauf hin, dass das Kind nach dem Streit zwischen seinen Eltern weggelaufen war, nach draußen gegangen war und sich dann irgendwo im Haus versteckt hatte.

»Schön, dass du mir glaubst, Fremder. *(Frremderrr)* Ich habe dieses Haus gekauft, weil es Raum hat. Es hat Geschichte, es hat eine Verbindung zur Natur, zum Licht und zur Dunkelheit. In diesem Haus wurde gelebt, geliebt, wurden Pläne geschmiedet und wurde gestorben. Agatha sagt immer, ich soll etwas ändern. Etwas aus mir machen, mit meinem Geld, etwas machen mit meinem Leben. Sie versteht es nicht.« Trauer zeigte sich auf ihrem Gesicht. »Sie wollte, dass ich kämpfe, für meine Genesung. Sie wollte, dass ich lebe, nach meiner Genesung. Ich habe ihr einen Brief geschrieben, danach hat sie meine Sicht verstanden. Das hoffe ich zumindest.«

Ihr Blick wanderte über das schneebedeckte, stumpfe Fenster nach draußen. Als sie wieder sprach, war ihre Stimme so leise, dass sie kaum zu verstehen war. Mehr ein Krächzen als wirklich ein Sprechen. »Vielleicht war es doch ein Fehler, die Feier in diesen Nächten zu machen. Ich wollte die Dämonen mit Licht, Freude und Tanz vertreiben.« Ihre Augen blickten stechend durch die zuckende Dunkelheit. »Aber der Tod ist hier. Jemand von euch hat ihn mitgebracht.«

»Der ... ähm ...« Ares räusperte sich. »Der Tod?«

»Ja.« Noch leiser wurde sie, noch kratziger wurde das Flüstern. »Jemand wird heute Nacht sterben. Ich spüre es.«

Sein Puls schlug ihm bis zum Hals, als er Schritte auf der Treppe hörte. Felix und Agatha kamen angelaufen.

Ich bin noch nicht wieder bereit. Egal, was mich hier erwartet, ich bin nicht bereit.

Hoffentlich tauchte Emma bald auf, dann würde er sich ins Bett legen und bis morgen früh keinen Menschen auch nur anschauen.

Merlin.

»Wir haben Emma nicht gefunden.« Ares' Stimme klang piepsig.

Raus aus meinem Kopf, Merlin! Ich muss arbeiten. Aber ich kann nicht. Ich kann nicht mehr arbeiten. Nie wieder.

»Wir auch nicht«, sagte Agatha und setzte sich, in den Händen einen großen Karton. Ihre Locken wippten im Takt ihrer Schritte. »Wir haben Emma auch nicht gefunden, aber dafür etwas anderes.«

»Was denn?« Wandas Stimme klang dunkel.

Agatha drückte Ares den Karton in die Hand. »Mehr Fragen haben wir gefunden.«

Ares seufzte und schloss die Augen. »Lasst mich noch kurz auf die Toilette, dann schau ich mir das an.«

Das Kind ist nicht unser größtes Problem. Bei Weitem nicht.

WANDA

Interessiert betrachtete Wanda den vor ihr sitzenden Mann. In seine Haare, die schon seit einiger Zeit einen Frisör benötigt hätten, hatte sich viel Grau gemischt.

Mit ein wenig mehr Pflege könnte er mit Leichtigkeit ein gut aussehender Mann sein. Warum kümmert er sich so wenig um sich?

Die Augenringe verrieten, dass er zu wenig schlief, und seine Bart- und Haarpflege sagte ihr, dass es ihm egal war, wie er optisch auf andere wirkte. War das da ein Fettfleck auf seinem weißen Pullover? Und, die wichtigste Frage: Warum war er hier?

Wieder musterte sie Ares.

Nicht nur, dass Agatha ohne ihren Freund kommt, stattdessen nimmt sie diesen hier mit.

Natürlich hatte Agatha in der Vergangenheit schon von Ares erzählt, Wanda erinnerte sich dunkel, ihn sogar einmal gesehen zu haben. Sie wusste, dass er Psychotherapeut war, aber irgendwie seine Frau und seine Praxis verloren hatte. Aber das waren nur Erzählungen, fremde Wahrnehmungen. Sie wollte sich selbst ein Bild von einem Menschen machen, und dieser Ares irritierte sie. Irgendetwas an ihm war merkwürdig. Er hatte alles, um erfolgreich zu sein, war sehr aufmerksam, ein guter Zuhörer. Seine Augen strahlten eine Intelligenz und Tiefe aus, auch optisch hätte er sicher, trotz seines Beines, positiv auffallen können. Was war es, das sie irritierte? Sie überlegte, während er den Karton öffnete und den Inhalt durchsah.

Wanda kannte die meisten Presseberichte. Die Anziehung, die die fremden Geheimnisse auf sie ausgeübt hatten, war einfach zu groß gewesen, daher hatte sie sich nach ihrem Einzug die Kisten und Hinterlassenschaften der Vorbesitzer angesehen.

Es sind immer Geheimnisse.

Sie nahm den obersten Artikel in die Hand. Alle Presseberichte waren ordentlich ausgeschnitten und in Klarsichtfolien eingeordnet, lagen allerdings unsortiert im Karton herum. Sie blickte auf den Artikel in ihrer Hand.

Dahner Polizei gibt verschwundene
Vanessa nicht auf.

Auch fünf Tage nach dem Verschwinden der vierjährigen Vanessa S. aus Ludwigswinkel dauern die Suchbemühungen der Polizei und der unterstützenden Helfer weiter an.

Die Eltern haben eine Belohnung von 10.000 Euro für Hinweise, die sachdienlich zum Auffinden von Vanessa beitragen, ausgerufen. Die hohe Belohnung lockt auch viele Schaulustige sowie freiwillige Helfer an, die die Wälder und kleinen Dörfer der Umgebung durchkämmen, immer auf der Suche nach Spuren, die zu Vanessa führen könnten.

Insbesondere das weitläufige Waldstück zwischen Ludwigswinkel und der deutsch-französischen Grenze mit der Denkmalzone Area 1 ist in den Fokus der Ermittlungen gerückt.

Ein sichtbar erschöpfter Polizeiobermeister Turgart dazu: »Wir suchen mit allem, was wir haben, konzentrieren uns aktuell auf das Waldstück beginnend hinter dem alten Herrenhaus. Die Polizeihundestaffeln aus Ludwigshafen und Karlsruhe sind zur Unterstützung da, vielen Dank an die hart arbeitenden Kollegen und Kolleginnen. Wir vermuten aktuell, dass Vanessa nicht, wie anfangs gedacht, aus dem Haus heraus entführt wurde, sondern dass sie das Haus selbstständig verlassen hat, dort auf den oder die Entführer traf. Wir denken nicht, dass Vanessa gezielt ausgesucht wurde, auch wenn wir das zum aktuellen Zeitpunkt der Ermittlungen noch nicht abschließend sagen können. Die Wahrscheinlichkeit, es als Verbrechen einzustufen, ist sehr hoch, Vanessa war ein sehr kluges Kind, welches mit der Umgebung und der Natur vertraut war. Ihre Eltern sagten aus, dass sie niemals allein weggelaufen, niemals allein in den Wald gegangen wäre. Auffällig ist, dass Vanessa anscheinend das Haus ohne Schuhe und ohne Jacke verlassen hat. Das ist ungewöhnlich und potenziell gefährlich, da aktuell Temperaturen, insbesondere in der Nacht, deutlich unter dem Gefrierpunkt erwartet werden.« So weit die Aussage von Polizeiobermeister Turgart.

Das kleine Dörfchen Ludwigswinkel profitiert derweil von dem unerwarteten Medienecho. Viele Schaulustige, Presseleute und Hilfswillige bescheren den

Gästewohnungen, Souvenirläden und Taxifahrern im Dorf einen unerwarteten Geldsegen. Die Preise sind um bis zu 300 Prozent für ein Übernachtungszimmer gestiegen.

Während die trauernden Eltern, nach anfänglich viel Kontakt mit der Presse, immer mehr Ruhe und Privatsphäre einfordern, werden die Menschen an der Grundstücksgrenze immer mehr. Die Polizei setzt mittlerweile die Privatsphäre mit behördlichen Methoden durch.

Alle, die bei der Suche helfen wollen: Ein aktuelles Bild von Vanessa finden Sie unterhalb dieses Artikels. Sie trug zum Zeitpunkt des Verschwindens eine grün-graue Leggings und ein etwas dickeres, knielanges, grünes Kleidchen mit langen Ärmeln. Ebenfalls dabei hatte sie ihr Lieblingskuscheltier, einen Plüschaffen, auffällig an einem verbrannten Knopfauge zu erkennen.

Sollten Sie sachdienliche Hinweise haben, wenden Sie sich bitte an die Polizei Dahn unter der Nummer ...

Wanda schaute auf. Ares hatte in der Zeit, in der sie einen Artikel gelesen hatte, mehrere überflogen und sie nach einem für sie nicht zu durchschauenden Schema auf Stapel sortiert. Auch Felix und Agatha hatten jeweils Schriftstücke in der Hand. Agatha stand neben ihnen, Felix hatte sich auf den kalten Fußboden gesetzt.

Wanda berührte ihren Verlobten leicht am Arm. »Leg dir was unter, Schatz, ich will nicht, dass du krank wirst.«

Sie nahm den obersten Artikel, es war ein Bericht aus dem Blatt *Türspitzler*. Eine Zeitung mit geringer Auflage, welche für eine spezielle Art der Berichterstattung bekannt war.

Unschuldiges Kind entführt –
Polizei gewohnt enttäuschend

Wieder einmal sind die Menschen der Hinterpfalz auf sich selbst gestellt, als ein Kind am helllichten Tage vor aller Augen verschwindet. Die kleine Vanessa, 4, die einzige Tochter des erfolgreichen Betriebswirts Ulf Schneider, verschwand vor mittlerweile fünf Tagen spurlos aus ihrem Heim, dem alten Herrenhaus an der Grenze zwischen Ludwigswinkel und den verlassenen Bunkern der Amerikaner in der Denkmalzone. Wie bereits berichtet, ruhen hier einige unentdeckte Geheimnisse.

Obwohl die Polizei angeblich sofort umfangreiche Suchmaßnahmen einleitete, wurde bisher keine Spur gefunden. Die Polizei ermittelt in alle Richtungen, was meist nur eins bedeutet: Sie haben keine Spur und keine Ahnung.

Alfred Pola, ein angestellter Gärtner, wurde verhört, aber wieder freigelassen, obwohl er kein Alibi für die Zeit der Entführung hatte. Nicht nur das, mittlerweile soll er zusammen mit seiner Frau Gertrud sogar bei der Suche mithelfen. Suchen Täter nicht immer wieder den Tatort auf?

Wir, der Türspitzler, *als Magazin für und von Menschen der Hinterpfalz, stellen uns viele Fragen:*

Steht hier Täterschutz möglicherweise vor Opferschutz? Werden die Eltern erpresst und trauen sich nicht, es der Polizei mitzuteilen? Bei der Unfähigkeit der Behörden und dem Reichtum der Familie eine naheliegende Vermutung.

Wir stellen die Fragen, die sonst niemand stellt. Warum ist die Polizei so sicher, dass es eine Entführung durch einen Unbekannten war? Bekanntermaßen geht die größte Gefahr für Kinder immer von dem direkten Umfeld aus. Oder warum ist ein Weglaufen so ausgeschlossen? Dem Türspitzler *kamen Gerüchte von einer psychischen Instabilität sowie hohen krankheitsbedingten Fehltagen bei der Mutter zu Ohren, vielleicht war die Familie nicht so heil wie immer angenommen? Was geschah wirklich hinter diesen dicken hohen Mauern, und warum zeigen die Eltern so schnell mit dem Finger nach draußen auf den mysteriösen Unbekannten? Warum immer wieder das alte Herrenhaus? Liegt ein Fluch auf diesem Anwesen? Wir berichteten über den Fall von Andreas Sterzik, genannt Andi. Ein Stalker, der die Ehefrau des Gärtners, eine gewisse Gertrud Pola, beobachtete und über Wochen alle Bewohner des Hauses terrorisierte. Wie der* Türspitzler *aus gesicherten Zeugenberichten erfahren hat, ist seine krankhafte Neigung für ältere Frauen nur noch stärker geworden. Wer weiß, ob sich solche Obsessionen nicht auch auf sehr junge Mädchen ausdehnen können?*

Fragen über Fragen. Wir bleiben für Sie an diesem Fall dran!

ARES

Ares hatte über Wandas Schulter den Artikel mitgelesen. »Wie ging es weiter?«, fragte er.

Wanda zuckte mit den Schultern. »Vanessa ist nie wiederaufgetaucht, und irgendwann ging das Leben weiter. Die Schaulustigen zogen ab, die Geldgierigen auch, irgendwann auch die Polizei. Ulf und Kathrin haben natürlich noch lange getrauert, jeder auf seine Weise. Kathrin hat diese Berichte gesammelt, alles, was sie von Vanessa hatte, seien es Bilder, Berichte, Selbstgebasteltes, alles. Auf dem Dachboden stehen viele Sachen, und sie hat ja auch Unmengen mit in ihr neues Haus genommen. Es gibt sicher Hunderte Bilder von Vanessa, immer mit ihrem Stofftier mit dem kaputten Auge. Ulf hat seinen Jahresurlaub genommen und das Haus renoviert, hast ja mitbekommen, wie er sich aufgeregt hat, dass wir seine Umbauten teilweise wieder zurückgebaut haben. So geht jeder anders mit Trauer um.« Sie zuckte wieder mit den Schultern. Dann kam langsam die Trauer, sie schluchzte leise. Felix stand auf und nahm sie in den Arm.

AGATHA

»Ein paar Sachen sind merkwürdig, aber ich denke, es reicht mit diesem Thema hier. Es ist schon furchtbar genug, dass ihr zweites Kind gerade verschwunden ist, da müssen wir nicht noch in der Vergangenheit herumkramen.«

Agatha musterte ihn halb belustigt, halb interessiert. Er kam so langsam wieder in seinen Modus.

Gut.

Von der ersten Stufe konnte sie aus dem Fenster sehen, es war, wie die anderen Fenster auf der Rückseite des Hauses auch, zugeschneit. Dennoch hatte etwas ihre Aufmerksamkeit erregt, und sie trat näher ans Fenster.

»Irgendwas stimmt da nicht.«

Mit einem Stöhnen zog sich Ares am Treppengeländer hoch. »Was denn? Oh, Überraschung, es schneit. Wir sollten den Weihnachtsmann anrufen!«

Agatha schaute ihn vorwurfsvoll an.

»Tut mir leid«, sagte Ares. »Das Bein.«

Sie nickte verständnisvoll, zeigte dann nach draußen. »Schau mal.«

Auch Felix und Wanda waren aufgestanden. »Das ist doch Alfreds Anbau, den ich hier sehe, oder, Wanda?«, fragte Agatha.

Wanda nickte.

»Und, seht ihr das?« Sie deutete zu Alfreds Anbau hinüber. »Da! Das Loch im Fenster? Das sieht aus, als wäre da etwas reingeflogen.«

Ares wusste, dass Agatha das Gleiche dachte wie er. »Wir sollten uns das mal ansehen«, meinte er, während er Richtung Treppe humpelte. »Aber wir besprechen erst mal alle Ergebnisse mit den anderen im Wohnzimmer.«

Agatha und Felix mit Wanda im Arm folgten ihm.

20

KATHRIN

Wie hatte Ares es gesagt?
Sie runzelte die Stirn.
Tief einatmen, bis sieben zählen und dann langsam ausatmen.

Sie atmete tief ein, ließ sich in den gemütlichen Sessel sinken. Das Kaminfeuer flackerte und schenkte eine schöne Wärme, eine leichte, angenehme Gänsehaut kroch über ihre Arme. Aus der Küche hatte sie sich eine Tasse heißen Tees »Winterzauber« mitgebracht, ihre Hände umklammerten das Gefäß. Die Kälte wollte nicht weichen, obwohl die Tasse schmerzhaft heiß war.

Das ist noch meine Packung Winterzauber. Ich hatte den für Wanda stehen lassen, sie hat ihn nicht getrunken. Jetzt sitze ich hier und trinke ihn.

Tief einatmen. Einundzwanzig, zweiundzwanzig ...

»Kathrin? Alles in Ordnung bei dir? Emma war weder auf dem Speicher noch im Keller, also, wir haben sie nicht gesehen. Aber wir glauben, dass sie noch irgendwo im Haus ist.«

Kathrin öffnete die Augen und blickte in vier besorgte Augenpaare. Felix hielt Wandas Hand.

Scheinbar läuft es bei denen besser als bei uns.

»Wo ist denn dein Mann? Wart ihr nicht zusammen unterwegs?« Agatha schaute sich suchend um, als Ulf gerade durch die hintere Wohnzimmertür hereinkam und sein Smartphone in seine Hosentasche steckte. »Ich hoffe, ich habe bis morgen früh Ruhe vor diesen Idioten auf der Arbeit.« Seine Stimme klang hörbar genervt, Kathrin schloss wieder die Augen.

Dreiundzwanzig, vierundzwanzig ...
Es klingelte.
Fünfundzwanzig, sechsundzwanzig ...
»Huhu, meine Lieben, da bin ich wieder«, trötete eine weibliche Stimme. Nervig. Hoch.
Und mit ein paar Prosecco zu viel intus.
Das war Hannelore. »Ich bin wieder alleine, dieser komische Angestellte hat mich dumm angemacht und hat sich dann verzogen. Wir müssen wirklich über deine Angestellten sprechen, mein Schätzchen.«
Siebenundzwanzig, ausatmen.
»Mutter!« Felix' Stimme klang, als wäre ihm gerade jemand mit einem Lkw über den Fuß gefahren. »Das ist ... puuh! Und wir hatten besprochen, dass wir immer zu zweit zusammenbleiben, oder nicht? Es könnte doch einen Einbrecher geben, und du rennst hier allein durchs Haus, Mutter!«
Tief einatmen.
»Willst du mal die Tür aufmachen, Schatz, ich muss mich hinsetzen, die ganzen Emotionen hier im Raum tun mir nicht gut.« Erschöpft und unterschwellig befehlend, Wanda war wieder in ihrem Element.
Luft anhalten, einundzwanzig, zweiundzwanzig ...
»Moment, Sie meinen den Gärtner, oder, Frau Knaut? Wir haben vom Erdgeschoss aus seine Wohnung gesehen. Irgendetwas stimmt da nicht, es wirkte, als wäre ein

Fenster eingeworfen. Wir wollten gerade rübergehen und nachgucken.«

Dreiundzwanzig, vierundzwanzig ...

»Vielleicht hat er gerade geklingelt? Alfred, meine ich. Ist rausgelaufen und hat seinen Schlüssel vergessen?« Das war Agatha, ganz Ärztin und Wissenschaftlerin. Ihre Stimme hatte etwas sehr Natürliches an sich. Obwohl ihre Welt sicher die Hörsäle und Krankenhausflure waren, klang ihre Stimme immer etwas nach Wald, Bäumen und Freiheit.

Sie hat auch tolle, lockige Haare. Es sieht so aus, als ob sie nie etwas mit ihnen macht. Die fallen einfach so.

Neid.

Fünfundzwanzig, sechsundzwanzig ...

Ihr Brustkorb zog etwas. Das Geräusch, wie ihr Mann das restliche Weinglas mit einem Schluck leerte.

Dann wieder Felix. »Ich geh ja schon aufmachen.«

Ganz langsam wurde ihr warm, das Kaminfeuer und der heiße Tee gaben sich große Mühe.

Siebenundzwanzig, ausatmen. Das wird wieder. Wir finden Emma, essen noch schön, dann gibt es Eis zum Nachtisch, wir gehen schlafen. Ulf schläft seinen Rausch aus, und morgen geht die Sonne wieder auf. Licht nach der Dunkelheit.

Tief einatmen.

Einundzwanzig, zweiundzwanzig ...

»Was, äh, Geld zurückgeben? Taxi? Ja, äh, kommen Sie hoch. Das ist aber nett, finde ich. Und bei dem Unwetter sind Sie wegen der paar Euro Restgeld extra hier rausgekommen? Was? Ich versteh Sie durch die Sprechanlage wegen des Winds kaum! Was? Hallo? Kalt? Ach so, ja natürlich. Ja, ich mach schon auf. Moment.«

Dreiundzwanzig, vierundzwanzig ...

Ist das da gerade ein Taxifahrer an der Tür, der wegen weniger Euro durch die Kälte gefahren ist? Es gibt also doch noch gute Menschen! Alles wird sich zum Guten wenden. Guten Menschen passieren gute Dinge, und ich bin doch ein guter Mensch!

Fünfundzwanzig, sechsundzwanzig ...

Schwere Schritte waren auf der Treppe zu hören, dann ein Knarzen auf der Türschwelle.

ULF

Ulf beobachtete seine Frau, während die Schritte des Taxifahrers auf der Treppe erklangen. Sie sah so friedlich aus mit den geschlossenen Augen.

Zu Hause hat sie eine Belohnung verdient. Ein paar neue Ohrringe oder eine neue Kette. Die letzte ist ja kaputt gegangen. Oder etwas Privateres.

Sein Blick wanderte über ihre Halslinie.

Etwas veränderte sich. Er blickte zum Taxifahrer. Die Zeit blieb kurz stehen und lief dann schmerzhaft weiter.

Was zum Henker ...? Er? ER?

Andi trat in das Zimmer. Ulf wusste, wer Andi war, schließlich hatte er Alfred und Gertrud damals mit Geld und seinem Anwalt vor Gericht gegen Andi geholfen.

Stimmt, Alfred hatte es erzählt. Dass Andi aus dem Knast raus ist. Aber warum ist er jetzt hier? Hat er etwas vor? Emma?

Eine Gänsehaut kroch seinen Rücken hoch. Er ließ sein Glas fallen. Kathrin öffnete die Augen, erblickte Andi und fing an zu schreien.

Ulf rühmte sich oft, auf der Arbeit der Schnellste zu sein. So war es auch jetzt.

Ein Problem nach dem anderen. Und jetzt ist das dran.

Es fügte sich für ihn alles zusammen. Dieser Andi war der Schuldige.

Er will sich an mir rächen, weil ich Alfred und Gertrud bei Gericht geholfen habe.

Deswegen hatte er Emma entführt. Und hatte dieser Ares nicht etwas von einem kaputten Fenster bei Alfred gesagt? Das könnte auch Andi gewesen sein! Das könnte er gewesen sein!

KATHRIN

In Bruchteilen von Sekunden war ihr Puls wieder oben. Die Atemübung von Ares' hatte gut funktioniert, sie hatte den Hauch einer Entspannung verspürt, langsam die Augen geöffnet und war nun zutiefst erschrocken. Zum einen stand auf einmal ein sehr bulliger Mann im Raum, der Gewalt und Aggression auszustrahlen schien, und zum anderen hatte sie den gleichen Gedanken wie ihr Mann.

Mein Kind ist verschwunden. Schon wieder. Warum passiert das immer wieder? Was habe ich getan?

Was habe ich ... was passiert hier gerade? Dieser Mann ist hier, und mein Kind ist weg.

Das Weinglas kam auf dem Boden auf, Ulf sprang auf Andi zu, holte noch in der Luft aus und schlug mit der geschlossenen Faust hart zu.

Andi wurde an Nase und Wange getroffen. Blut

spritzte, und er flog nach hinten, knallte mit dem Hinterkopf gegen den Türrahmen und brach stöhnend zusammen. Ulf stürmte hinterher, warf sich auf ihn und schlug erneut zu. »Wo ist meine Tochter, du Schwein? Sag es!«

Die Gruppe, völlig überrascht von Ulfs Ausbruch, reagierte und versuchte zu helfen. Jeder auf seine Weise. Hannelore schrie irgendetwas von einem Psychiater in München, Felix rannte und fuchtelte wild mit den Armen, einzig Agatha und Ares schienen etwas Sinnvolles zu tun und versuchten Ulf von dem sichtlich mitgenommenen und blutenden Andi wegzubekommen.

Die Welt drinnen und draußen versank in Chaos und Kälte. Kälte überall. Menschliche und winterliche Kälte. Kathrin konnte nicht aufstehen.

Ich muss was tun. Warum kann ich nichts tun? Was ist los, Beine? Warum tragt ihr mich nicht?

Sie wusste, dass sie helfen sollte, dass es gut wäre zu helfen. Irgendwie die Situation auflösen, irgendwie die Leute trennen, die Dynamik herausnehmen. Wenn Ulf alleine war und mal wieder seine Arschlochphase hatte, wusste sie, was sie zu tun hatte. Aber hier? Mit all den Menschen, all den Bedürfnissen im Raum? Mit der verschwundenen Emma.

Oh Gott, meine Vanessa. Wo bist du nur?

Es war Ares, der es schaffte, die Situation aufzulösen. Der beruhigend eine Hand auf Ulfs Schulter hatte, während Agatha ein sich schnell rot färbendes Taschentuch auf Andis Nase drückte und damit den Blickkontakt zwischen Ulf und seinem Opfer unterbrach.

Andi nuschelte etwas von Anzeige und – irritierenderweise – etwas von Zugvögeln, aber Ares redete ruhig und klar darüber hinweg.

Wie schafft er es, in solch einer Situation ruhig zu bleiben? Und warum sitze ich immer noch hier herum?

»Wir werden die Sachen jetzt eine nach der anderen angehen.« Seine Stimme klang tief und sonor, er war sicher ein guter Therapeut.

»Ulf, Agatha und ich gehen zu Alfred und schauen, ob bei ihm alles in Ordnung ist. Felix, Wanda und Hannelore bleiben bitte hier, verarzten unseren Taxifahrer und kehren bitte die Scherben vom Boden auf, damit sich nicht noch jemand verletzt. Felix, habt ihr eine starke Taschenlampe hier, wenn wir raus in den Schneesturm müssen? Und idealerweise einen Verbandskasten, das ist sehr viel Blut.«

Ares fixierte jetzt Kathrin, sie spürte, dass er sie überzeugen wollte. »Es ist unwahrscheinlich, dass jemand von außen in ein Haus einbricht, ein Kind entführt und dann an der Tür klingelt, um Geld zurückzugeben. Aber wenn es so ist, werde ich es herausfinden.«

Dann wartete er. Sie wusste, was er von ihr wollte, und sie gab es ihm.

Er will sehen, dass ich ihn verstanden habe.

Ein Nicken. Sie nickte. Sie würde seinen Vorschlag mittragen. Auch Ulf atmete tief ein und nickte, die Gruppe entspannte sich etwas. Felix rannte davon und kam mit einem Kehrblech wieder, musste dann noch einmal losrennen, um den Erste-Hilfe-Kasten zu holen. Andi hatte sich am Türrahmen hochgezogen, mit angezogenen Knien hingesetzt und wurde von Hannelore versorgt, die ihn mit großen Augen musterte.

»Kommt ihr?« Ulfs Stimme schallte durchs Treppenhaus. Er war schon vorgegangen. Die Aktion hatte viel Energie in ihm freigesetzt.

Agathas Augenbrauen zogen sich zusammen, als sie Ares musterte, der sich mit schmerzverzerrtem Gesicht hochzog.

In Kathrin zog sich alles zusammen. Sie hatte das Gefühl, dass er Schmerzen gewöhnt war.

Wie ich. Aber er tut etwas und sitzt nicht nur erstarrt herum.

Langsam humpelnd verließ er den Wohnbereich, Agatha folgte ihm, sie hörte Ulf schon unruhig im Erdgeschoss auf und ab gehen.

Habe ich jetzt nichts gemacht? Habe ich keinem geholfen? Nicht nur jammern!

Langsam drückte sie sich hoch, ihre Beine waren so schwer.

Vielleicht hatte mein Vater recht und das viele Joggen war keine gute Idee.

Es wurde Zeit, selbst aktiv zu werden und nicht andere die Arbeit machen zu lassen. Zeit, selbst aktiv zu werden.

21

ARES

Der Wind blies den dreien die Schneeflocken mit großer Kraft ins Gesicht. Alle versuchten, mit dem Arm vor dem Gesicht und sich gegen den Sturm lehnend, den Weg zu bewältigen.

Es wirkt, als ob die Natur selbst etwas dagegen hätte, dass wir diesen Weg gehen.

Sie bewegten sich sehr langsam und vorsichtig die Steintreppe herunter. Der Sturm hatte die Treppe zugeschneit, die Stufen waren glatt. Der Wind heulte, und die Taschenlampe, von Ulf geführt, zog wilde Kreise durch die Nacht.

Ares hielt den Atem an.

Kommt er jetzt? Merlin?

Er fixierte die Nacht, aber nichts passierte.

»Los jetzt, wir frieren hier noch fest. Ich will meine Frau nicht so lange mit diesem Verrückten allein lassen«, drängte Ulf.

Sie zogen weiter, Ulf vorne mit der Taschenlampe und dem etwas schwerfälligen Gang eines Mannes, der mittlerweile zu viele Steaks und sitzende Bürotage hinter sich hatte. Dahinter Agatha, Ares bildete den Abschluss. Die Kälte schickte immer wieder Schmerzwellen durch sein Bein übers Rückenmark in sein Gehirn. Wie sollte er so einen konzentrierten Gedanken fassen, wenn jeder Schritt von einem Messerstich begleitet wurde?

Wie sagte Karl Kraus so schön? Gedankenfreiheit haben wir. Jetzt brauchen wir nur noch die Gedanken.

Aus den Augenwinkeln versuchte Ares seine Umgebung wahrzunehmen. Die großen Tannen und Fichten, die sich unter der Last des Schnees und des Windes stöhnend und jammernd beugten. Das Großraumtaxi, welches direkt in der Einfahrt stand, wie Ares irritiert bemerkte.

So wie das steht, kommt kein Auto vorbei, weder rein noch raus.

Keiner sprach ein Wort, zu dritt kämpften sie sich durch die Dunkelheit, durch den Schnee, der ihnen bis zu den Knöcheln reichte.

Er richtete sich etwas auf.

Eine starke Körperhaltung begünstigt auch starke Gedanken.

»Wir sind da.«

Ulfs Stimme klang durch den Schnee und den Schal, der über seinem Gesicht lag, dumpf und irgendwie verweint-nasal. Direkt danach noch mal: »Wir sind da.« Er wartete auf Ares und Agatha, bevor er die Tür aufdrückte. Sie schwang auf, von drinnen schien ein Licht in die Nacht.

»Alfred ist ein sehr sorgfältiger Mensch. Früher hat er immer die Tür abgeschlossen, wenn er daheim war. Oder das Licht ausgemacht, wenn er weg war.« Ulfs Stimme wurde immer leiser, während sie sich in den Vorraum drängten.

Das Nächste war nur noch ein Flüstern. »Irgendetwas stimmt hier nicht.«

Keiner bewegte sich. Ares versuchte, alles in sich aufzunehmen. Die Kälte und das bis zum Hals schlagende

Herz waren dabei nicht hilfreich. Den beiden anderen schien es ähnlich zu gehen.

Mut ist nicht die Abwesenheit von Angst, sondern immer ein Schritt vorwärts, obwohl die Angst da ist.

Gerade als er einen Schritt nach vorne machen wollte, nahm es ihm Agatha ab und trat vor, in den nächsten Raum zu ihrer Linken.

Das müsste der Raum mit dem kaputten Fenster sein.

Aus den Augenwinkeln lachten ihn viele kleine hölzerne, angemalte Zwerge, Tiere und Feen an.

Ihr habt gut lachen. Ihr seid aus Holz.

Ein kleines Lächeln stahl sich bei dem Gedanken in sein Gesicht.

Das Lächeln gefror ihm zu Eis, als Agatha anfing zu schreien. Etwas fiel im Zimmer um, dann stürmte sie aus dem Zimmer heraus, direkt in seine Arme. Als er sie anschaute, blickte er in nackte Panik. Ihr Mund öffnete und schloss sich reflexartig, ihr Blick versuchte ihn zu fixieren, sprang aber immer wieder von oben nach unten, von links nach rechts. So hatte er sie noch nie gesehen.

»Was ist los, Aga? Was ist passiert?«

Endlich schaffte sie es, ihren Blick zu fokussieren. Ihre Stimme klang tonlos und viel zu laut, sie schrie ihn an. »Er ist tot, Ares! Tot!«

»Was? Was sagst du da?«

»Alfred ist tot! Ermordet! Jemand hat Alfred ermordet.«

22

HANNELORE

So eine Gewalt. So eine sinnlose Gewalt gegen so einen armen Mann! Was hat sich dieser Grobian Ulf dabei gedacht?

Sanft hatte Hannelore ein weißes Taschentuch zur Hand genommen und versuchte, das mittlerweile leicht geronnene Blut von Andis Gesicht und Glatze zu tupfen. Dieser kämpfte währenddessen stöhnend darum, nicht das Bewusstsein zu verlieren. Er öffnete kurz die Augen und musterte sie, dann sank er zurück.

Welch ein merkwürdiger Blick.

Auf Hannelores Stirn bildete sich eine steile Falte. Sie beugte sich weiter nach vorne und tupfte sanft das Blut ab.

»Kann mir mal einer sagen, was hier eigentlich los ist? Wer ist das? Und warum«, sie blickte verächtlich zu Kathrin, »ist dein Mann wie ein Stier auf diesen armen Taxifahrer losgegangen?«

Kathrin seufzte leise. »Die Geschichte ist ein sehr unschönes Kapitel. Dieser Mann vor euch ist Andreas Sterzik, genannt Andi. Ich dachte, er ist noch im Knast, aber die Zeit vergeht wohl schneller, als man denkt. Mein Mann und ich hatten damals großen Anteil daran, dass er überhaupt verknackt wurde.«

Langsam stand sie auf und wanderte händeringend durch den Raum. Ihre Gedanken schienen in weite Ferne zu schweifen, ihre Stimme war sehr leise und angespannt.

»Herr Sterzik hier hatte sich, aus Gründen, die wohl nur er versteht, in die mittlerweile verstorbene Ehefrau von Alfred verliebt. Das an sich ist natürlich noch nicht strafbar, aber in seinem kranken Gehirn war er sich sicher, dass sie zusammengehören und er nur hart genug für die Liebe und gegen Alfred arbeiten müsse, dann würde Gertrud, die Verstorbene, schon erkennen, was sie an ihm hätte.«

Wieder seufzte sie leise. »Als allerdings die ersten harmlosen Annäherungsversuche, Briefe und Anrufe nicht funktionierten, hat er zu anderen, bösartigeren Methoden gegriffen.«

Andi stöhnte leise, und Hannelore bemerkte, dass sie ihre Hand immer noch auf seinem Oberarm hatte. Ruckartig zog sie sie weg und verlagerte ihr Gewicht. Ihre Rockschichten raschelten.

»Er brach in beide Häuser ein. Unser Haus und den Anbau der Eheleute. Es fehlten persönliche Dinge von Gertrud. Schmuck und Unterwäsche, Slips und BHs, auch aus dem Wäschekorb heraus verschwunden. Es gab Schmierereien auf den Hauswänden. Auf seiner Digitalkamera haben die Polizisten Bilder gefunden. Bilder, heimlich gemacht, die nur ein Ehemann von seiner Ehefrau sehen sollte. Mein Mann und ich halfen den beiden. Sie waren mehr als nur Angestellte für uns. Alfred ist das bis heute. Uns verband eine Freundschaft, so war es für uns selbstverständlich, ihnen unseren Anwalt zu empfehlen. Den Besten, den diese Gegend hier zu bieten hat.« Kathrin war stehen geblieben und blickte auf den mittlerweile bewusstlosen Andi.

»Er hatte sehr lange gnädige Richter. Es gab Vermittlungsversuche, irgendwann dann Verwarnungen. Dann durfte er sich dem Haus und Gertrud auf zweihundert Meter nicht mehr nähern. Natürlich hielt er sich an keine einzige Auflage. Als er dann auch noch versuchte, von der Tanne vor dem Haus aus Alfred mit einem großen Stein zu treffen, bekam er endlich einen Richter, der hart durchgriff und ihn ins Gefängnis schickte. Stalking, Einbruch, versuchte schwere Körperverletzung, Belästigung, Verstoß gegen Annäherungsauflagen, das ganze Programm. Er war auch außerhalb dieser Geschichte mit Gertrud kein braver Mitbürger.«

Kathrin blickte in die Runde. »Daher könnt ihr euch meine Überraschung und meinen Schrecken vorstellen, als ich ihn gerade in der Tür gesehen habe.« Sie konnte ihn nicht anblicken. »Er ist zu allem fähig.« Sie schlang ihre Arme um sich. »Ihr wart damals nicht im Gerichtssaal dabei. Der Blick, mit dem er mich ansah, als ich gegen ihn aussagte. In dem Moment wusste ich, dass er irgendwann kommen wird, um Rache zu nehmen.«

Ihre Hände ballten sich zu Fäusten. »Aber wenn er Emma auch nur ein Haar gekrümmt hat, wird er am eigenen Leib die Rache einer Mutter erfahren.«

Andi hustete und kam wieder zu Bewusstsein, Blut rann aus seinem Mundwinkel. Schnell war Hannelore wieder mit dem Tuch zur Stelle.

Seine Stimme war kratzig und klang nach Kettenraucher. »Ich habe deine Tochter nicht angerührt. Ich würde niemals ein Kind anrühren! Niemals.« Er versuchte sich etwas aufzurichten. »Wo bin ich überhaupt? Was ist passiert?« Er blickte zu Hannelore, die ihn besorgt anschaute. Für eine kurze Zeit trafen sich ihre Blicke. Dann wanderte sein Blick tiefer.

»Lügner!« Kathrin verlor beim Sprechen ein paar Speicheltropfen, so entrüstet war sie. »Du lügst. Wer soll es dann gewesen sein? Der Heilige Geist? Wo ist sie? Los, Felix, wir binden ihn an der Heizung fest.«

»Aber Kathrin, wir können doch keinen erwachsenen Mann einfach fesseln, also ... wir können auch kein Kind fesseln, auch kein erwachsenes Kind ... äh, also ... genau. Nicht.«

»Bring doch einmal einen Satz richtig zu Ende!« Den Satz hatte Kathrin fast geschrien, und sie zuckte zusammen, als sie sein Gesicht sah, kalkweiß mit riesigen, unterschiedlich farbigen Augen.

»Es, hm, es tut mir leid, Felix. Emma fehlt. Ich, ich kann einfach nicht mein Kind verlieren. Nicht noch mal. Das überlebe ich nicht. Und wenn dieser Drecksack«, sie zeigte mit dem zitternden Zeigefinger auf Andi, »irgendetwas weiß, muss ich das wissen.«

Andi fing an, schief zu grinsen. »Du hast schon mal ein Kind verloren? Ach, stimmt, das war ja groß in den Zeitungen damals. Wie hieß sie noch? Das ist wohl ein Muster, vielleicht hält's einfach kein Kind bei so einer Rabenmutter aus? Schon mal daran gedacht?«

Kathrin schrie auf wie ein angeschossenes Wildschwein und konnte nur mit Mühe von Felix zurückgehalten werden.

»Okay, okay, ich fessle ihn, und du hältst dich zurück, ja, Kathrin? Kathrin, schau mich an! Hallo? Kathrin, hier bin ich. Schau nicht ihn an. Ich fessle ihn, wirklich, aber dazu muss ich dich wieder loslassen, ja? Und dafür musst du stehen bleiben. Jetzt brauch ich wirklich mal Hilfe, Liebling.« Er wandte sich hilfesuchend an Wanda.

Was ein Affentheater. Aber irgendwie beeindruckend, wie mutig er ist. Alle gehen auf ihn los, und er hat den Mut zu sagen, was ist. Sie ist wirklich eine Rabenmutter. Ich hätte meinen Felix nie verloren. Nie.

Kathrin hatte sich von Felix zu dem großen Sessel bugsieren und hineinsetzen lassen. Ihre funkelnden Augen waren weiterhin auf Andi gerichtet, der es geschafft hatte, sich halb aufzurichten, und ihr ein blutiges Lächeln schenkte. Wanda hatte überraschenderweise auf Felix gehört. Sie kam mit schwarzem Panzertape aus der Küche und gab es Felix.

Dieser drehte es ein-, zweimal etwas hilflos in der Hand hin und her, bevor er auf Hannelore und Andi zukam.

»Ich, äh, muss Sie jetzt leider fesseln. Herr …? Wie rede ich Sie denn an?«

»Und durchsuch seine Taschen! Ich will sehen, was er dabeihat! Handy, Geldbeutel, Zettel, alles!« Kathrins Stimme klang hart.

Nun musste sich Hannelore doch mal einmischen. »Jetzt entschuldigen Sie mal, Fräulein! Wie reden Sie mit meinem Felix? Und dieser Mann hier ist offensichtlich unschuldig und wurde von Ihrem Ulf verprügelt. Da, wo ich herkomme, geht man anders mit Menschen um! Oder ist das hier so üblich?«

»Mutter! Jetzt nicht.« Felix' Stimme klang gequält.

Warum hält er nie zu mir? Bin ich hier wirklich ganz alleine? Ich bin eine Mutter. Und bin alleine.

Andi leistete keinen Widerstand, als er gefesselt wurde, er dämmerte immer wieder ein, zwei Sekunden weg, bevor er seinen Blick wieder scharf stellen konnte.

Vielleicht hat er eine Gehirnerschütterung. Der Arme.

Daher konnte Felix ihn halb tragend, halb mit ihm laufend zur Heizung unter der Fensterfront bugsieren, einfach seine Hand nehmen und diese an den Heizkörper fesseln. Andi nuschelte etwas, als er wieder zum Sprechen ansetzte. »Wie ist das bei euch, Leute? Haltet ihr euch an die Genfer Konvention zur Behandlung von Gefangenen, und ich bekomme Essen und Trinken? Oder lasst ihr mich mit dieser Rabenmutter hier«, er zeigte mit der linken Hand auf Kathrin, »alleine, damit sie mir ihre Schlampenkrallen durchs Gesicht ziehen kann?« Seine Stimme klang verhuscht, sein Blick war nicht in der Lage, Kathrin zu fixieren.

Dennoch gibt er keinen Millimeter nach.

Kathrins Fingernägel kratzten über das Sesselleder.

Felix' Gesichtsfarbe wechselte von weiß zu leichenblass. »Äh, natürlich werden Sie hier gut behandelt, also mal abgesehen von dem Fesseln, das tut mir sehr leid. Zur Sicherheit muss ich leider … also nur ganz kurz … aber es wäre gut, wenn ich kurz Ihre Hosentaschen durchsuchen … ich will nur nachschauen, was darin ist, Sie haben Kathrin ja gehört, einfach zur Sicherheit, ist ja auch entlastend für Sie, wenn wir da nichts finden, damit ist das Thema ja dann auch erledigt, verstehen Sie?«

Andis Blick war mit mitleidig gut beschrieben. Felix tastete ihn kalkweiß und zitternd ab, zog mit zwei Fingern Geldbeutel und Smartphone aus der Tasche und stand auf.

»Stellt euch mal eine Frage, ihr Wichser.« Andis Stimme hatte kurz an Kraft gewonnen, auch wenn ihm immer noch Blut aus der Nase lief, was seine Wörter nasal verzehrte. Testend ruckelte er an der festgebundenen Hand. »Stellt euch mal eine Frage: Wenn ich die Wahrheit sage und nichts mit dem Verschwinden des Mädchens zu tun habe, wer war es dann? Wer von euch lügt hier alle anderen an? Könnt ihr euch wirklich trauen? Ich würde euch ja gegen den bösen Entführer verteidigen, aber«, er zerrte etwas am Panzertape, »ich bin gerade verhindert.«

Ein schiefes Grinsen umspielte seinen Mund. Er blickte erst in Hannelores Ausschnitt, die die ganze Zeit neben ihm gekniet und das blutige Taschentuch in ihrer Hand gehalten hatte, und rief dann in den Raum: »Mal schauen, ob das hier eine Komödie oder eine Tragödie wird. Wie singt meine Lieblingsband so schön: ›Der Preis des Lebens ist der Tod. Und jetzt nehm ich dich in meine Arme, in meine Arme.‹« Mit blutigem Gesicht fing er an zu singen, während die Gruppe ihn umringte, geprägt von Zweifeln und misstrauischen Blicken untereinander.

23

CAROLA

Carola blickte zur großen Wohnzimmeruhr und beobachtete, wie der Zeiger sich quälend langsam fortbewegte. Immer wieder fuhr sie sich durch die Haare, stand auf, richtete die kleinen Figürchen auf dem Wohnzimmerschrank, trank einen Schluck Wasser, setzte sich wieder hin und blickte zur großen Wohnzimmeruhr. Das machte sie jetzt seit fast einer Stunde.

Sie hatte überlegt, sich einen Weißwein aufzumachen, aber irgendetwas in ihr wollte nüchtern bleiben.

Vielleicht muss ich ja noch fahren. Vielleicht muss mein Andi abgeholt werden. Vielleicht muss er im Krankenhaus abgeholt ... Nein. Aufhören!

Sie hatte auch versucht, sich vor den Fernseher zu setzen, aber sie konnte keiner Sendung folgen und hatte nach einigen Minuten, in denen sie einfach von Sender zu Sender und von Film zu Film sprang, ohne zu verstehen, was sie sah, wieder ausgeschaltet.

Warum habe ich ihm gesagt, dass er noch mal lossoll? Ich habe doch gesehen, wie erschöpft er war! Er könnte jetzt einfach neben mir auf der Couch liegen und langsam einschlafen.

Andi schlief abends mittlerweile nach anstrengenden Doppelschichten im Taxi immer häufiger auf der Couch ein. Manchmal schaltete Carola dann den Film um, räusperte sich und beobachtete amüsiert, wie Andi versuchte zu verstehen, warum in dem Alienfilm, den sie angefangen hatten, auf einmal schwule Cowboys über die Prärie ritten. Natürlich konnte er nicht zugeben, dass er gerade kurz weggenickt war. Irgendwann klärte es Carola dann lachend auf, und sie gingen zusammen ins Bett.

Ich werde mir nicht verzeihen, wenn ihm etwas passiert ist.

Carola blickte wieder zur Wohnzimmeruhr. Wieder eine Minute später. Wieder eine Minute ohne Auto auf der Straße, wieder eine Minute ohne ein Lebenszeichen von Andi.

Sie stand auf, ging zum Wohnzimmerschrank und nahm das Handy, das dort am Ladekabel hing. Es stand schon lange auf hundert Prozent, aber sicher war sicher. Sie öffnete das Anrufmenü mit einem etwas ungeübten Fingertippen, ging auf die Anrufliste und wählte die oberste Nummer. Das war der fünfte Anruf. Wieder hielt sie sich das Handy ans Ohr, wieder musste sie sich dafür etwas nach vorne beugen, da das Ladekabel zu kurz war. Wieder hörte sie nach kurzer Zeit die gleiche Nachricht: Leider bin ich gerade nicht erreichbar.

Sicher ist es lautlos. Oder das Signal kommt wegen des Sturms nicht durch. Es gibt tausend Möglichkeiten, warum er nicht drangeht ... Die Leute waren vielleicht nett und haben ihn noch auf ein Getränk eingeladen. Oder er fachsimpelt mit einem von ihnen über Fußball oder Rockmusik und hat ganz die Zeit vergessen. Oder er war schon auf dem Rückweg, sein Auto hat den Grip verloren, und er liegt jetzt schwer verletzt im Straßengraben, und niemand kommt, weil niemand mehr unterwegs ist.

Sie fuhr sich durch die Haare, trat zum Tisch

So geht's nicht weiter. Ich brauche Hilfe.

Sie ging wieder zum Wohnzimmerschrank und löste das Handy vom Ladekabel. Ihre Finger öffneten erneut das Anrufmenü, kurze Zeit später drückte sie das Smartphone an ihr Ohr.

»Polizeidienststelle Dahn, Burkhart am Apparat, was kann ich für Sie tun?« Die Stimme klang sehr erschöpft, sofort spürte Carola den Stachel des Mitgefühls und der Schuld, dass sie jetzt noch ein weiterer Anruf war, in einer Nacht, die sicher nicht mit Anrufen geizte.

»Guten Abend, Herr Burkhart. Vielen Dank, dass Sie drangegangen sind, ich kann mir vorstellen, was Sie alles zu tun haben. Nur eine kleine Bitte: Könnten Sie mich mit Herrn Fröhlich verbinden, er sollte jetzt im Dienst sein?«

»Ja, ist er, eine Sekunde, ich verbinde.« Hörte Carola da Freude, dass er ausnahmsweise in dieser Nacht tatsächlich einmal helfen konnte? Sie vermutete es.

»Fröhlich, guten Abend.«

»Ah, hallo Phil, ich bin es, Carola.« Sie wartete kurz. »Du, du musst mir mal helfen.«

Die Stimme veränderte sich und war nur noch als Flüstern zu vernehmen: »Das ist doch sicher wieder ein Gefallen an der Grenze zur Legalität. Ich habe es dir bei der Geschichte mit diesem Andi schon gesagt, ich kann dir nicht schon wieder helfen, Tante. Ja, ich schulde dir was, aber noch mal so eine Aktion kostet mich meinen Job!«

Carola blickte wieder zur Wohnzimmeruhr, bevor sie antwortete: »Du schuldest mir das, Phil. Wie oft warst du früher bei mir, wenn sich meine Schwester mit ihrem versoffenen Mann gestritten hat? Wie oft gab's hier ein Mittagessen für dich? Wie oft habe ich dir mit den Hausaufgaben geholfen? Wie oft war ich dir eine gute Tante?«

Carolas Finger fingen an zu schmerzen, so fest umklammerten sie das Handy.

»Phil, bitte. Du musst nichts tun, ich will nur wissen, ob du was gehört hast, vielleicht irgendwas weißt. Ich sterbe hier vor Sorge.«

Langsam rann eine Träne über Carolas Wange, ein leises Schluchzen konnte sie nicht mehr unterdrücken. »Bitte. Ich kann doch sonst niemanden anrufen, du weißt, dass ich keine Kinder habe. Du warst immer wie ein Sohn für mich.«

Stille.

Phils Stimme klang sehr gedrückt, als er antwortete: »Eine Frage. Und wenn ich nichts dazu weiß, weiß ich nichts, und dann war's das.«

Carola seufzte leise auf, ihre Hand entspannte sich etwas.

»Mein Andi ist schon vor über zwei Stunden zum alten Herrenhaus in Ludwigswinkel gefahren. Normalerweise hätte er längst wieder da sein müssen, selbst bei dem Wetter. Hast du irgendetwas gehört, Phil? Über einen Unfall eines Taxis, über eine Krankenhauseinlieferung, über irgendetwas in der Richtung?«

Sie drückte ihr Smartphone so hart an ihr Ohr, dass sie ihn atmen hörte. Seine nächsten Worte klangen flach und gepresst.

»Es gab keine Einlieferung in die Krankenhäuser von jemandem, dessen Beschreibung zu Andi passen würde, und meines Wissens war auch kein Taxi in einen Unfall verwickelt, auch wenn es ein paar Unfälle gab.«

Carola seufzte enttäuscht auf. »Vielen Dank, Phil. Dann hoffe und bete ich einfach weiter.«

Sie wollte gerade auflegen, als er noch etwas sagte, das ihren Puls in die Höhe schießen ließ. »Aber ich weiß etwas über das alte Haus in dieser Nacht, und das ist nichts Gutes.«

»Oh Gott, bitte erzähl.«

Er klang gehetzt und redete schnell, presste die Wörter förmlich hervor. »In dieser Nacht scheint eine Party in dem Haus stattzufinden. Ich habe ganz aktuell erfahren, dass ein gewisser Ares Rot zu Gast ist. Du wirst ihn vielleicht kennen, wenn du die Nachrichten verfolgst. Der gefallene Starttherapeut.« Sie hörte den Ekel in seiner Stimme. »Er war letztes Jahr mitverantwortlich für den Tod der armen Lina Nagel, so ein liebes Kind. Wohnte ja direkt neben uns. Ich habe immer vor ihm gewarnt, aber meine Kollegen waren blind! Er hat früher sogar Seminare hier in der Polizeiwache gegeben! Und jetzt ist die kleine Nagel tot. Er ist gefährlich, Carola. Diese Psychologen immer! Glauben, alles besser zu wissen, und am Schluss sterben wegen ihrer Worte Menschen, während sie auf ihren fetten Therapiestühlen sitzen und reich werden. Dein Andi muss aufpassen. Er darf diesem Ares nicht trauen. Der geht für seine Psychologie über Leichen.«

Carola klammerte sich mit beiden Händen an ihr Smartphone.

Ein Geräusch im Hintergrund, das Schleifen einer Tür.

»Ich muss Schluss machen, Tante. Tut mir leid, dass ich keine guten Nachrichten habe. Pass auf dich auf!«

Damit war das Telefonat beendet. Carolas Hände zitterten so sehr, dass sie dreimal ansetzen musste, ehe sie die SMS an Andi tippen konnte.

Oh Gott, oh Gott, oh Gott. Andi, mein lieber Andi. Bitte lies deine SMS, bitte lies deine SMS.

Sie las noch zweimal drüber, dann schickte sie die Nachricht ab: »Mein Andi! Traue Ares nicht! Er hat ein Mädchen auf dem Gewissen. Komm da raus. Ruf mich an, so schnell du kannst. In tiefer Liebe. Carola.«

Bitte geh durch, SMS, bitte geh durch. Bitte, Gott, gib ihm nur eine Sekunde Empfang, nur diese SMS, bitte. Nur diese eine SMS.

Sie wurde erhört. Die SMS erreichte das Handy von Andi.

24

ARES

Agatha hatte es nicht geschafft, das Wohnzimmer noch einmal zu betreten, Ulf war gar nicht erst hereingekommen, hatte nur einen Blick auf die Szenerie geworfen, Überraschung und Erschrecken waren in seinem Gesicht zu lesen, und er hatte sich wieder zurückgezogen. Also lag es an Ares. Nach dem ersten Schock hatte er es geschafft, Agatha auf einen dunkelbraunen Holzstuhl zu setzen, der neben der Garderobe stand, und Ulf den Auftrag gegeben, sich um sie zu kümmern, während er sich ein Bild der Lage machen wollte.

Warum musste Alfred den schlimmsten aller Preise bezahlen? Welchen Fehler hat er gemacht?

Ares versuchte, sich alle Details einzuprägen.

Was sehe ich?

Alfred lehnte an der Wand. Seine rechte Hand lag auf seiner Brust, in der Nähe seines Herzens, die linke lag in einer Blutlache neben seinem Körper. Das Blut schien von der Hand und von der Hauptwunde knapp unter dem linken Schlüsselbein zu kommen.

Ein tiefer Stich, wahrscheinlich mit dem Küchenmesser, welches hier auf dem Boden liegt. Kein geplanter Angriff? War es ein Zufallsmord? War der Mörder schon im Raum, und Alfred hat ihn bei etwas überrascht? Ein Einbrecher? Das würde die »Fremder von außen«-Theorie wieder erhärten und auch Andi in ein verdächtiges Licht rücken.

Aber warum das kaputte Fenster? Ares richtete sich etwas auf. Das Fenster war eindeutig von innen eingeworfen. Er sah keine Scherben.

Dann müssen sie draußen liegen.

Warum sollte ein Einbrecher und Mörder das Fenster einwerfen und damit auf sich aufmerksam machen?

Ares dachte nach.

Aus dem Vorraum nahm er das Geschrei von Ulf wahr: »… ist egal, ich gehe jetzt zurück. Dieser Andi hat den armen Alfred umgebracht, und ich lasse den keine Sekunde allein mit meiner Frau!«

Agatha murmelte etwas, das Ares nicht verstand, daraufhin wurde Ulf noch lauter. »Nein, es reicht nicht, dass dieser Felix aufpasst! Felix ist ein Versager, ein Waschlappen. Andi ist ein Mörder! Der schaut Felix nur einmal an, und der kippt um. Macht euren Scheiß hier alleine.«

Schwere Schritte ertönten, das Schwingen der Haustür, dann wehte ein kalter Wind herein und ließ Ares frösteln.

Kälte. Eis. Was, wenn es nicht der Einbrecher war, der das Fenster zerstört hat? Was, wenn Alfred nicht sofort tot war, sondern noch etwas Kraft zusammengekratzt hat? War das ein Hilferuf? Ein Hilferuf, den wir zu spät gesehen haben?

Ares schloss die Augen, versuchte, sich in die letzten Sekunden von Alfred hineinzuversetzen.

Ich komme nach Hause. Warum bin ich früher gegangen? Keine Lust mehr? Unwahrscheinlich. Ich arbeite seit vielen Jahrzehnten für die Eigentümer dieses Hauses, das ist mein Platz. Ich bin ein guter Angestellter, fleißig, loyal. Ich definiere mich über meinen Platz und meine Arbeit in dieser Welt. Wenn ich zu einer Party eingeladen bin, würde ich die Gastgeber nicht durch auffälliges oder unpassendes Verhalten beschämen.

Also muss es gute Gründe gegeben haben, früher zu gehen. Entweder ist auf der Party etwas passiert oder schon vorher, und ich bin schon in einer schlechten Stimmung zur Party gekommen.

Ares erinnerte sich, dass Alfred bei der Begrüßung sehr blass gewirkt hatte.

Vielleicht doch eine Krankheit? Eine absichtlich herbeigeführte? War etwas im Essen gewesen? Wer hat das Essen serviert?

Ares schüttelte den Kopf.

Dieser Weg führt zu nichts. Offensichtlich war das Nach-Hause-Gehen dann irgendwann die einzige Option, die ich noch habe. Ich war mit Hannelore unterwegs, dann haben wir uns getrennt. Gab es einen Streit? Ist sie verdächtig? Dann passiert was? Ich komme nach Hause, und der Einbrecher ist schon da?

Ares musterte den toten Alfred.

Unwahrscheinlich. Ich habe die Jacke und die Schuhe aus, ich bin zu Hause angekommen. Ich wohne seit vielen Jahrzehnten in diesem Haus, habe wahrscheinlich viel daran selbst gebaut. Das Haus ist sehr klein, ich würde spüren, wenn jemand hier wäre. Also bin ich noch alleine, als ich ankomme.

Ich bin also daheim, will mich entspannen, vielleicht ein Getränk, hier gibt es Essensreste. Habe ich noch Hunger? Oder ist es vom Frühstück nicht weggeräumt? Räume ich generell Sachen nicht direkt weg oder stehe ich unter großem Stress? Gab es eine große bedeutende Veränderung in meinem Leben?

Wahrscheinlich stehe ich mit dem Rücken zur Tür, als der Mörder hinter mir auftaucht. Ich habe Zeit, mich rumzudre-

hen, sehe und erkenne den Mörder. Reden wir miteinander? Sage ich etwas Falsches? Wurde ich für etwas ermordet, das ich wusste? Geld oder Wertgegenstände scheinen auf den ersten Blick nicht zu fehlen, nichts ist aufgerissen oder durchwühlt. Ich rede also mit dem Täter. Dann nimmt er das Messer auf dem Tisch und sticht zu. Ich wehre mich nicht. Oder wehre ich mich und ein zweiter Stich kommt durch die Hand? Das würde die Blutlache unter meiner Hand erklären. Bleiben wir erst mal bei der Arbeitshypothese, dass ich mich nicht wehre.

Warum wehre ich mich nicht? Denke ich nicht, dass die Person zusticht? Das würde auf jemand Bekannten schließen, vielleicht auch jemand augenscheinlich Ungefährlichen? Vielleicht eine Frau, eine Frau, die ich kenne? Durchaus möglich. Wirkt bisher am wahrscheinlichsten. Wanda oder Kathrin?

Was es sehr wahrscheinlich macht, dass es jemand von der Einweihungsparty war. Jemand von uns ist ein Mörder.

Eine Schmerzwelle schoss durch Ares' Bein, lange würde er nicht mehr knien können.

Was mache ich dann? Ich stürze zu Boden, reiße die Sachen mit, die jetzt gerade hier verstreut sind. Essensreste, die Tischdecke. Ich weiß vermutlich, dass ich nicht viel Zeit habe, dass mich die Verletzung umbringen wird. Ich rufe um Hilfe – niemand hört mich. Der Sturm ist viel zu laut. Also überlege ich mir, wie ich noch auf mich aufmerksam machen kann. Ich werfe etwas durch das Fenster.

Niemand kommt, und ich sterbe einfach.

War es das? Ende der Geschichte? Ares versuchte sich aufzurichten, mit einem Knacken gab sein Knie nach, und er fiel mit einem Schmerzensschrei nach vorne, auf Alfred drauf.

Ekel und Übelkeit krochen in ihm hoch.

Oh Gott, ich liege auf einem Toten.

Er drückte sich hoch.

Agatha steckte ihren Kopf durch die Tür. »Alles in Ordnung? Du hast geschrien?«

»Jaja«, antwortete er in Gedanken verloren. »Nur das Gleichgewicht verloren.« Die Antwort war automatisiert, sein Gehirn auf etwas anderes fokussiert. Die Leiche war etwas verrutscht, lag jetzt schräger. Der Arm hatte sich gedreht, die linke Hand lag nun mit der Handfläche nach oben.

War da etwas hineingeritzt? Das sah aus wie ein Buchstabe.

Aber wer würde etwas in die Hand schreiben? Der Täter? Irgendein abartiger Erniedrigungsfetisch? Oder Alfred selbst? Aber was steht da geschrieben? Von dem Winkel ausgehend, hat er es selbst mit der anderen Hand geschrieben.

Mit einem lauten Knacken brach an dem Baum vor dem Haus ein Ast ab und fiel zu Boden, Schneeflocken wirbelten herein. Ares blickte auf.

Der Schnee sollte mir helfen.

Durch das Loch im Fenster kam immer mehr Schnee herein. War er anfangs noch geschmolzen und lief in Wasserrinnsalen über den Boden, war mittlerweile ein Häufchen Schnee liegen geblieben. Ares streckte sich und griff danach, presste es auf die verwundete Hand des Toten, wartete ein paar Sekunden, zog ein Taschentuch und wischte den Schnee zusammen mit dem Blut ab. Auf der Hand wurden drei Buchstaben deutlich, hastig, mühsam in die Hand geritzt, aber dennoch lesbar.

Zuerst ein V, dann ein A, dann ein N.

VAN.

Van? VAN? V.A.N.? Eine Abkürzung? Ein Akronym? Ein Name? Ein Hinweis? Was willst du mir sagen?

Während Ares langsam aufstand und darüber nachdachte, kam ihm noch ein anderer Gedanke in den Kopf.

Es kann sein, dass Alfred diese Botschaft verstecken wollte. Daher lag die Hand nach unten, daher habe ich es nur aus Zufall entdeckt. Wenn er das wirklich verstecken wollte, dann bedeutet das … Ja, was bedeutet das? Dass es Menschen, mindestens einen, gibt, der das nicht finden sollte. Vielleicht hatte Alfred Angst, dass ihn jemand finden könnte, der dann die Spuren verwischen würde. Und das bedeutet eins: Es gibt hier einen Grund für einen Mord. Einen Grund, für den jemand bereit ist zu töten. Dafür getötet hat. Und sicher auch wieder töten wird, um das Geheimnis, was auch immer es ist, zu bewahren. Das führt zu einer sehr schmerzlichen Frage: Wem kann ich hier trauen?

Agatha steckte wieder den Kopf durch die Tür.

Fangen wir mit ihr an. Aga kann ich natürlich vertrauen.

Und so erzählte ihr Ares, was er entdeckt hatte, und sie überlegten, was VAN bedeuten könnte.

»Vielleicht das Auto? Ein Van? Fährt dieser Andi nicht ein Großraumtaxi? Und hat Alfred ihn nicht in den Knast gebracht?«, grübelte Agatha.

»Vielleicht. Aber würde ich dann nicht einfach ›Andi‹ in die Hand schreiben, statt einen Hinweis auf das Auto geben, wenn ich Alfred wäre?«

»Hm.« Sie runzelte die Stirn. »Nicht, wenn etwas im Taxi versteckt ist. Etwas, das mit dem Mord zu tun hat. Vielleicht ist im Taxi etwas, das keiner finden soll? Noch eine Leiche? Vielleicht Emma. Oder er kam in seiner

Todesangst nicht darauf, ›Andi‹ zu schreiben, sondern dachte nur an das Taxi.«

Sie scheint ihre anfängliche Panik überwunden zu haben.

»Gut, schauen wir es uns an.«

Ares lächelte etwas schief, während sie zur Haustür gingen.

Ich hoffe, ich kann ihn jetzt einfach so liegen lassen, aber was sollen wir sonst tun? Er würde es verstehen. Hoffe ich zumindest. Es kann sein, dass wir hier gerade im Wettlauf mit einem Mörder sind.

Der Sturm begrüßte sie wie ein alter Freund, das Heulen und Sausen war laut und dröhnend, der Schnee schien von allen Seiten gleichzeitig zu kommen.

Der Sturm steuerte auf seinen Höhepunkt zu.

26

ANDI

Langsam öffnete er die Augen und betrachtete die Gruppe vor sich. Er wusste sehr genau, was dieser Pöbel vor ihm verdient hatte.

»Und was ist, wenn das Ende nichts als ein böser Anfang ist?«, murmelte er leise.

Er liebte dieses Lied der Böhsen Onkelz.

Nur die Besten sterben jung. Das war sein Motto!

Jetzt bin ich zu alt, um jung zu sterben. Was ein Satz. An mir ist ein Philosoph verloren gegangen.

Kathrin und Wanda hatten sich in die Küche verzogen, wahrscheinlich brauchten sie erst mal drei, vier Schnäpse, um noch aufrecht laufen zu können. Dieser Felix tigerte hier herum. Zahnlos. Angsterfüllt. Schwach.

Andi verzog verächtlich die Mundwinkel. Blieb nur noch Hannelore. Er musterte sie aus den Augenwinkeln. Sie saß, mit etwas Abstand, neben ihm an die Wand gelehnt und musterte ihn. Fand sie ihn interessant?

Vielleicht.

Er ließ jetzt offener seinen Blick über sie schweifen, blieb an ihrem wallenden Ausschnitt hängen. Hatte sie sich absichtlich so hingesetzt, dass er einen guten Blick riskieren konnte?

Scheint versauter zu sein als bisher angenommen. Ich sag's ja immer, ältere Frauen.

Irgendetwas an ihr erinnerte ihn an Gertrud. Hatte sie das gleiche Parfüm? Irgendwie rochen sie ähnlich. Er rückte etwas zu ihr und zog leicht ihren Duft ein.

Wenn Träume nicht mehr sind, was sie mal waren, wenn sie dir nichts mehr geben, vergiss ihre Namen.

Er schnüffelte an ihr, sie reagierte nicht.

Wieso passen Liedtexte einfach immer so gut?

»Hey!«, flüsterte er zu ihr, als Felix bei seinem Umherwandern wieder weiter von ihm entfernt war. »Hey, du, rück mal näher.«

Sie zögerte, ließ ihre langen Haare etwas in ihr Gesicht fallen und blickte ihn leicht von der Seite aus an. »Warum?« Ihre Stimme wackelte leicht.

»Ich brauch etwas Freiraum, meine Hand schläft schon ein. Oder willst du etwa, dass meine Hand abfällt?«

All-in. Wie beim Poker. Nur die Besten sterben jung. All-in.

»Wer weiß, für was ich diese Hand noch brauche.«

Das war riskant; so offen zu flirten, könnte seine einzige Verbündete hier in diesem Irrenhaus verschrecken.

Sie kämpfte mit sich, dann drehte sie ihren Kopf leicht zu ihm und fragte leise: »Was brauchst du?«

Perfekt.

»Ein Messer, eine Schere, irgendwas Scharfes. Schnell«, flüsterte er. Sie zuckte zusammen, stand aber auf und ging zum Esstisch, auf dem neben Gläsern, Kannen und Blumenvasen auch noch allerlei Besteck lag. Das Aufräumen nach dem Abendessen war wohl sehr kurz ausgefallen.

Andis Kopf ruckte herum. Im Nebenraum, der Küche, war ein Tumult ausgebrochen, eine Männerstimme schrie herum. Dieser Ulf. Er hatte wohl den Hintereingang genommen, anstatt durch die Vordertür und das Wohnzimmer zu kommen.

So bin ich früher auch ins Haus gekommen, bei meinen Streifzügen.

Ulfs Stimme wurde immer lauter, er schien mit den Frauen über eine SMS zu streiten, die auf irgendeinem Handy angekommen war. Immer wieder fiel der Name Ares.

Arschloch. Du kommst auf meine Liste, Freundchen. Für den Schlag, für meine Kopfschmerzen, für alles.

Hannelore hatte sich wieder neben ihn gesetzt, ließ langsam und unauffällig ein Brotmesser aus einer der vielen Falten ihres Rockes neben ihn gleiten und stand dann wieder auf. Nicht ohne ihm vorher einen großzügigen Blick in ihr üppiges Dekolleté zu gewähren, welches sie wohl extra für ihn zurechtgezupft hatte.

Als er den Kopf etwas bewegte, um den Blick möglichst lange zu genießen, merkte er, dass sein Blickfeld noch etwas nachzog. Wie eine Schallplatte, die an einer Stelle hing und dann nachsprang.

Scheiß Kopfschmerzen. Scheiß Gehirnmatsch. Wahrscheinlich wirklich eine Gehirnerschütterung. So ein Mist!

Er spürte, wie Blut aus seiner Nase tropfte. Ein Teil seiner Lippe war immer noch taub. Hoffentlich konnte er fahren. Das war sein Plan. Die Fesseln aufschneiden, zum Auto rennen und dann nichts wie weg. Sie hatten seine Taschen geleert, aber er hatte seinen Autoschlüssel in der Innentasche seiner Jacke, dort hatten sie nicht gesucht.

Und irgendwann werde ich zurückkommen, und jemand wird einige Rechnungen bezahlen müssen. Dann werde ich König sein. König für einen Tag.

Noch ein weiteres fantastisches Onkelz-Lied.

Das höre ich auf der Heimfahrt. Bald bin ich wieder zu Hause bei Gertr... äh, Carola!

Ein wenig bedauerte er, nicht nochmals an Hannelore riechen zu können, aber dafür reichte die Zeit nicht. Ulf konnte jeden Moment ins Wohnzimmer kommen, und da waren auch noch die ganzen Frauen. Sicher keine guten Kämpferinnen, aber durch ihre pure Anzahl gefährlich. Es war Zeit für einen taktischen Rückzug. Mit der freien Hand schnappte er nach dem Messer, setzte es an dem Klebeband an und fing an zu schneiden, während er gleichzeitig sein Gewicht in die andere Richtung verlagerte.

Sofort stieg ein stechender Schmerz in seinen Kopf, die Welt kippte leicht nach links. Der Schlag war deutlich härter gewesen als gedacht.

Jetzt nicht aufgeben. Nicht so. Du schaffst das.

»Hey. Was ... äh ... ist da los?« Felix hatte ihn bemerkt. Das war nicht gut.

In dem Moment schwang die Küchentür auf, Ulf trat ins Wohnzimmer, Kathrin und Wanda hinter sich herziehend wie eine Schafsherde. Mit einem Blick erfasste er die Situation und kam auf Andi zu.

Jetzt! Jetzt oder nie! Ich will lieber stehend sterben, als kniend leben. Lieber tausend Qualen leiden, als einmal aufzugeben.

Vielleicht war es das Onkelz-Lied, das ihm Kraft gab, vielleicht hatte das Klebeband auch schon bessere Tage gesehen. Es riss mit einem lauten Knallen, Andi fiel zur Seite, rappelte sich sofort auf und sprintete zur Tür, Ulf direkt hinter ihm.

Die Treppenstufen knallten, als die beiden Männer die Treppe herunterflogen, Andi hatte nur wenige Meter Vorsprung. Wenige Meter, die im Zweifel reichen konnten, wenn das Schicksal mitspielte.

Nur etwas Glück. Ich brauche nur etwas Glück. Er wird mich bei dem Sturm da draußen nicht verfolgen. Solche Weicheier sind Schnee nicht mehr gewöhnt. Ich bin aus einem anderen Holz.

Er riss die Haustür auf und sprintete hinaus in den Schnee. Der Sturm raubte ihm beinahe den Atem. Doch sein Plan ging auf. Ulf stand an der Tür, schien zu zögern. Andi hielt sich eine Hand vor das Gesicht, um sich zu orientieren, dann kämpfte er sich Schritt für Schritt zu seinem Auto.

Was war das? Waren da noch zwei andere Menschen?

Das ist doch Hinkebein? Was will der bei meinem Auto? Ja, leck mich fett, was soll die Scheiße jetzt?

Die beiden waren vor ihm, hatten ihn nicht gesehen. Er konnte den Moment der Überraschung ausnutzen, die beiden schnell von hinten ausschalten und in seinem Auto abhauen.

Nur die Besten sterben jung.

Während er sich durch den Schnee weiterkämpfte, suchte sein Blick den Boden ab. Da, ein etwa faustgroßer Stein, fast unsichtbar, ragte leicht durch die Schneedecke. Er hob ihn auf, fast hätte ihn sein Kreislauf beim Hochkommen im Stich gelassen.

Fuck. Fuck. Fuck. Wenn ich hier umfalle, sterbe ich. Ich muss hier weg.

Immer stärker drehte sich die Welt, sein Puls raste, und er merkte, dass er trotz der Kälte und des kühlenden Windes anfing zu schwitzen. Er hatte nicht mehr viel Zeit. Mit letzter Kraft näherte er sich den beiden, die er am Anfang dieses wahnsinnigen Abends in seinem Taxi mitgenommen hatte.

Ihr steht mir im Weg. Und niemand stellt sich mir in den Weg. NIEMAND!

Nur noch vier Meter, nur noch drei Meter.

Der Sturm bäumte sich auf, zerrte an den Bäumen, am Auto, am Haus hinter ihm. Andi wankte, diese Böe hatte es wirklich in sich. Auch die beiden vor ihm versuchten, sich mit Händen und Füßen gegen den Wind zu wehren, duckten sich tief und breitbeinig in den wirbelnden Schnee.

Das Heulen und Grollen des Windes gipfelte in einem ohrenbetäubenden Crescendo.

Mein Taxi! Mein Weg raus aus diesem Irrsinn!

Die Bäume wurden hinuntergedrückt, Richtung Boden. Dann geschah es. Der Baum direkt neben der Einfahrt, eine allein stehende große Fichte, verlor den Kampf. Mit einem markerschütternden Krachen zersplitterte der Stamm etwa in der Hälfte des sechzig Meter hohen Baumes. Splitter flogen wie Pfeile durch die Luft. Noch einen Moment hing die obere Hälfte des Baumes, wie an starken Drahtseilen gehalten, an dem Rest des Stammes, dann neigte sie sich. Erst langsam, dann immer schneller. Sie neigte sich zur Einfahrt, in Richtung seines Taxis.

Oh Gott, nein. Nein. Nein!

Wie von der Faust eines Riesen angetrieben, schlug der obere Teil der Fichte auf dem Boden auf und riss dabei mit ungeheurer Gewalt das Taxi in der Mitte fast auseinander. Metall kreischte auf, Schnee wirbelte umher, das Krachen, Splittern und Dröhnen war ohrenbetäubend. Äste und Zweige flogen durch die Gegend,

Ares und Agatha wurden nach hinten in den Schnee geschleudert, Agatha überschlug sich einmal. Auch Andi wurde nach hinten geworfen, drückte sich sofort wieder hoch, konnte seinen Augen nicht trauen.
Aber warum? Was? Wie?
Und dann, dann war es vorbei.
Aber wie komme ich denn jetzt weg?
Es sollte sein letzter Gedanke gewesen sein. Ulf hatte gezögert, dann aber doch die Verfolgung aufgenommen. Von Andi unbemerkt, hatte er sich von hinten an ihn angeschlichen, einen Stein aufgehoben und diesen erhoben. Vom Schreck über den fallenden Baum nur kurz gelähmt, zögerte er jetzt nicht und ließ den Stein auf Andis Hinterkopf sausen.
Dunkelheit.

27

AGATHA

Okay, Ärztin, dann checke dich mal durch.
Agatha saß auf der Couch und tastete sich, noch etwas ungelenk und vorsichtig, selbst ab.

Sieht alles gut aus. Keine Schmerzen, keine Druckpunkte, Glück im Unglück, der Schnee hat meinen Überschlag gut abgefedert.

Andere hatten weniger Glück.

Alfred natürlich. Er ist tot. Tot. Ich kann es immer noch nicht fassen.

Auch Andi sah sehr mitgenommen aus. Agatha hatte vorher schon eine leichte Gehirnerschütterung bei ihm vermutet, als er durch Ulfs Schlag gegen den Türpfosten geknallt war.

Das hat der Schlag mit dem Stein natürlich verstärkt.

Andi hing, ohnmächtig und wieder gefesselt, an der Heizung. Agatha hatte ihn kurz untersucht und mit einem Verband aus dem Erste-Hilfe-Kasten seine Kopfwunde versorgt, bevor sie sich um sich selbst gekümmert hatte.

Felix war gerade in der Küche. Zusammen mit Wanda hatte er dem etwas ramponierten Ares Wasser angereicht. Jetzt räumte er die Küche auf, Kathrin schürte mit Ulf den Kamin, während sie sich leise unterhielten.

Ares.

Etwas passiert hier mit ihm. Er war bei Alfred souverän, und er hat wieder seinen Therapeutenblick.

Ares und die Suche nach der Wahrheit. Das wäre ein guter Buchtitel.

Ein Lächeln glitt über Agathas Gesicht.

Wohl eher ein Titel für einen Indiana-Jones-Film.

Jetzt waren ihre Hüfte und ihr Bauch dran. Langsam tastete Agatha die Stellen ab, fühlte in sich hinein, ob sich irgendetwas falsch anfühlte oder schmerzte.

Innere Blutungen in einer Nacht ohne Krankenwagen wären ein Albtraum. Und im Zweifel ein Todesurteil.

Sie setzte sich auf, machte mit ihren Armen weiter.

Was Ares wohl gerade denkt, wenn er so seinen Blick über den Raum schweifen lässt? Ob er etwas sieht, was andere nicht sehen? Ich wüsste zu gerne, was es mit dem VAN auf Alfreds Hand auf sich hat. Das Auto können wir nun nicht mehr untersuchen. Ich bete zu Gott, dass Emma nicht in diesem Taxi war.

Nach dem Umstürzen des Baumes hatten sie gemeinsam den bewusstlosen Andi ins Haus geschleppt und kurz versorgt, während Agatha die Geschehnisse zusammengefasst hatte.

Kathrin hatte einfach nur vor dem Kamin gestanden und fassungslos die Hände vor dem Mund zusammengeschlagen, Felix war panisch von links nach rechts gelaufen, bis sie ihm gesagt hatte, was zu tun war. Nur Wanda war recht ruhig geblieben.

Zu ruhig, fast lethargisch. Warum reagiert sie, als ob sie nichts etwas angeht?

Ein Jaulen am Fenster ließ sie aufblicken.

Der Sturm hat seinen Höhepunkt fast erreicht. Was erwartet uns, wenn er direkt über uns ist? Zu was werden wir hier?

Reißt der Sturm die Kulisse unserer kleinen Gesellschaft ein? Wir haben gerade einen Mann, der uns möglicherweise umbringen wollte, bewusstlos geschlagen und an die Heizung gefesselt. Und diese Nacht hält noch so viel mehr für uns bereit.

Es ist nicht der Sturm da draußen. Es ist der Sturm in uns.

»Lass mich dich auch noch untersuchen, Ares. Sicher ist sicher.«

Ares nickte, und Agatha begann seine Arme abzutasten.

»Deine Socken und die Hose unten sind ganz nass, mein Lieber, so erkältest du dich definitiv. Am besten ziehst du zumindest die Socken aus, setzt dich in den Sessel neben dem Kamin und legst die Socken davor. Dann können die etwas trocknen, bevor wir uns um die Themen Alfred, Andi und Emma kümmern.« Sie blickte ihn besorgt an. »Glaubst du, Andi hat sie entführt? Um ihre Eltern für seine Knastzeit zu bestrafen? Und hat deswegen auch Alfred umgebracht?«

Ares guckte nachdenklich vor sich hin, bevor er langsam und zögernd antwortete: »Ich weiß nicht viel über Morde. Aber ich weiß viel über Psychologie, und ich kann Muster erkennen. Und mir ist diese Lösung zu schnell, zu einfach. Wenn Leute zu schnell etwas zustimmen, zu schnell eine scheinbar perfekte Lösung haben, dann weiß ich, was ich als Therapeut zu tun habe.«

Er blickte sie an. »Langsamer werden. Hinschauen. Nachfragen. Denken. Andere Lösungen anbieten. Und genau das werde ich tun. Heirate niemals die erste Hypothese.« Er lächelte etwas schief. »Mit nackten Füßen im Sessel. Wird sicher super aussehen.« Langsam drückte er sich hoch.

Er kommt kaum hoch. So schlimm habe ich das mit seinem Bein noch nie erlebt. Die Belastung und die Kälte sind Gift für ihn. Ich hoffe, er kann die Schmerzen aushalten. Ich sollte Felix gleich mal fragen, ob er Schmerzmittel für ihn hat. Ich brauche ihn noch.

28

ARES

Ares ließ sich auf den großen, gemütlichen Sessel vor dem Kamin fallen. Es knackte etwas, und er sackte tief in den Sessel ein.

Er drückte seine Augen zu und presste seine Hände von außen dagegen. Er bekam mit, wie Wanda sagte, dass sie sich etwas zurückziehen wolle, bei dem ganzen Chaos etwas Zeit und Ruhe für sich brauche.

Sie ist sehr dünnhäutig, im wahrsten Sinne des Wortes. Etwas Ruhe und Zeit für sich werden ihr guttun. Ob sie sich zum Ausruhen umzieht?

Zu viele Gedanken, zu viele Eindrücke.

Ich verliere die Kontrolle.

Die Gruppe reagierte zu schnell, zu viele Dinge passierten und verflogen, Wesentliches vermischte sich mit Unwesentlichem. Wer spielte hier ein falsches Spiel, wer hatte Geheimnisse, wer wusste etwas?

Natürlich hatte jeder Geheimnisse. Verdammt.

Ich verliere die Kontrolle. Und ich bin Therapeut, und das nachweislich nicht mal gut. Was mache ich hier?

Er hörte die Stimme seiner Trainerin, seiner Mentorin, in seinem Kopf jetzt sehr deutlich. Sie hatte ihn zum Therapeuten ausgebildet, er schätzte sie und vertraute ihr.

Nach der Rückkehr ins Haus hatten sie sich im Wohnzimmer verteilt. Agatha hatte von dem Mord an Alfred erzählt, wobei sie auf Ares' Anraten den Schriftzug *VAN* in ihrer Erzählung weggelassen hatte. Er hatte das Gefühl, dass er dieses Wissen noch brauchen würde.

Danach hatte Ulf das Gespräch an sich gerissen, hatte mit großen Gesten seine Sicht auf die Dinge erklärt, während die Gruppe ihm an den Lippen hing.

»Es muss so passiert sein«, hatte er erklärt, während er vor der Fensterfront stand und das Schwarz der Nacht hinter ihm immer wieder von Blitzen erhellt wurde, denen kurz darauf ein lauter Donner folgte. »Wahrscheinlich ist Andi über den großen Baum vorm Badezimmer reingeklettert und hat so das Haus betreten. Der Baum steht doch direkt vor dem Fenster, und das Fenster springt immer noch gerne auf, ist doch so, Felix, oder?«

Felix hatte genickt.

»Wer weiß, ob er von Anfang an Emma wollte? Aber dann ist sie ihm, als sie abgehauen ist, in die Arme gelaufen, und er hat nicht gezögert. Wahrscheinlich liegt sie irgendwo gefesselt.«

Kathrin schluchzte laut auf.

»Danach oder davor hat er aus Rache für seine Knastzeit Alfred umgebracht, bei dem er auch eingebrochen ist. Und jetzt«, er deutete theatralisch auf den wieder an die Heizung gefesselten bewusstlosen Andi, »haben wir ihn. Wir müssen nur Emma finden, dann wird alles gut.«

Er hatte so triumphierend in die Runde geschaut, dass Felix leicht anfing zu klatschen. Danach hatten sie nochmals bei der Polizei angerufen, die neue Situation geschildert. Man versprach, Hilfe zu schicken, aber durch den Sturm, die vielen Unfälle im ganzen Felsenland und jetzt auch die blockierte Einfahrt machte sich niemand realistische Hoffnungen, dass jemand zu ihnen kommen würde.

Wir sind auf uns gestellt. Auf uns alleine. Und jemand hier in diesem Raum ist ein Mörder. Oder eine Mörderin. Alfred hat sich nicht gewehrt.

Auch war etwas in der Gruppe passiert, Wanda und Kathrin hielten großen Abstand zu Ares, schauten ihn nicht an, schienen über ihn zu reden.

Was ist passiert? Warum bin ich in ihrer Gunst gesunken? Wissen sie etwas über Merlin und Lina?

Ares wischte dieses Thema beiseite und konzentrierte sich wieder auf Andi.

Andi hätte über den Baum ins Haus kommen können. Alles passte. Das Motiv passte. Er war wegen Alfred verurteilt worden und neigte wohl generell zu Gewalt und unüberlegtem Verhalten. Aber irgendetwas störte Ares, irgendetwas hatte sein Unterbewusstsein wahrgenommen. Was war das?

Such den Fehler in der Geschichte, such das Detail, das nicht passt.

Ares drückte sich tief in den Sessel, alle Geräusche um ihn herum verschwammen.

»Versetz dich in die Personen hinein«, hörte er die Stimme seiner Mentorin. »Nutz deine Empathie, nutz deine Spiegelneuronen. Mach, was diese Personen gemacht haben. Der Körper folgt den Gedanken, und die Gedanken folgen dem Körper.« Ares stand auf und ging barfuß durch die Küche ins Bad. Felix' Blicke in seinem Rücken verfolgten ihn.

Wo ist eigentlich der Rest?

Während er in seinen Gedanken gewesen war, hatte sich das Wohnzimmer merklich geleert, nur Felix und Kathrin standen in einer Ecke zusammen und diskutierten wohl über den gefesselten Andi, der Rest war verschwunden.

Wanda wollte sich ja etwas hinlegen. War Ulf schon wieder am Telefon?

Wie bekam der bei diesem Sturm eigentlich Empfang? Er selbst hatte schon den ganzen Abend keinen. Aber ein Thema nach dem anderen. Erst mal Andi. Er würde Andis Schritte nachverfolgen.

Okay, ich bin Andi. Ich bin zu dem Haus zurückgekehrt, an dem mir so viel genommen wurde. Hier wurde der Grundstein für meine Verhaftung und für meinen Ausschluss aus der Gesellschaft gelegt ...« Er schloss die Badezimmertür hinter sich.

Ich bin in Panik, die Erinnerung übermannt mich.

Er versuchte schneller zu atmen, seinen Puls zu beschleunigen.

Ich falle in alte Verhaltensweisen zurück, mache das, was ich hier schon immer gemacht habe, und breche ein. War das mein Weg hinein? War ich überhaupt im Haus?

Ares ging zum Fenster, öffnete es und schaute hinaus.

Was sehe ich? Ich sehe eine große Fichte, ihre Zweige sind dick mit Schnee bedeckt. Sie wächst sehr nahe an das Fenster heran. Durch den Überhang des Daches bleibt der Schnee hier liegen, es windet weniger. Auch für einen unsportlichen Mann wäre es möglich, zu der Fichte zu springen und an den dicken, stabilen Ästen herunterzuklettern. Was tue ich also? Ich klettere an der Fichte ins Haus, entführe Emma, und was dann? Es wäre äußerst riskant, sie auf diesem Weg mitzuneh-

men. Also verstecke ich sie hier im Haus? Und dann? Klettere ich wieder herunter und töte Alfred?

Plötzlich sah er es.

Die Fichte. Natürlich.

Wie hatte er das übersehen können! Dabei war es die ganze Zeit direkt vor seinen Augen gewesen.

Wenn jemand diese Fichte als Kletterbaum benutzt hätte, wären die Zweige nicht mehr so voller Schnee.

Ares drückte das Fenster wieder zu und atmete ein paarmal tief durch.

Was tue ich hier eigentlich? Spielt der Therapeut jetzt Detektiv? Das ist sicher eine klasse Idee.

29

EMMA

Langsam hob Emma in ihrem Versteck die verweinten Augen von den Knien und starrte in die Dunkelheit. Bei den Erwachsenen war viel Wirbel, sie hatte viele Stimmen lautstark durcheinanderreden gehört. Jetzt war es wieder ruhiger. Draußen hatte es einen lauten Schlag getan, war ein Baum umgefallen? So hatte es geklungen. Zögernd schwang sie ihren Zauberstab und murmelte ein paar Zaubersprüche.

Nichts geschah.

Warum klappt das in der echten Welt nicht?

Warum funktionierte es nicht, wenn man es wirklich brauchte?

Sie wusste nicht, wie lange es her war, seit diese schweren Schritte an ihrer Tapetenwand vorbeigegangen waren. Sanft strich sie sich über den linken Unterarm. Sie vermisste ihre Sherlock-Holmes-Armbanduhr. Auf dem Zifferblatt war die ikonische Mütze von Sherlock zu sehen. Warum hatte sie sie heute vergessen? Sie zupfte etwas an der Sherlock-Holmes-Mütze, die sie auf dem Kopf hatte.

Sherlock würde sich nicht im Schrank verstecken.

Mit Zaubersprüchen kam sie hier nicht weiter, vielleicht mit Logik?

Mit Deduktion wie bei Sherlock Holmes?

Sherlock hätte sicher immer ein Ass im Ärmel, wäre seinen Gegnern gedanklich immer einen Schritt voraus. Was hatte er in der Geschichte gesagt, die sie erst vor Kurzem gelesen hatte? »Für einen großen Verstand ist nichts zu klein.« Bedeutete das nicht, dass auch ein großer Verstand in einen kleinen Kopf passte?

Sie betastete mit einer Hand ihren Kopf. Wirkte recht klein. Aber auf den Inhalt kam es an. Und sie, Emma Holmes, würde beweisen, dass auch viel Verstand in einen kleinen Kopf passte.

Langsam wischte sie sich die letzten Tränen aus den Augen, öffnete ihre Tapetentür und krabbelte auf den Flur hinaus. Es war kalt, eiskalt. Emma hatte vergessen, wie kalt dieses riesige Haus heute war. Ihre Kaminwand hatte ihr Wärme geschenkt. Sofort schlang sie die Arme um sich und fing an zu zittern. Warum fiel ein Lichtschein unter Wandas Tür hervor? War da jemand im Zimmer? Sie ging hin und drückte die Türklinke herunter, öffnete die Tür, warf einen Blick hinein und zuckte sofort zurück.

Mama. Wo bist du? Mama?

Die Arme eng um sich geschlungen, lief sie los zur Treppe. Unter der Wohnzimmertür war das helle warme Licht des Kronleuchters zu sehen, zusammen mit dem Feuerschein des Kamins. Sie lief auf diese Lichtquelle der Hoffnung zu. Langsam drückte sie die Tür auf und stand auf der Schwelle. »Mama?«, rief sie leise in den Raum hinein. »Mama?«

»Emmchen?« Kathrins Stimme klang erst ungläubig, dann freudig, dann sprang Kathrin auf Emma zu und schloss sie schluchzend in die Arme. »Ach, mein Emmchen.« Durch Kathrins Freudenschrei angelockt, kamen die Gäste zusammengelaufen. »Wo warst du denn? Wie geht es dir? Fehlt dir was? Ich hab dich so lieb. So lieb, weißt du das?«

Das tut so gut.

Kathrin hatte offensichtlich beschlossen, ihre Tochter nicht mehr loszulassen, hatte sie hochgehoben und an sich gedrückt, während sich immer mehr der Anwesenden um sie scharten. Zuerst Felix und Ulf, dann kamen noch Hannelore und am Schluss Agatha und Ares, welcher gerade erst durch die hintere Tür hereingekommen war.

Warum ist er denn barfuß?

Alle standen um sie herum, Ulf umarmte seine kleine Familie, eine merkwürdige Schwermut lag in der Luft. Vielleicht waren es einfach zu viele Gefühle, Angst, Trauer, Zorn gewesen, und jetzt war einfach nichts mehr da. Außer freudiger Leere und Umarmungen. Ein Moment des Zusammenhalts, ein Moment der Menschlichkeit.

Er würde nicht lange halten. Der Vorhang würde bald fallen, und das Bühnenbild, welches dann enthüllt würde, würde niemandem gefallen.

Emma schniefte in die Schulterbeuge ihrer Mutter, ihre Nase lief. Aber es gab etwas, das sie sagen musste. Sie hob ihren Kopf und flüsterte ihrer Mutter etwas ins Ohr.

Kathrin wurde weiß wie Kalk. »Bist du dir sicher, Liebes? Bist du dir ganz sicher?«

Emma nickte leicht, und Kathrin drückte sie fest an sich. »Oh Gott, mein armes Emmchen.« Sie ließ ihren

Blick durch die Runde schweifen, er blieb an Felix hängen. Eine tiefe Traurigkeit wanderte über ihr Gesicht.

Felix' Stimme klang alarmiert. »Was ist denn los? Hat sie etwas gesagt? Über mich? Was hat sie gesagt, Kathrin? Was hat Emma gesagt? Was ist denn los? Jetzt sprich doch! Was ist los?«

Kathrin setzte an, aber die Worte kamen ihr nicht über die Lippen. Sie räusperte sich und versuchte es erneut. »Emma war in Wandas Zimmer.« Ihre Stimme war nur ein Flüstern. »Du solltest mal nach deiner Frau sehen, Felix.«

»Oh nein.« Felix' Stimme brach, dann stürmte er los, die Treppe hinauf.

30

WANDA

Wanda dachte über Zufall und Bestimmung nach, während sie die Treppe nach oben stieg. Die Stufen knarrten, aber das hörte sie nicht. Der Sturm schien seinen Höhepunkt erreicht zu haben.

Vielleicht hatte sie sich getäuscht, die Anzeichen falsch gelesen. Die Raunächte hatten ihr in der Vergangenheit immer Glück gebracht, die Wünsche, in dieser Zeit geäußert, gingen oft in Erfüllung. Pläne, in diesen besonderen Nächten geschmiedet, hatten eine besondere Wirkkraft. Ihre Entscheidung damals, es mit Felix, trotz aller Unterschiedlichkeit, zu versuchen, hatte sie in den Raunächten während eines Feuerrituals getroffen.

Und diese Entscheidung hat bis heute getragen.

Es war eine sehr harte Entscheidung für sie gewesen, sich die Giftstoffe der Chemotherapie verabreichen zu lassen.

Danach war mein Zugang zur Anderswelt nicht mehr so, wie er vorher war.

Wanda hatte das obere Ende der Treppe erreicht und bog in ihr Zimmer ab.

Mein ganz privater Raum.

Sie dachte über ihr Horoskop nach. Eine heile Welt war immer ein Wunschtraum gewesen. Sie hatte schon immer viel Einsamkeit, viel Ruhe und sehr viel Entspannung gebraucht, das hatte ihr Umfeld oft nicht verstanden. Auch Jungs und später Männer, von denen es ein paar gab, hatten ihren Wunsch nach Einsamkeit oft als Ablehnung missverstanden und ebenfalls mit Ablehnung, Trauer oder Wut reagiert. Dafür liebte sie auch anders als andere Frauen. *Wenn Menschen wie ich lieben, dann über den Tod hinaus. Ach, Felix.*

Er verstand vieles von dem nicht, was sie sehen konnte und an was sie glaubte, aber er akzeptierte es mittlerweile.

Nur der Tod, der Tod macht ihm zu schaffen.

Wanda hatte keine Angst vor dem Tod. Sie beschäftigte sich gerne mit dem Tod, las Berichte von Menschen, die fast gestorben und dann wieder reanimiert worden waren.

Wie es wohl wirklich aussieht?

Gab es ein Licht, wenn man starb?

Der Tod ist erst der Anfang einer Reise.

Diesen Satz hatte sie irgendwo aufgeschnappt, er rotierte seit Jahren in ihrem Kopf, gerade durch und wegen der Krebserkrankung. Oft schrieb sie sich Liedtexte oder Zitate auf, wenn sie diese irgendwo aufgeschnappt hatte.

Wir sind alle so blind.

Es gab viel, so viel, das auch Wanda noch nicht verstand. Dasein war Veränderung, oft sehr rasche Veränderung, wie Krebs auch. Aber Veränderung passierte nicht gleitend, manchmal brachen große Brocken ab. Manche nannten das Mutation, manche Gott oder Schicksal. Es machte keinen Sinn, dagegen ankämpfen zu wollen. Der beste Platz war auf der Couch und abwarten, was passierte.

Abwarten, was das Universum für mich vorgesehen hat.

Wanda gähnte. Warum war sie so oft müde? Sie und Felix hatten lange über Kinder nachgedacht, es auch oft versucht, aber scheinbar wollte das Universum den Wunsch nicht erhören. Vielleicht weil sie viel zu oft viel zu erschöpft dafür gewesen war?

Der Körper sagt einem, ob man bereit ist, und lehnt Sachen ab, die er nicht schafft. Vielleicht würde ich ein Kind nicht bewältigen können. Aber schön wäre es schon. Eine kleine Wanda. In einem kleinen schwarzen Kleidchen.

Dinge waren, wie sie waren. Mit einem Seufzen betrat Wanda ihr Zimmer und sah sich um. Das war nur ihr Reich, Felix hatte hier drinnen nichts zu sagen, sie lud auch niemanden hierhin ein. Da lagen durchaus einmal Socken oder Unterwäsche auf dem Boden, die mit getrocknetem Kerzenwachs, Kräutern und Federresten ein buntes Potpourri bildeten.

So viele schöne Rituale habe ich in diesem Raum durchgeführt. Der Geruch nach Wacholder und Tanne wird wohl nie wieder verschwinden.

Sie ging zu dem kleinen Regal neben dem Fenster und zündete eine große rote Kerze an. Sofort machte sich das Kerzenlicht breit, fiel auf ihre kleine Hexenwerkstatt, wie sie es nannte, mit allerlei Kräutern, Stößeln und anderen Utensilien, und verbreitete eine besondere Atmosphäre.

Wir sind berufen, ein Licht zu sein.

Wanda lächelte, ihre Mundwinkel schmerzten dabei merkwürdig und spannten. Wann hatte sie zum letzten Mal gelacht? Ihre Gedanken waren in letzter Zeit von Dunkelheit geprägt.

Vielleicht muss ich doch mal auf Aga hören und wieder leben.

Sie ließ den Blick durchs Zimmer schweifen, ihre gemütliche Schlafcouch wartete schon auf sie. Mit einem tiefen Seufzer streifte sie ihre Schuhe ab und ließ sich auf die Couch fallen. Der große rot-schwarze Wandteppich hinter der Schlafcouch mit schamanistischen Symbolen bewegte sich leicht. Mit der Fernbedienung neben dem Kissen ließ sie ihre Musikanlage samt Bluetooth-Lautsprecher anspringen, metallische, melodische Klänge ertönten.

Habe ich versagt, mein Licht weiterzutragen?

Im Stockwerk unter sich hörte sie die Stimmen ihrer Gäste. So viel Emotionen, so viel Vibrationen in der Luft, die niemand sonst bemerkte. Dann auch noch dieser Ares, der von innen heraus zu vibrieren schien. Emma verschwunden, Alfred von dem Stalker seiner Frau umgebracht. Wanda drehte den Kopf zur Seite, griff zu ihrem Kissen und zog es sich über den Kopf und die Ohren. *Konnten die nicht alle mal fünf Minuten die Klappe halten?*

Dieser Ulf war so unfassbar laut, wusste der eigentlich, wie laut seine Stimme war? Nur fünf Minuten Ruhe, nur kurz ausruhen, dann würde sie wieder zu den Gästen gehen. Mit zwei Fingern auf der Fernbedienung machte Wanda die Musik etwas lauter.

Sie drehte sich auf den Rücken, legte das große Kissen auf ihren Bauch. Nur kurz ausruhen, ein paar Minuten, dann würde sie wieder, dann würde sie wieder, dann …

Sie musste kurz eingenickt sein, aber es konnte nicht lange gewesen sein.

Nur noch kurz ein wenig durchatmen.

Sie tastete nach dem Kissen auf ihrem Bauch, wo war es denn? Es lag nicht mehr auf ihrem Bauch, auch nicht auf oder zwischen den Beinen. Sie ließ ihre Hand von der Couch herunterhängen, auf dem Boden war es auch nicht.

Was ist damit passiert?

Sie versuchte, die Kraft zu finden, um den Kopf zu heben. Es sollte das Letzte sein, was sie tat. Die Kerze flackerte, dann drückten zwei starke Hände das Kopfkissen mit Gewalt auf ihr Gesicht. Vor Schreck versuchte sie einzuatmen, bekam keine Luft und geriet in Panik. Ihr Denken setzte aus, sie schlug wild um sich, ihre Beine traten ziellos umher. Sie bemühte sich, mit den Händen den Angreifer zu packen, aber umsonst. Ihr Herz pumpte ihr Blut so hart und schnell durch ihren Körper, dass es sie fast zerriss, sie wollte schreien, aber kein Laut drang durch das Kissen.

Warum? Warum?

Mit letzter Kraft versuchte sie sich aufzubäumen, schaffte es, sich kurz hochzudrücken, aber das Kissen war undurchdringlich.

Langsam wurden ihre Bewegungen fahrig, die Kraft verließ ihre Muskeln, ihre Arme und Beine. Jetzt erwischte sie den Arm des Angreifers, trieb ihre kurzen Fingernägel hinein.

So ein dünner Unterarm, dieser bringt mich gerade um?

Mit diesem Gedanken gab sie alles, um daran zu ziehen, zu schieben, aber ihr Körper versagte ihr den Dienst, ihre Muskeln machten nicht mehr, was sie sollten. Sie zahlte den Tribut für ihre Schwäche. Vor ihren

Augen explodierten rote und gelbe Sterne, der ganze Körper schrie nach Sauerstoff und Luft. Weit riss sie den Mund auf und versuchte, irgendwie an den Seiten oder durch eine Lücke Luft zu bekommen. Vergebens.

Ihre Hand ließ den Arm des Angreifers los. Ihre Brust hob und senkte sich ein letztes Mal. Ihr Herz setzte aus.

Dunkelheit.

Der Tod ist erst der Anfang einer Reise.

31

KATHRIN

»Oh Gott, danke, da bist du ja wieder. Ich habe mir solche Sorgen gemacht, mein Schatz. Oh Gott, lass dich drücken. Mami lässt dich nie wieder los. Nie wieder.«

Kathrin wusste nicht, ob sie diese Worte nur dachte oder leise murmelte, während sie Emma fest an sich gedrückt hielt.

Die Welt drehte sich langsam um sie herum weiter, sie sah sich von oben, blickte wie durch ein Fischauge auf diese verrückte Ansammlung von Leuten, mitten in einem Schneesturm irgendwo im Nirgendwo.

Sie war wahrscheinlich in Gefahr, jemand hatte Alfred umgebracht, laut Emma war auch Wanda nicht mehr am Leben.

»Da liegt Wanda und bewegt sich nicht mehr und sieht ganz gruselig aus.« Das hatte Emma ihr ins Ohr geflüstert.

Wie kann ich ihr helfen, die Schrecken, die sie in dieser Nacht erlebt hat, zu überwinden? Und wie kann ich sie vor einer Gefahr beschützen, die ich nicht kenne?

In ihrem Kopf setzten leise Klaviertöne ein. Ruhige Melodien halfen ihr immer, wenn mal wieder der Sturm des Zweifels durch ihren Verstand und ihr Herz wehte. Zweifel, ob sie als Ehefrau, als Tochter, als Teil der Gesellschaft und insbesondere als Mutter nicht jeden Tag versagte. Mittlerweile hatte sie sich einen Chor gesucht, Musik half ihr. Sie hatte für sich das Horn entdeckt.

Emma zitterte leicht in ihrem Arm, Kathrin zog mit einer Hand einen Stuhl zu sich heran, setzte sich darauf und zog Emma auf ihren Schoß, ihren Kopf in ihrer Halskuhle.

»Was passiert hier, Mama?« Emma schniefte. »Ich hatte mich versteckt, da waren schwere Schritte. Alfred war furchtbar sauer, und ich hatte solche Angst.«

»Schschsch.« Kathrin streichelte über Emmas Kopf. »Es wird alles wieder gut, mein Engel.«

Aus dem oberen Stockwerk ertönte ein markerschütternder Schrei. Kathrin erkannte Felix' Stimme kaum, so sehr hatten die Panik und der Schmerz seine Stimmlage verändert und verzogen. Sie versuchte noch, Emma die Ohren zuzuhalten, aber es war zu spät. Köpfe ruckten herum, Agatha und Ulf bewegten sich zur Tür, während Ares bei Emma stehen blieb.

Er hat eine gute Wirkung auf sie.

Ares wandte sich Hannelore zu. »Komm mit.« Mit dem Kinn zeigte er auf Andi. »Er ist gut gefesselt, und ich denke, sie brauchen uns oben.« Nach einem kurzen Zögern folgte Hannelore.

Fest drückte Kathrin ihr Kind an sich. Beide hatten die Augen geschlossen, vielleicht hörten sogar beide die gleiche Melodie, die leichten Klavierklänge, in ihrem Kopf. Um sie herum tobte ein Wirbel. Ein Wirbelsturm der Gefahr, der Abgründe. Sie hatte sich wegen ihrer Emma viel mit deren Lieblingen beschäftigt, hatte Harry Potter sowie viel von Sherlock Holmes gelesen.

Ein Satz war ihr dabei hängen geblieben, auch jetzt kam er aus ihrem Unterbewusstsein wieder hoch. *The roads we walk have demons beneath.*

Eine kleine Träne rollte über ihre Wange.

Ich werde sie immer wieder verlieren. Sie ist meinetwegen weggelaufen. Kinder spüren Emotionen, das weiß ich. Sie spürt meine Unsicherheit. Sie spürt, dass ein Teil von mir noch Hoffnungen wegen Vanessa hat, mein Herz nach meinem ersten Kind Ausschau hält, während ich mein zweites im Arm halte. Sie hat so viel Besseres verdient. So viel Besseres.

Sie weinte. Die Klaviertöne hatten aufgehört, die Zweifel hatten alle schönen Töne in ihrem Kopf verstummen lassen. Jetzt war es Emma, die sich hochdrückte, den Kopf der Mutter nahm und zu sich zog, dabei ihren Kopf streichelte. »Alles gut, Mama. Alles gut. Ich bin wieder da.«

Sie ist manchmal so reif für ihr Alter. Eine alte Seele.

Kathrin sah sie an, und wie so oft hatte sie das Gefühl, in Vanessas Augen zu blicken. Und wie so oft schämte sie sich für diesen Gedanken. Weil er bedeuten würde, dass Vanessa tot war und Emma ihre Augen gegeben hatte.

Jede Straße, die ich laufe, ist mit Dämonen gepflastert.

Emma räusperte sich. »Ich wusste, dass mir nichts passiert, Mama. Hier passieren ganz schlimme Dinge, aber ich war mir sicher, dass mir nichts passiert.«

Kathrin hielt sie eng bei sich. »Das ist toll, mein Schatz. Was hat dich so sicher gemacht?«

Emma kräuselte ihre Nase. Das machte sie immer, wenn sie nachdachte, Kathrin spürte das Kräuseln auf ihrer Haut, während sie sich an das Gesicht ihrer Tochter drückte. Leise murmelte Emma: »Weil das hier wie bei Harry Potter ist. Da sind auch die Menschen geschützt, wenn sie lieben. Wegen der Liebe.«

»Ich liebe dich, mein Schatz.«

»Ich dich auch, Mama. Lass uns hochgehen. Sie brauchen uns.«

32

HANNELORE

Zum Glück.
Zum Glück hat es sie getroffen und nicht mich.

Hannelore hatte immer geahnt, dass es mit dieser Wanda kein gutes Ende nehmen würde. Sie hatte beim Betreten des Zimmers schon damit gerechnet, dass Wanda nicht mehr lebte, zu aufgeregt war das Stimmengewirr aus dem Zimmer gewesen. »Oh Gott, was machen wir denn jetzt? Wir brauchen Hilfe. Jemand muss …«

Weibliche Stimme. Wohl nicht die Ärztin, die ist hart im Nehmen. Dann die Ehefrau von dem Brutalo. Das ist eine, die kuscht. Klar, dass die direkt nach Hilfe schreit.

»Sollen wir sie nicht zudecken?«

Männliche Stimme. Wahrscheinlich dieser Therapeut. So verlottert, wie der aussieht, hätte der in München keine Praxis aufmachen können. Und dann dieser verdreckte Pullover! Und er hat angeblich eine Frau auf dem Gewissen. Stand zumindest in der SMS. Wirklich, wirklich furchtbar.

»Sie bleibt hier! Das war ihr Raum, ihr Lieblingsraum, wir können doch nicht … oh Gott, sie ist tot! Oh Gott!« Gefolgt von einem herzzerreißenden Schrei, der Hannelore durch Mark und Bein ging.

So hatte ich das nicht gemeint, als ich ihm beibrachte, eine Stimme zu sein im Leben, nicht nur ein Echo.

Hannelore seufzte und blieb im Türrahmen zu Wandas Zimmer stehen, alle anderen, außer Andi natürlich, waren um die Schlafcouch aufgereiht. Felix hatte sich nicht mehr auf den Beinen halten können und kniete halb auf Wanda, haltlos schluchzend.

Warum hat es wohl sie getroffen? Doktor Benzheimer meinte doch mal, dass verrückte Frauen eher Opfer von Gewaltverbrechen werden, oder? War es deswegen?

Sie hat sich gemütlich eingerichtet, das muss ich zugeben. Nur diese ganzen Eso-Symbole überall. Nach was riecht es hier eigentlich? Hat die hier Sachen verbrannt? Und was ist das für ein Krach an Musik? Oh Gott, der Boden ist ja total dreckig. Ist das widerlich! Da weiß man ja, wer die anderen Räume hier im Haus sauber hält.

Ares und Agatha hatten eine dicke weiße Decke, die mit goldenen Fäden eingestickte Symbole zeigte, aus dem Nachttischchen geholt und entfalteten sie. Beide wirkten recht gefasst. Hannelore kannte die Symbole nicht, aber sie wirkten fremdartig und geheimnisvoll. Erschreckt zuckte sie zusammen, als sie jemand an der Schulter berührte. Kathrin wollte mit Emma den Raum verlassen.

»Das muss sie wirklich nicht noch länger sehen. Sie ist doch noch ein Kind«, flüsterte sie, während Kathrin sich mit Emma an Hannelore vorbei durch die Tür nach draußen drückte.

Na toll. Und wer passt auf mich auf? Wie immer, selbst ist die Frau. Ist doch immer das Gleiche mit den Männern. Auch wenn dieser Andi, na ja, egal. Dann schauen wir mal, was wir hier haben, nicht wahr?

Mit langsamen kleinen Schritten kam Hannelore näher.

Ich sollte mir das schon ansehen. Immerhin war das die Frau meines Sohnes. Und ich habe nächste Woche eine Geschichte zu erzählen. Da wird mir aber jeder zuhören, wenn ich von diesem Abend hier erzähle und von den zwei Toten und dem vermissten Kind.

Hannelore war nun nahe genug, um einen Blick auf die tote Wanda zu werfen.

Aber diese tote Frau, diese tote Frau, oh Gott. Oh Gott, ihr Gesicht. Oh, Herr im Himmel, beschütze mich! Sie ist tot.

Hannelore fing an zu schreien, ihre Hand war auf Felix' Rücken aufgestützt.

»Sie ist tot. Oh Gott, seht euch das Gesicht an. Sie ist tot.«

Wandas Augen waren weit aufgerissen, blutunterlaufen, einige Äderchen geplatzt. Auch ihr Mund stand weit offen, die Lippen waren blutig und zerbissen. Die Gesichtsmuskulatur war erschlafft, ihre Augen blickten nach oben, als ob der Tod persönlich von der Decke in sie gefahren wäre. Furcht und Entsetzen hatten ihr ehemals so schönes Gesicht in eine Fratze der Angst verwandelt. Die hohen Wangenknochen, im Leben edel und anmutig, wirkten jetzt wie spitze Messer in einem Totenschädel.

Hannelore konnte keine Verletzungen erkennen, aber dieses Gesicht mit den geplatzten Adern in den Augen und diesen blutigen, zerbissenen Lippen machten etwas mit ihr.

Angst.

»Habt ihr das Gesicht gesehen? Was ist denn mit ihr passiert? Wir brauchen Hilfe! Oh Gott, ich will nicht in diesem Dreckshaus sterben!«

Warum reagiert denn keiner? Sieht denn niemand, dass wir hier alle in Gefahr sind? Ich will hier nicht sterben. ICH – sie atmete immer schneller und schneller – *WILL* – ihre füllige Brust hob und senkte sich – *HIER* – sie spürte die Blicke der anderen auf sich, hielt sich ihre Hand vor die Brust – *NICHT STERBEN.* Ihre Fingernägel bohrten sich in den Rücken ihres Sohnes.

Ich brauche … ich brauche … die Polizei. Die muss jetzt kommen. Für was bezahlen wir die denn? Ich brauche jetzt hier alles. Polizeihunde, Hubschrauber, Gewehre … alles!

Hannelore drückte sich nach oben, ihre Gewänder wirbelten, ihre Augen waren weit aufgerissen. Sie drehte sich nach rechts, dann nach links, dann rannte sie aus dem Raum heraus.

33

ARES

So viele Emotionen im Raum, so viel Einflüsse, so viele Sachen, die auf ihn einprasselten. Er spürte, wie sein Magen anfing zu vibrieren. Das war immer sein Zeichen, seine Warnung einer emotionalen Überlastung.

Zu viel, viel zu viel. Konzentriere dich auf das Wesentliche. Fokus, mein alter Freund! Was ist das Wichtige hier? Noch jemand ist umgebracht worden, das steht außer Frage.

Wanda war seiner laienhaften Einschätzung nach erstickt worden. Ihr Kissen lag neben ihrer Schlafcouch, darauf hatte er blutige Spuren gesehen, die höchstwahrscheinlich zu ihren blutigen Lippen passten. Der Mörder hatte sich hier hereingeschlichen und das Kissen als Mordwaffe benutzt.

War das geplant? Ohne Waffe hier hereinzukommen, spricht für ungeplant. Schon wieder. Das Muster ist eindeutig.

Daher die wichtigste Folgefrage: War er in Gefahr? Der Mörder, falls es nur einer war, schien außer Kontrolle. Zwei Morde innerhalb kurzer Zeit, völlig abgeschnitten in einem riesigen Haus, die Polizei hatte keine Möglichkeit, zu ihnen zu kommen. Ja, möglicherweise war er in Gefahr.

Ares trat ans Fenster, dann schloss er die Augen, die Hände auf dem Fensterbrett.

Konzentriere dich auf den Raum.

»Wie sieht der Raum aus?« – »Altbau«, antwortete er in seinen Gedanken der Stimme. »Altbau, circa vier Meter hohe Decken, Stuck an den weißen Wänden. Im Zuge der Renovierungen wurde über die Jahre eine Holzdecke eingezogen. Ein sehr dunkles Holz, gibt einen schönen Kontrast zum Weiß der Wände. Fußboden ebenfalls Holz, wie fast im ganzen Haus. Jeder Schritt quietscht oder knarrt, selbst das Abrollen der nackten Fußballen macht Geräusche auf diesem Boden. Ich spüre die Unebenheit des Bodens unter meinen Füßen.«

Weiter.

»Ansonsten wird der Raum von einer riesigen Leselampe dominiert, in Form eines Baumes. Hinter der Wandcouch hängt ein großer Wandteppich in Rot und Schwarz, mit merkwürdigen Symbolen. Dem gegenüber steht ein Sideboard mit Kerzen, Kräutern, Stößel, kleinen Messern und Schälchen sowie einer kleinen Trommel.«

Ares atmete tief ein. Ganz langsam wurde das Zittern weniger, und er nahm wieder die Geräusche der Außenwelt wahr.

»... sofort noch mal bei der Polizei anrufen! SOFORT! Dann sollen die eben einen Hubschrauber schicken! Hier schleicht ein Mörder ums Haus! Die müssen die Bluthunde schicken, die sollen den zu Tode jagen!« Ares hörte, wie Hannelores Stimme immer lauter wurde, sich dann mehrfach überschlug. Sie hatte Angst, furchtbare Angst.

Er glaubte nicht, dass die Polizei Hubschrauber schickte, nicht bei dem Schneesturm da draußen. Selbst wenn es in der Hinterpfalz einen Polizeihubschrauber gäbe (was er bezweifelte) und dann noch ein Pilot jetzt um diese

Uhrzeit einsatzbereit wäre (was er sehr stark bezweifelte), würde niemand bei dem Sturm und der Sichtweite dort draußen Starterlaubnis geben. »Die Bluthunde werden sie schicken, da bin ich mir ganz sicher! Ich wette, das ist einer dieser Ausländer, so ein Flüchtling. Von denen gibt's hier mehr als in München! Das hat sicher einer von außen gemacht! Diese dreckigen Flüchtlinge.« Offensichtlich hatte Hannelore die Grenze zur Hysterie erreicht.

Angst holt leider selten das Beste aus Menschen hervor.

Im Fall von Hannelore holte die Angst den gut versteckten Rassismus aus seinem kleinen dreckigen Versteck hervor.

Dennoch, ihr Geschrei schien zu wirken. Agatha, die den von Weinkrämpfen geschüttelten Felix im Arm hielt, bewegte sich mit ihm Richtung Tür.

Ares beobachtete aus den Augenwinkeln seine alte Freundin. Sie wirkte sehr gefasst. Erschüttert ja, mitgenommen, aber dennoch stark und klar. Er sah keine Trauer in ihr.

Sie hat genug getrauert.

Sie hatte so oft den Tod ihrer Freundin erwartet, vielleicht hatte sie jetzt, da es passiert war, einfach keine Trauer mehr übrig.

Plausibel.

Er blickte nach rechts zum Beistelltisch.

Darauf stand ein Bluetooth-Lautsprecher. Er vermutete, dass die Tote – *DIE TOTE, sie ist wirklich tot* – zum Abschalten etwas Musik von ihrem Handy über den Lautsprecher hatte laufen lassen. Ihr Musikprogramm lief einfach weiter, vielleicht auf Zufallsauswahl. Er kannte das Lied, das gerade begann.

Hat Wanda Rammstein gehört?
Es war möglich.
Die Stimme von Till Lindemann, dem Sänger der Band, drang aus dem Lautsprecher. »Angst« hieß das Lied, es war vom neuen Album.

Wie passend, dachte Ares bei sich, während sich seine Fingernägel in die Fensterbank drückten. Wie passend. Er konnte den Text in Gedanken mitsingen.

Wenn die Kinder unerzogen
Schon der Vater hat gedroht
Der schwarze Mann, er wird dich holen

Drohende Väter gab es hier in der echten Welt auch.
Mittlerweile hatten alle außer ihm den Raum verlassen.
Nur die Tote unter dem Leichentuch ist noch bei mir. Verständlich, dass sie alle geflüchtet sind.
Ares bewegte sein Gesicht ganz nah an die Scheibe, er spürte die Kälte, die sie abstrahlte, sah die wirbelnden Schneeflocken auf der anderen Seite. In der Ferne waren Blitze zu sehen, kurz darauf rollte ein Donner über das Haus. Was für eine Gewalt, was für eine Klarheit. Wieder ein Blitz, nur wenige Sekunden danach der harte Donnerschlag. Es war über ihnen. Wie hieß es so schön? Ein Gewitter sorgt für reinigende Klarheit.
Das würde ich jetzt auch gerne.
Meine Zweifel. Wo ist meine therapeutische Klarheit jetzt in diesem Moment?
Jeder in diesem Haus log ihn an, jeder. Agatha hatte ihm gesagt, dass sie an ihn glaubte, dass seine Fähigkei-

ten perfekt für eine solche Situation waren, aber bisher hatte er nur versagt. Da hatte also auch sie ihn angelogen. Er wusste so wenig … Er wusste nicht, was *VAN* war, er hatte keine Ahnung, wie er Andi einschätzen sollte.

Er war kein Sherlock Holmes. Nicht mal ein John Watson.

Jeder in diesem Haus log. Ares spürte eine Bewegung neben sich.

Nun ja, fast jeder.

Emma wohl nicht. Er blickte zu ihr herunter, sie stand plötzlich neben ihm, blickte ebenfalls aus dem Fenster. Ihre Eltern stritten sich vor der Tür, Ares konnte die Stimmen hören.

»Wichtig ist, dass wir diesen Andi gut fesseln! Ich beschütze dich, Kathrin!«, hörte Ares Ulf laut sagen, er konnte sich vorstellen, wie Ulf dabei wild mit den Händen gestikulierte.

»Nein, du beschützt mich nicht! Ich beschütze meine Tochter! Das ist das Wichtigste!«, schrie Kathrin zurück.

»Deine Tochter?! Das ist ja wohl unsere Tochter!«

Ares schüttelte den Kopf. Zeit, die beiden auf stumm zu schalten.

> *Und das glauben wir bis heute*
> *So in Angst sind Land und Leute*
> *Etwas Schlimmes wird geschehen*
> *Das Böse kommt, wird nicht mehr gehen*

Da hat er recht, der Till.

Das Schlimme war schon passiert, und die Angst kroch durch jede Ritze, durch jede Spalte in das Haus hinein. In die Menschen. Jeder von ihnen hatte Angst, und Angst ließ sie dumme Sachen machen.

Dumme Menschen tun dumme Dinge.

Jeder von ihnen war emotional angeschossen, und angeschossene Menschen werden zu Raubtieren. Vielleicht ging die größte Gefahr nicht von diesem mysteriösen Fremden aus *(falls es ihn wirklich gibt)*, sondern von ihnen, die gerade in diesem Haus waren.

Er spürte, dass Emma neben ihm zitterte, ihren Zauberstab mit der rechten Hand umklammerte. Noch immer stand sie einfach neben ihm und sah aus dem Fenster, ohne ein Wort zu sagen.

Und die Furcht wächst in die Nacht
Tür und Tore sind bewacht
Die Rücken nass, die Hände klamm
Alle haben Angst vorm schwarzen Mann

Tills Stimme war unverkennbar, er rollte die Rs hart.

Fast wie Wanda. Die jetzt tot ist. Was mache ich hier nur?

Früher hatte er vor anstrengenden Therapietagen gerne Hardrock gehört, oft auf dem Weg in die Praxis. Laut, dröhnend, das hatte den Kopf frei gemacht. Hier war er allerdings kein Therapeut, eigentlich war er ein Niemand. Das stimmte nicht, er war jemand. Er war ein Teil der Gruppe. Ein Teil der Gruppe, die Tür und Tor bewachte, aus Angst vorm schwarzen Mann. Genau das hatten sie getan. Sie hatten sich als Gemeinschaft zusammengerottet und hatten versucht, sich gegen ein Außen zu verteidigen.

Aber was, wenn es kein Außen gibt?

»Was denkst du, wie kalt ist es draußen?«, fragte er Emma. Sie war ein wacher Geist und sah so aus, als ob sie Ablenkung von düsteren Gedanken gut gebrauchen könnte.

»Weiß nicht genau.« Emma legte den Kopf schief, während sie nachdachte.

Und so glauben wir bis heute
Schwer bewaffnet ist die Meute
Ach, sie können es nicht lassen
Schreien Feuer in die Gassen

Was müsste er tun, um der Gruppe hier helfen zu können?

Es hieße, sich dem dunklen Fleck in mir zu stellen.

Ares lehnte seinen Kopf gegen das kalte Glas.

Um hier zu bestehen, muss ich mich selbst finden. Und mich Merlin stellen. Ich glaube, das kann ich nicht.

Während Ares in die Dunkelheit blickte, schien es, als ob er Merlins Gesicht auf der anderen Seite sähe. Die tiefen Augenringe, die grünen wachen Augen, das dünne, fast abgemagerte jugendliche Gesicht, die strubbeligen Haare.

Mit einem dicken Kloß im Hals murmelte er seinen Namen. »Hallo, Merlin.«

Till setzte zum Finale seines Liedes an.

Wer hat Angst vorm schwarzen Mann?
Wer hat Angst vorm schwarzen Mann?
Wer hat Angst vorm schwarzen Mann?

Ares drehte sich so plötzlich um, dass Emma zusammenzuckte. Er ging zum Nachttisch, nahm den Bluetooth-Lautsprecher, kam zurück zum Fenster, öffnete es und warf ihn in weitem Bogen hinaus.

Emma lachte kurz hell auf, dann war wieder Ruhe, und sie schauten beide hinaus in die Dunkelheit.

»Es ist wohl sehr kalt draußen«, meinte Emma, die ein paar Schneeflocken abbekommen hatte.

»Ja, das denke ich auch«, sagte Ares.

Stille.

»Wer ist Merlin?«, fragte Emma.

34

AGATHA

Konnte man eine tote Person, eine tote Freundin, einfach so daliegen lassen?

Klar, sie hatten sie zugedeckt, die schöne Decke ganz über sie gezogen.

Aber muss man da nicht mehr machen? Irgendetwas Rituelles? Wanda ist ein sehr ritueller Mensch gewesen, was hätte sie sich gewünscht?

Agatha stellte sich diese Fragen, während sie den von Weinkrämpfen geschüttelten Felix langsam die holzbeschlagene Treppe herabführte. Sie spürte keine Trauer, keine Wut, auch keine Angst in sich. Sie kannte diesen Zustand. Das war der Ärztinnen-Effekt, wie sie ihn nannte.

Mein Ärztinnen-Effekt.

In diesem Modus war sie jetzt wieder, nach dem Anblick ihrer toten Freundin. Vielleicht war sie auch nicht in diesem Modus, sondern hatte einfach keine Trauer mehr übrig.

Was hätte sich Wanda in diesem Moment gewünscht?

Sicherlich nicht, tot zu sein.

Agatha hatte erst vor ein paar Tagen mit ihr telefoniert und versucht, ihr den Termin für die heutige Feier auszureden.

»Schau mal, Wanda, es ist kurz nach Heiligabend, mitten zwischen den Jahren, da kommt doch keiner. Thomi und Laura haben doch auch schon abgesagt. Warum machst du deine Einweihungsparty genau an diesem Tag?«, hatte sie sie gefragt.

Wanda hatte es ihr erklärt. Hatte ihr von den Raunächten erzählt.

»Was sind die Raunächte, Wanda?«, hatte Agatha gefragt.

Felix schniefte, ihm lief Rotz aus der Nase. Er hing mehr an Agatha, als dass er selbst laufen konnte. Sie musste sich mit einer Hand am Geländer abstützen.

Hannelore stand am Fuße der Treppe. »Jetzt kommt endlich!« Ihre schrille, sich überschlagende Stimme ging durch Mark und Bein. »Wir brauchen die Polizei! Jetzt! Wir brauchen die Hunde, die Hubschrauber, alles!« Dann rannte sie mit wehenden Röcken ins Wohnzimmer.

Ablenken.

Ablenken von den Emotionen, in den Modus kommen, Fokussierung auf das, was wichtig ist. *Polizei anrufen, sich um Felix kümmern, ohne von seinen Emotionen weggeschwemmt zu werden, das Richtige für Wanda tun. Das, was sie jetzt gewollt hätte.*

Was hatte sie über die Raunächte gesagt?

»Das ist eine mystische Zeit, Aga, eine besondere Zeit. In diesen zwölf Nächten ist die Grenze zur Geisterwelt, zur Anderswelt besonders dünn. Wir können Kontakt zu unseren Ahnen aufnehmen, zu unseren Eltern, unseren Großeltern. Was wir uns in dieser Zeit wünschen, wird in Erfüllung gehen. Was wir träumen, wird passieren. Wenn wir sterben, werden wir wiedergeboren. Wir reinigen uns, wir reinigen unser

Haus, wir tragen keine Masken. Ich überlege, keine Perücke zu tragen. Wer auch immer kommt, Freund oder Feind, Engel oder Dämon, wird mich so sehen, wie ich bin.«

»Ich weiß, dass du an diese Dinge glaubst, Wanda«, hatte Agatha geantwortet, »aber das ist doch kein Grund, deine Einweihungsparty in diese Raunächte zu legen! So viele werden nicht kommen von deinen Freunden, von Felix' Freunden. Am Schluss stehen wir mit fünf Leutchen da. Das ist doch nicht die Party, die du verdient hast, die ihr verdient habt. Nach allem, was ihr durchgemacht habt!«

Aber Wanda hatte nicht auf sie gehört.

»Es ist eine heilige Zeit, Aga, eine besondere Zeit. Wenn dieses Haus, wenn ich unter einem besonderen Schutz stehen soll, dann braucht es diese Zeit. Meine Vorfahren, meine Ahnen werden mich sehen. Mein Schutztier, der Hirsch, wird mir in dieser Zeit beistehen und mir helfen, mich gut auf das nächste Jahr vorzubereiten. Er hat mich immer beschützt und geheilt. Es ist eine Zeit zum Nachdenken, eine Zeit zum Ankommen. Einfach eine besondere ...«

»Der Hirsch? Nicht der Hirsch hat dich gerettet, Wanda, sondern Felix, ich und insbesondere die Medizin, du musst in der Realität ankomm...«

Felix schniefte laut in ihrem Arm. »Nur noch ein paar Stufen«, hörte sich Agatha sagen. »Dann setzen wir dich erst mal in einen Sessel und rufen die Polizei.«

Dann brach es aus Felix heraus. »Sie ist tot, Aga, sie ist tot. Oh mein Gott, sie ist tot! Warum? Warum ist das geschehen? Wer tut denn so etwas?«

Mit einem aus der Tiefe kommenden Schluchzer warf er sich um ihren Hals, sie hatte Mühe, sein Gewicht zu halten.

»Ich weiß nicht, ob ich dich halten kann, Felix«, murmelte sie leise.

Da straffte Felix sich und nahm die letzten Stufen ohne Hilfe.

Agatha hoffte nur, dass das Testament so war wie von ihr erwartet und Felix das Haus behalten konnte. Sie konnte sich sogar vorstellen, dass er sich mit dem ganzen Geld selbstständig machen und selbst eine Einrichtung für Kinder mit Behinderung betreiben würde. Vielleicht sogar in diesem Haus etwas aufbauen. Groß genug wäre es ja. Viele Kinder aus der Gegend könnten am Ende von Wandas Tod profitieren.

Hoffentlich hat Wanda das mit dem Testament auch wirklich gemacht. Wir haben es ihr während der Chemo oft genug gesagt, dass sie vorsorgen muss.

Das Thema war im Laufe der Erkrankung immer wieder aufgetaucht, aber Wanda-typisch war das auch eins der Themen, die sie immer wieder von sich weggeschoben hatte.

Reicht ein Verlobtenstatus, um zu erben? Oder braucht es dazu ein Testament?

Sie wusste es nicht sicher.

Als sie ins Wohnzimmer kamen, bot sich Agatha ein merkwürdiges Bild. Andi war immer noch mit schwarzem Panzertape an die Heizung gefesselt und sah aus wie ein geprügelter Hund. Sein Blick ging zu Boden, keine Körperspannung mehr, es wirkte, als hätte er jeden Mut verloren.

Er hat viel Blut verloren. Das wird eine lange Nacht ohne Krankenwagen für ihn.

Fühlte er sich schuldig, weil er Alfred ermordet hatte? Oder sah so ein Mann aus, der es gewohnt war, beschuldigt zu werden, und für den es keinen Unterschied machte, ob er es getan hatte oder nicht?

Agatha war sich nicht sicher.

Neben dem großen Sessel stand der Telefontisch mit dem Festnetzanschluss. Davor baute sich Hannelore auf, mit dem Hörer in der Hand, und schaute mit einer Mischung aus Anklage und Verzweiflung zu ihnen beiden herüber.

»Was muss ich vorwählen, Felix? Wie geht das noch mal? Ruf du an!« Sie drückte ihm das schnurlose Telefon in die Hand, kaum dass er nah genug war. Für Mitleid mit ihrem Sohn, der gerade vor wenigen Momenten die Liebe seines Lebens verloren hatte, schien kein Platz zu sein. Hannelore wollte weg, so weit wie möglich weg.

War das nur Angst oder hatte sie etwas zu verbergen?

Felix nahm mit einem Seufzen das Telefon. »Sie haben doch vorhin schon gesagt, dass sie nicht durchkommen, Mutter. Was sollen sie denn jetzt anders machen?« Seine Augen waren glasig.

»Vorhin waren wir einfach nur eingeschneit und haben Schatten gesehen, und Emma hat Verstecken gespielt!« Hannelores Stimme überschlug sich, während sie auf ihren Sohn einredete. Ihre Gewänder flogen wild durch die Luft, die Sonnenbrille rutschte von ihrer Frisur auf die Nase, sie drückte sie mit einer automatisierten Bewegung wieder nach oben in die Haare.

»Das ist jetzt anders«, fuhr sie fort. »Jetzt sind wir nicht nur in Gefahr, der Fremde hat zwei Menschen umgebracht. Draußen liegt dein Angestellter in seinem eigenen Blut, und da oben atmet deine Verlobte nicht mehr! Wir brauchen jetzt mehr als einfach nur: ›Wir kommen gerade nicht durch.‹ Für was bezahlte ich denn Steuern?«

Agatha wusste, dass Hannelore in ihrem Leben nicht viel Steuern bezahlt hatte, sondern sich meist von sehr reichen Männern und ein paar gut situierten Freunden ihr Leben bezahlen ließ. Aber das war wohl nicht der richtige Moment, um sie auf diese Diskrepanz aufmerksam zu machen. Ihr tat nur Felix leid. Sein Leben lang hatte er darunter gelitten, nicht der Sohn zu sein, den Hannelore sich gewünscht hatte. Agatha fand es viel besser, was er aus seinem Leben gemacht hatte. Er half Menschen in Not, hatte ein riesengroßes Herz, war naiv, aber treu und liebevoll bis in den Tod. Eigenschaften, die man Hannelore nun wirklich nicht zuschreiben konnte.

Agatha dachte schon, dass er wie immer nachgeben und einfach die Nummer wählen würde, aber jetzt überraschte Felix sie. Langsam richtete er sich auf, mit dem Telefon in der Hand. Seine Stimme war sehr ruhig, sehr leise, das Schniefen war verschwunden.

»Alfred und Wanda. Alfred und Wanda. Das waren ihre Namen. Sprich ihre Namen aus, wenn du über sie sprichst, Mutter.«

Dann wählte er die 110 und drückte seiner Mutter das Telefon in die Hand; Hannelore schien verdattert, offensichtlich war sie noch nie von ihrem Sohn angeschrien worden.

Agatha drehte sich leicht weg und erweckte den Anschein, Andi zu beobachten, damit man den Anflug von Stolz in ihrem Gesicht nicht sah. Schön, dass er sich zum ersten Mal gegen seine Mutter wehrte. Bedauerlich, dass es so eines traurigen Anlasses bedurfte.

Es tutete zweimal, dreimal. Felix hatte auf Lautsprecher gestellt, sodass das Tuten durch das ganze Wohnzimmer drang.

Agatha ging zum Kamin und legte ein dickes Stück Holz auf das nachlassende Feuer. Sogar der Sturm schien etwas nachzulassen, vielleicht hatten sie das Schlimmste hinter sich. Als das Holzstück Feuer fing, ging am anderen Ende der Leitung jemand ans Telefon.

»Polizeidienststelle Dahn, Schmied am Apparat.« Eine tiefe, sonore Stimme mit einem unverkennbaren Dialekt drang in den Raum. Offensichtlich ein anderer Polizist, vielleicht hatte die Spätschicht auf den Nachtdienst gewechselt. Hannelore drückte sich das Telefon dennoch hart ans Ohr, bevor sie anfing zu sprechen.

»Ja, äh, hallo, Knaut hier. Vorhin gab es schon mal einen Anruf. Wir sitzen hier in Ludwigswinkel oben auf dem Berg im Herrenhaus fest, und hier läuft ein Mörder frei rum. Sie müssen jetzt Ihren Beamtenarsch in das Auto oder den Hubschrauber setzen und herkommen.« Ein paar Sekunden herrschte Stille, während Agatha sich auf die Lippen biss und ins Feuer starrte. Hannelores Unverschämtheit war sicherlich ihrer Angst geschuldet, aber sie glaubte nicht, dass der Polizist das wusste.

»Mei Kollech hat mich schun vorgewarnt. Sie sitze mit e paar Leid im alte Herrenhaus, oda? Jetzt hern Sie mol zu, junge Dame. Mir hän kä Möglichkeit, do durchzukumme, egal ob do ä Mörder oder siwe hinner Ihne her sinn. Die Wege sind dicht, gugge Se doch mol außem Fenschder.«

Agatha wusste nicht, ob sich Hannelore jemals in ihrem Leben so unverstanden gefühlt hatte wie in diesem Moment.

»Was hat er gesagt?«, fragte sie laut. Felix hatte sich auf den Boden vor ihr gesetzt, sein Blick hing an den Flammen im Kamin. Sein rechter Fuß zappelte unruhig.

»Er hat gesagt, dass sie nicht durchkommen, die Wege sind dicht, wir sind immer noch mitten im Schneesturm«, antwortete er leise.

Hannelore war kalkweiß im Gesicht geworden.

Agatha nahm Hannelore das Telefon ab. Es war Zeit, dass ihr Ärztinnen-Modus das Gespräch weiterführte.

»Bitte entschuldigen Sie, Herr Schmied. Die Dame ist normalerweise nicht so. Wir sind hier in einer sehr schlimmen Lage, unsere Freundin wurde ermordet, der Gärtner ebenfalls. Wir wissen nicht, was wir tun sollen, haben den großen Verdacht, dass es ein Einbrecher auf uns abgesehen hat. *(Oder es hier einen Killer unter uns gibt.)* Wir sind alle etwas angespannt. Können Sie denn gar nichts tun?«

Sie konnte spüren, wie am anderen Ende der Leitung das Eis etwas taute. Vielleicht war Herr Schmied auch einfach froh, nicht mehr angeschrien und beleidigt zu werden.

»Höre Sie, Sie scheinen jo ganz vernünftig zu sei. Sobald es a bissl nachlosst, schick ich de ersche Streifewache raus, versproche. De allererschde. Mir haben schon mit de Stadtwerke telefoniert. Awer die kommen auch erschd morche Früh durch. Fer Sie werds am Beschde sei, wenn Sie sich alle zamme in em große Raum einsperre. Vielleicht irchendwas mit nur änrer Deer? Mir kummen so schnell, wie mer kennen. Versproche!«

Agatha sprach noch einige Minuten mit dem Polizisten, seine sonore Stimme hatte einen beruhigenden Effekt auf sie, auch wenn das Ergebnis das gleiche blieb. Er würde den ersten Streifenwagen schicken, sobald es möglich war, sie sollten alle zusammenbleiben, am besten in einem Raum, idealerweise mit nur einer Tür, die sie bewachen konnten.

Hannelore hatte verstanden, dass weder Agatha noch die Polizei oder ihr Sohn ihr beistehen würden. Daher hatte sie sich, als das Telefonat zu Ende ging, neben den Heizkörper gesetzt und redete nun auf Andi ein. »Wahrscheinlich sitzt er gerade auf der warmen Wache und frisst Chips in seinen fetten Beamtenbauch, während wir hier einer nach dem anderen abgeschlachtet werden«, hörte Agatha sie sagen.

Vor Kurzem wolltest du Andi noch foltern, damit er einen Mord gesteht, und jetzt ist er dein Verbündeter gegen die Polizei?

Wie schnell sich doch Loyalitäten ändern.

Agatha schämte sich für den Gedanken – aber sie bedauerte, dass der Killer nicht Hannelore anstatt Alfred erwischt hatte. Obwohl sie nur wenige Worte mit dem Gärtner gewechselt hatte, erschien er ihr deutlich moralischer als Hannelore.

Sie wandte sich Felix zu und strich ihm eine verschwitzte Strähne aus der Stirn. »Ich hol die anderen, dann machen wir das, was der Polizist gesagt hat. Wir schließen uns hier im Wohnzimmer ein, wir alle zusammen. Dann werden wir die Nacht überstehen.«

Mit diesen Worten ging sie Richtung Tür. Felix murmelte noch etwas hinter ihr her. Obwohl er leise gesprochen hatte und wahrscheinlich auch nicht wollte, dass es jemand verstand, hatte sie es gehört.

»Vielleicht will ich die Nacht gar nicht überstehen«, hatte er gemurmelt. »Vielleicht will ich die Nacht gar nicht überleben. Wenn noch jemand auf der Liste steht, sollte ich es sein.«

35

ARES

»Wer ist Merlin?« Emmas unschuldige Frage ließ Ares stocksteif am Fenster stehen.
Merlin.
Seine Nemesis, der Untergang seiner Praxis. Nur wenige Leute wussten, was wirklich passiert war. Mit vor der Brust angewinkelten Armen starrte er in den Schneesturm hinaus und war selbst überrascht, als er anfing zu reden.

»Merlin war ein Klient in meiner Therapiepraxis.«

Ares schaute herunter zu Emma, sie hatte den Zauberstab in der Hand, die Holmes-Mütze auf dem Kopf und blickte ihn an. Ohne Wertung, offen für das, was kam oder auch nicht kam. Sie würde ihn nicht verurteilen, würde auch nichts sagen, wenn er nicht weitererzählte.

Die Gabe des Schweigens ist selten geworden.

Er blickte nach draußen.

Was für ein sonderbares Kind.

»Ich hatte eine Kooperation, eine Zusammenarbeit mit der Polizeidienststelle in Dahn. Ab und an, bei besonders kniffligen Fällen, habe ich Gutachten für sie geschrieben. Weißt du, was Gutachten sind?«

Emma schüttelte den Kopf.

»Manchmal sind Schuldthemen nicht eindeutig. War ein Mensch, der einen anderen schwer verletzt oder sogar umgebracht hat, voll schuldfähig? War er vielleicht psychisch krank? Wusste er genau, was er tat? Wollte er den anderen verletzen, oder war es ein blöder Unfall? Mit solchen Fragen trat die Polizei manchmal, sehr selten, an mich heran. Bei Merlin lag der Fall etwas anders. Er war noch jung, etwas älter als du, gerade achtzehn, als ...«

Ares versagte die Stimme.

Die Sekunden verrannen zäh in dieser absurden Situation. Sie sollten wirklich aus dem Raum gehen, der Tod war anwesend.

Wer hat mal gesagt, dass die Zeit Wunden heilen mag, sie aber eine furchtbare Kosmetikerin ist?

»Merlin war gerade achtzehn geworden, genau genommen war es zwei Wochen nach seinem achtzehnten Geburtstag, als er mit einem Küchenmesser auf seine Mutter losging. Sie überlebte, sehr schwer verletzt, und er wurde von einem Gericht nach dem härtestmöglichen Strafmaß verurteilt. Der Richter hatte ein psychologisches Gutachten in Auftrag gegeben, nicht von mir damals. Die Psychologin hatte ihm eine sehr hohe Intelligenz, einen IQ von über hundertvierzig, psychopathische Tendenzen, emotionale Kälte gegenüber Frauen und volle Schuldfähigkeit sowie Planung und Absicht unterstellt. Das Gericht folgte ihrem Gutachten, er wurde nach dem Erwachsenenstrafrecht für vier Jahre und zwei Monate Freiheitsentzug verurteilt.«

Er blickte zu ihr, sie wirkte nicht schockiert, schien alles zu verstehen, was er sagte. »Freiheitsentzug heißt Knast, Erwachsenenknast für ihn. Es gibt Jugendstrafanstalten, aber da er nach Erwachsenenstrafrecht verurteilt wurde, kam er in die Justizvollzugsanstalt Mannheim. Dort saß er mit Mördern und Vergewaltigern zusammen beim Mittagessen.«

Ares bemerkte nicht, wie seine linke Hand anfing, seinen linken Oberschenkel zu massieren, das Stillstehen wurde langsam anstrengend.

»Unter bestimmten Umständen kann man einen Antrag auf frühzeitige Entlassung stellen, dieser wird dann von verschiedenen Stellen geprüft, manchmal wird auch nochmals ein Gutachten angefertigt. Hier komme ich ins Spiel.«

Er blickte aus dem Fenster. »So habe ich Merlin kennengelernt. Er hieß natürlich nicht Merlin, aber so stellte er sich mir bei unserem ersten Gespräch vor. So habe ich ihn angeredet, und dabei blieb es. Merlin war in einer bekannten Sage auch ein Zauberer, weißt du?«

Emma nickte wissend. »Aber ich habe die Geschichten über ihn noch nicht gelesen.«

»Du hast auch noch Zeit, bist noch jung«, antwortete Ares.

Genau wie Merlin.

Ares erinnerte sich an das erste Gespräch, als Merlin, begleitet von zwei Polizeibeamten, in seine Praxis kam. Ein viel zu dürrer, recht großer Junge an der Grenze zum Mann. Der Bart war ein unregelmäßiger Flaum, die Arme so dünn, dass sie fast aus den Handschellen herausschlüpften. Wache, helle, grüne Augen blitzten unter verstrubbelten braunen Haaren hervor, die ungekämmt ins Gesicht hingen. Das graue T-Shirt mit einer ausgebleichten lachenden Giraffe darauf und die kurzen Hosen waren mindestens eine Nummer zu groß.

»Als er zu mir kam, kurz vor seinem zwanzigsten Geburtstag, war er schon fast zwei Jahre im Gefängnis. Er hatte einen Antrag auf vorzeitige Haftentlassung gestellt, aufgrund sehr guter Führung und eines tadellosen Verhaltens während seiner Haft wurde das in Erwägung gezogen. Fehlte nur noch ein psychologisches Gutachten.« Ares' Blick verschwand in den Schneeflocken vor dem Fenster, er war mehr in seiner Erinnerung als bei Emma im Raum.

»Die Polizei fragte mich für das Gutachten an. Da es ein Junge aus der Gegend war und der Staat solche Gutachten generell gut bezahlt, habe ich den Auftrag angenommen. Drei Gespräche hatte ich mit ihm. Drei. Mehr waren es nicht, drei je neunzigminütige Gespräche, und ich sollte ein Gutachten über den schlaksigen Jungen mit den klugen Augen, der lachenden Giraffe auf dem Shirt und den dünnen Ärmchen schreiben.«

»Ich mag Giraffen.«

»Ich auch, Emma. Und ich mochte auch Merlin. Es war klar, dass er aus dem Gefängnis rauswollte, wer würde das nicht wollen. Es war auch klar, dass er mir alles erzählen würde, um rauszukommen. Damit habe ich gerechnet. Die Kunst ist es herauszuhören, ob die Reue wirklich ernst ist, ob die seelischen Löcher, die zu der Tat damals geführt haben, so gestopft sind, dass er wieder ein ungefährlicher Teil der Gesellschaft sein kann.«

Er hat so gerne geraucht.

Das war Merlins erste Frage damals gewesen. Ob er sich hier eine Zigarette drehen dürfe. Zusammengesunken, mit irgendwie abstehenden Armen und Beinen, hatte er auf dem Stuhl gesessen, sich die Handgelenke gerieben, nachdem die Handschellen weg waren, und dann konzentriert, mit leicht heraushängender Zunge, eine Zigarette gedreht.

Langsam, fast automatisch legte Ares seine Hand ausgestreckt auf das Fensterglas, die Kälte half ihm spürbar, wieder mehr bei sich anzukommen. Tief atmete er ein.

»Er erzählte mir ehrlich, wie schlecht seine Mutter ihn als Kind behandelt hatte, dass sie aggressiv war, ihn psychisch und physisch misshandelt hatte.«

Emma runzelte die Augenbrauen, ein Fragezeichen stand ihr ins Gesicht geschrieben.

Ares seufzte. »Sie war eine wirklich sehr schlechte Mutter. Natürlich war seine Tat dennoch falsch, aber ich hatte das Gefühl, er hatte seinen Frieden damit gemacht. Es war eine einmalige Tat, die sich gegen eine bestimmte Person gerichtet hatte, er war nicht gefährlich für die Gesellschaft. Sein Zorn war verraucht. Dachte ich.«

Kratzend fuhr er mit seiner linken Hand über seinen Bart, die rechte lag auf Emmas Schulter.

»Ich war so arrogant. Dachte, dass ich klüger bin als er, dass ich ihn durchschaue, dass ich genau weiß, was in seinem Bewusstsein und Unterbewusstsein vor sich geht. Ich, der große Ares, kann in die Zukunft sehen. Zwei, drei Gespräche, und ich weiß alles über einen Menschen.« Schneller, immer schneller sprudelten jetzt die Worte, die so lange unausgesprochen geblieben waren, aus ihm heraus. »Arrogant, überheblich, eingebildet. Oh, schau da, der Therapeut, zu dem sogar die Polizei geht, er hat eine eigene Praxis, die Zeitungen schreiben über ihn, er muss richtig klug sein. Das haben die Leute gesagt, und ich habe es geglaubt, ich wollte es glauben. Also habe ich das

Gutachten geschrieben. Ich schrieb, dass Merlin in der Lage sei, ein gutes und ungefährliches Leben in der Gesellschaft zu führen. Siebzehn Tage später bekam er seinen ersten Freigang ohne Aufsicht, in Vorbereitung auf eine vorzeitige Entlassung. Siebzehn Tage, fünf Stunden und neunzehn Minuten später verletzte er ein Mädchen in einem Discounter mit einem Küchenmesser so schwer, dass es nicht überlebte. Ich denke, dass es meine Schuld ist. Die kleine Lina Nagel starb, weil ich sagte, dass er ungefährlich ist und wieder in die Gesellschaft zurücksoll. Ich habe nicht gesehen, dass er ein Problem mit Frauen hat, dass die zwei Jahre im Gefängnis seine brutale Seite eher gefördert als abgemildert hatten.«

Stille.

»Der Rest ist schnell erzählt. Die Eltern des Mädchens haben mich verklagt, wollten mir eine Teilschuld an der Tat geben, da ich das Gutachten geschrieben hatte. Die Polizei kreidete mir das falsche Gutachten an, und die Zeitungen, aufgestachelt von den Eltern des Mädchens, auch. Ein Mädchen war tot, und man brauchte Schuldige. Merlin kam wieder ins Gefängnis, dort ist er bis heute. Ich habe noch eine Zeit lang versucht zu therapieren, Menschen zu helfen, habe es aber schlussendlich praktisch aufgegeben. Ich kann es nicht mehr. Da steh ich jetzt nun.«

Ares sah zu seinem Spiegelbild im Fenster. »Ein kaputter Mann, innen und außen.«

Emma zuckte mit den Schultern und zog die Nase kraus. Dann schaute sie sich um und winkte ihn etwas zu sich herunter, wirkte leicht gehetzt, aber auch entschlossen.

Ares beugte sich zu ihr.

»Kann ich dir vertrauen?« In ihren blauen Augen wechselten sich Hoffnung und Angst ab. »Ich habe etwas gefunden. Etwas Furchtbares.«

Offenheit erzeugt Offenheit. Ich habe ihr etwas anvertraut, und jetzt kann sie sich öffnen und mir das anvertrauen, was sie so belastet.

Ares machte mit seinen Fingern ein Reißverschlusszeichen vor seinen Lippen. Die Botschaft war klar, dein Geheimnis ist bei mir sicher.

Emma schaute sich noch ein letztes Mal um.

»Ich war vorhin kurz draußen, im Garten. Ich wollte zu Alfred, hatte die Hoffnung, dass es dort Tee gibt und keine streitenden Eltern.«

Vom Flur waren immer noch, wenn auch leiser jetzt, Ulf und Kathrin zu hören, wie sie stritten.

Ich kann dich verstehen, Emma.

»Aber leider war kein Alfred da. Ich glaube, ihr habt mich alle im Haus gesucht. Ich habe an Alfreds Tür geklopft, aber niemand hat aufgemacht.«

Da hattest du Glück, Emma. Kurz danach war Alfred zu Hause. Zusammen mit dem Mörder.

Emmas Stimme wurde immer leiser, Ares hatte Probleme, sie gegen das Heulen des Sturmes vor dem Fenster zu verstehen. Ihre Hand krallte sich in die Fensterbank, sie blickte zu Boden.

»Ich habe dort ...«, sie schluckte und blickte aus dem Fenster. Ares wartete, auch wenn er innerlich zitterte.

Was ist es? Was hat sie gefunden? Wird es endlich Licht in diese ganzen Geheimnisse werfen?

»Ich habe dort meine Schwester gefunden.« Sie blickte ihn an. »Meine Schwester Vanessa ist da draußen.«

Deine Schwester? Vanessa? Deine vor so vielen Jahren entführte Schwester?

Ares öffnete den Mund, schloss ihn wieder. Als er gerade etwas sagen wollte, sah er nur einen großen Schatten auf sich zufliegen, eine große Faust, die mit einer präzisen Sicherheit auf sein Gesicht zielte und dann …

Dunkelheit.

36

ARES

Schmerz. Dunkelheit. Warum immer wieder Schmerzen und Dunkelheit? Warum mussten diese zwei Begleiter so oft an seiner Seite sein?

Ares war nicht richtig wach, aber auch nicht mehr richtig bewusstlos, dämmerte an der Grenze des Körperlichen und der Realität dahin, während seine Gedanken nur so rauschten. Er spürte seinen Körper nicht. Nichts bis auf die Schmerzen durch den Schlag, den Aufprall und sein Bein. Und die Dunkelheit, die Dunkelheit war wieder da. War sie je weg gewesen? Er spürte seine Augen nicht, wahrscheinlich waren sie geschlossen. Aber auch das spielte keine Rolle.

Schuld. Schuld. Ich habe es versucht. Ich versuche es, und Menschen sterben.

Sein Entschluss war eindeutig.

Je mehr ich versuche, umso schlimmer wird es. Mein Umfeld leidet, ich leide. Aufgeben ist die einzige Option.

Der Schmerz pochte in seinem Kopf. Was hatte ihn da eigentlich so hart getroffen, dass er ohnmächtig wurde? War das eine Faust gewesen? Langsam kam ein Bild in seinen Kopf, Ulf, der auf ihn zustürmte, die Faust schwang.

Er hat Wucht dahinter, das muss man ihm lassen. Es fühlt sich an wie vom Zug überrollt.

Ganz langsam wurden seine Gedanken etwas klarer, damit wurde auch der Schmerz intensiver. Mit dem Aufwachen kam auch ein leiser Gedanke aus der Tiefe seines Unterbewusstseins:

Die Gruppe braucht dich.

Nein. Nein. Ich habe es versucht. Es ist wie bei Merlin. Der Weg zur Hölle ist gepflastert mit guten Absichten. Ich wollte das Beste. Ich wollte WIRKLICH helfen.

Merlin helfen. Bis er jemanden getötet hat. Der Polizei helfen. Hier den Leuten helfen. Felix. Agatha. Hannelore. Ulf. Kathrin. Emma. Ach, Emma. Wanda. Sogar Andi. Und wieder ist das Gleiche passiert wie bei Merlin. Ich dachte, ich kann der Beste, der Held sein. Wäre Wanda noch am Leben, wenn ich nicht zu Alfred rausgegangen wäre?

Das war's. Ich werde hier nicht versuchen, etwas aufzuklären, ich werde hier nichts mehr in Leute hineininterpretieren, keine Hypothesen mehr, keine kritischen Blicke. Es muss jemand anders tun. Ich bin raus. Das war's.

Stille.

»Jetzt tust du dir aber auch selbst leid.« So hart hatte er seine Mentorin nicht in Erinnerung. »Oder willst du nur der Schönwetterheld sein? Der zwar hilft, wenn die Sonne scheint, der aber beim ersten Gegenwind aufgibt?«

Was kann ich tun? Wie kann ich helfen? Ich habe das Gefühl, dass mich diese Geschichte mit Merlin durchlöchert hat. Ich fühle mich wie ein Schweizer Käse, wie ein Fischernetz.

»Dann schneide ein Loch hinein.«

Bitte was?

»Wenn du ein Loch in ein Fischernetz schneidest, hat es danach weniger Löcher.«

Das ist korrekt. Gar nicht so blöd für eine Stimme in meinem Kopf. Aber was heißt das konkret?

»Natürlich nicht blöd. Ist ja auch dein Kopf. Du weißt schon, dass du hier gerade mit dir selbst sprichst? Du bist auf dem richtigen Weg. Nur weil man mal eine auf die Fresse bekommt, heißt das nicht, dass man falsch abgebogen ist. Im Gegenteil, es zeigt, dass du auf dem richtigen Weg bist. Es gibt Schmerzen in dieser Geschichte, und je weiter du zum Kern vordringst, desto mehr Schmerzen wirst du auslösen. Das bedeutet aber nicht, dass du falsch bist! Nur wenn du fällst, kannst du überhaupt wieder aufstehen. Und die Leute lieben gute Comeback-Geschichten.«

Und wenn sie mich hassen? Wenn ich etwas Falsches tue? Wenn ich es nur wieder schlimmer mache?

»Was, wenn es das Richtige ist?«

Ares öffnete die Augen, seine rechte Hand war zur Faust geballt.

Was zum Henker macht Felix denn da?

37

AGATHA

Das ist nicht gut.
Über Agathas Stirn lief eine große Falte, sogar ihre dicken Locken schienen sich ängstlich zu ducken, angesichts des unangenehmen Schauspiels, das sich vor ihren Augen abspielte.

Nach Ulfs Angriff auf Ares war die ganze Situation noch angespannter geworden. Ulf und Kathrin hatten den bewusstlosen Ares die Treppe heruntergeschleppt.

Agatha hatte ihn untersucht, nachdem sie mit aller Autorität, zu der sie imstande war, versucht hatte, Ulf zu befehlen, ihn loszulassen. Immerhin hatte er Ares nicht, wie er es angekündigt hatte, gefesselt, sondern einfach in den Sessel sinken lassen.

»Warum? Warum hast du ihn angegriffen? Bist du im Blutrausch? Wir müssen hier zusammenhalten und nicht gegeneinander arbeiten, bis die Polizei da ist«, hatte sie gesagt.

Seine Antwort hatte sie sehr erstaunt.

»Er ist gefährlich«, hatte Ulf keuchend gesagt. »Er hat vielleicht sogar Alfred und Wanda umgebracht oder hat irgendwie Schuld daran.«

»Das hat er nicht. Ich weiß es.«

Ulf hatte sie mit einem merkwürdigen Blick gemustert. »Vielleicht kennst du deinen Begleiter nicht so gut, wie du denkst.«

»Schwachsinn!« Ihre Reaktion war deutlich und schnell. Dennoch kroch über ihren Rücken langsam eine Gänsehaut.

Ihre Gedanken wurden ruppig von Felix unterbrochen. Nach dem Zusammenbruch und dem Telefonat mit der Polizei hatte er sich etwas erholt und war mit einem kleinen Büchlein in einer und Wein in der anderen Hand aufgeregt im Zimmer auf und ab gelaufen, hatte murmelnd mit sich selbst gesprochen.

Wo hat er das Buch jetzt her? So langsam drehen hier alle durch. Sehe ich da Wandas Schrift?

Jetzt schien er zu einer Entscheidung gekommen zu sein. Er drückte seinen Rücken durch, seine Stirn glänzte feucht, seine rechte Hand umklammerte das Büchlein, als er mit Schwung erst auf einen Stuhl am Ende der Tafel und dann auf den Esstisch sprang, welcher sich sofort bedrohlich durchdrückte und knackte.

Oh, oh.

»Was machst du denn da, mein Lieber? Komm da runter, bevor du dich verletzt!«

Sehr gut. Die ruhige Ärztinnenstimme.

»Komm runter, Felix. Wir bekommen das hin.«

»Nein!« Seine Stimme hatte einen fiebrigen Glanz. »Ich habe gerade ihr Notizbuch gelesen. Es gibt nur eine Möglichkeit, Aga. Sie hat es gewusst! Da bin ich mir sehr sicher! Verstehst du das?

Agathas Sorgenfalten wurden immer größer. Mittlerweile hatte Felix die Aufmerksamkeit der Gruppe auf sich gezogen, alle starrten den Mann an, der breitbeinig und irgendwie bedrohlich auf dem Tisch auf und ab ging. Sogar Ares stöhnte und bewegte den Kopf, seine Augen flackerten.

Keiner sagte etwas, nur das Knistern des Kaminfeuers war zu hören.

»Hier bin ich, Felix. Wir sind alle hier, und wir werden dir helfen.«

»Du verstehst das nicht, Aga!« Seine Stimme dröhnte durch den Raum. »Ich war in ihrem Zimmer, neben ihrer Couch war ein Tagebuch in dem Schränkchen. Sie wusste es! Also glaube mir, das ist schon wichtig hier, meine ich. Sie wusste, dass sie heute sterben würde, und hat Vorbereitungen getroffen.«

Agatha schaute sich um. Kathrin schüttelte verzweifelt den Kopf, Ulf glotzte einfach auf Felix, es gab wohl kein Programm in seinem Leben, wie er mit dieser Art von Menschen umzugehen hatte. Ein Seitenblick offenbarte ihr auch Hannelores Reaktion. Sie schaute ihren Sohn nicht an, musterte Andi.

Wirklich? Nicht mal jetzt bist du eine Mutter für ihn? Nicht mal jetzt! Stattdessen zeigst du diesem Asozialen deine Möpse, anstatt einmal im Leben eine Mutter zu sein?

Agatha konzentrierte sich wieder auf Felix. »Was redest du denn da? Was denn für Vorbereitungen? Sie wusste sicher nicht, dass sie heute sterben würde, sie wurde ermordet! Niemand weiß das! Es tut mir leid, das so klar zu sagen, aber du drehst gerade durch.«

Er lachte laut auf, ein Lachen, das Agatha eine Gänsehaut über den Rücken schickte. Das hatte sie so noch nie von ihm gehört. Felix war immer jemand gewesen, der sehr darauf bedacht war, nicht negativ aufzufallen und Leuten keine Angst zu machen oder überhaupt nur etwas zu machen, das dafür sorgte, dass sich jemand seinetwegen unwohl fühlte.

Er steht immer für jeden in der Straßenbahn auf und schläft nächtelang schlecht, wenn es einem Freund nicht gut geht.

»Du verstehst das nicht!« Er wurde lauter. »Ihr versteht das nicht. Ich habe Wanda auch kritisiert für ihren Hang zur Esoterik und für ihren Glauben an die Anderswelt und das Übernatürliche und so Zeug. Aber was, wenn sie recht hatte? Was, wenn sie etwas wusste, das von uns hier keiner wusste? Hier, ich beweise es.« Er zückte das Tagebuch.

»Wo war es? Ah, hier: Quer über die Seite geschrieben steht da: ›Es ist nicht tot, was ewig liegt. Bis dass die Zeit den Tod besiegt.‹ Das muss doch etwas bedeuten, oder? Irgendetwas Tiefsinniges, Esoterisches. Kommt sie zurück?« Seine Stimme überschlug sich, er klang jetzt wie ein hysterisches Zankweib. »Was bedeutet das?«

Niemand sagte etwas, Ulfs Mund stand etwas auf.

Felix sprang auf dem Tisch auf und ab, ein Tischbein krachte bedrohlich, ein Sprung lief über die Platte.

»Sie wusste, was passieren würde. Sie hat immer davon gesprochen, dass sie Vorahnungen hatte, dass sie oft gefühlt hat, dass etwas passiert, bevor es passierte. So war es auch diesmal. Und sie hat Vorkehrungen getroffen. Das heißt, dass sie jetzt hier irgendwo ist. Ihr Geist, ihre Seele. Ich bin hier, Liebling.« Mit diesem Satz warf er die Arme nach oben und blickte zur Decke.

Ares blickte hoch, Agatha sah, wie sein Gehirn anfing zu arbeiten. »Ich habe diese Sätze schon mal gehört. Wo habe ich das schon mal gehört?«, murmelte er.

»Ich bin hier, Wanda-Schatz. Ich habe es verstanden. Wo bist du?« Wild stampfend trat er auf. »Wo bist du? Gib mir ein Zeichen. Gib mir ein Zeichen!«

Dann brach der Tisch und begrub Felix in einer Wolke aus Splittern, Scherben, Blut und Staub unter sich.

38

ARES

*O*kay. *Felix, jemand muss sich um ihn kümmern. Ich muss rausfinden, warum Ulf mich angegriffen hat. Und was ist mit Emmas Schwester? Vanessa? Das Mädchen aus den Zeitungsartikeln? War Alfreds Hinweis darauf bezogen? Stand dafür der Schriftzug VAN auf seiner Hand? Ist das der Kern dieser Geschichte? Und soll es so sein, dass Andi so stark blutet?*

Ruhe. Erst mal Ruhe. Zu viele Gedanken gleichzeitig.

Ares versuchte, tief ein- und auszuatmen. So viel auf einmal, so viele Gedanken, die gleichzeitig versuchten, seinen Schädel zu sprengen.

Kontrolliere das Chaos oder es kontrolliert dich.

Sein Atem wurde ruhiger.

Eins nach dem anderen. Was hat Priorität?

Ares blickte sich um, und was er sah, erschreckte ihn zutiefst.

Die Blicke untereinander, die Angst, das Misstrauen. Die Teufel auf der Schulter.

Er sah, was er in Wandas Zimmer schon befürchtet hatte: Angst, Entsetzen und Misstrauen hatten von der Gruppe Besitz ergriffen. Ein großes schwarzes Monster der Angst saß in der Ecke und steuerte die Gruppe, während jeder Einzelne zu einer Marionette des Angstmonsters geworden war. Und wie jeder gute Puppenspieler ließ das Angstmonster seine Puppen tanzen.

Ares ließ seinen Blick über die Gesichter und die Herzen der Leute schweifen.

Und wie sie tanzen.

Sie tanzten einen wilden Reigen.

Einen Reigen der Angst.

Wenn er es nicht schaffte, hier zu intervenieren, würde das Angstmonster die Schnüre immer enger ziehen. Die Gruppe war kurz davor, sich selbst zu zerfleischen. Davon zeugten Andis Verletzung und sein eigenes zuschwellendes Auge.

Es dauert nicht mehr lange. Die Gesellschaft von außen kann nicht eingreifen, also gelten ihre Regeln nicht mehr. Ein Funke kann diese Gruppe entzünden, und es wird ein Blutbad. Ich muss die Gruppe schützen, Agatha und Emma. Emma … Was meintest du mit deinem letzten Satz? Dass du deine Schwester draußen gefunden hast? Deine Schwester ist seit Jahren vermisst. Deine Schwester Vanessa. VANessa. Alfred wusste etwas. Das ist das Motiv. Deswegen musste er sterben. Er wusste etwas über VANessa. Ich habe ein Motiv. Was braucht es noch? Gelegenheit und Beweise. Ich muss Vanessa finden und mit Vanessa wahrscheinlich den Mörder dieser zwei unschuldigen Menschen. Nur das wird die Gruppe beruhigen können. Sicherheit und Wissen werden der Angst entgegenstehen.

Damit war sein Plan klar. Er brauchte ein Zeitfenster, um draußen, rund um Alfreds Anbau, nach Vanessa zu suchen, ohne zu wissen, in welchem Zustand er Emmas Schwester finden würde oder wonach genau er Ausschau halten musste.

Oder ob sie überhaupt da ist. Lebt sie noch? Vielleicht hat Emmas Gehirn ihr einen Streich gespielt. Wäre an einem Tag wie heute nicht verwunderlich.

Aber wenn er Vanessa finden würde, würde das natürlich den Mörder anziehen, der sicherlich vermeiden wollte, dass Ares etwas herausfand. Das Aufklären des einen würde zur Lösung des anderen führen.

Ares blickte sich um. Irgendjemand hier in der Runde würde versuchen, ebendas zu verhindern.

Ich brauche etwas, das die Gruppe stabil hält und gleichzeitig ablenkt, während ich versuche, das Rätsel zu lösen. Etwas, das dafür sorgt, dass mir keiner nachgeht, und gleichzeitig für eine positive Stimmung sorgt.

Sein Blick blieb an der einzigen Person hängen, die ihm jetzt helfen konnte. Es würde alles von ihm verlangen, sie um diesen Gefallen zu bitten, den er so dringend brauchte.

Während sich die Gruppe um Felix kümmerte, allen voran Kathrin und Agatha, die einen stöhnenden und aus mehreren Wunden blutenden Felix aus einem Holz- und Scherbenhaufen herauszogen, kommentierte Andi leise lachend und mit hämischem Spott die Szenerie.

Jetzt oder nie. Ich hoffe, ich verlange nicht zu viel von ihr.

»Emma!«, flüsterte er in ihre Richtung. Sie hatte sich vor den Kamin gesetzt und den Kopf in den Händen begraben.

»Komm mal bitte kurz her, Emma«, flüsterte er wieder. Sie stand zögernd auf und kam zu ihm hin, setzte sich neben seinen Sessel auf den Boden und schaute ihn mit großen Augen an, ihre Arme umklammerten ihre Knie.

»Ja?« Sie schluckte, wandte den Blick ab.

Warum schaut sie weg, was ist passiert? War es wegen der Geschichte mit Merlin, war sie zu hart, oder … Ah. Nein.

Mein blaues Auge. Ihr Vater hat mich geschlagen. Sie schämt sich für ihn. Verdammt, dafür habe ich keine Zeit.

»Ich brauche deine Hilfe, Emma«, flüsterte er.

Ihre Augen füllten sich mit Tränen. »Ich kann nicht helfen. Ich bin nicht so stark wie alle anderen hier. Ich bin doch noch klein.« Ihre Stimme war belegt.

»Es gibt kein zu klein. Auch Wolkenkratzer wurden mal mit einem Erdgeschoss angefangen zu bauen, und irgendwann ragen sie bis in die Wolken. So wirst du auch sein. Du bist großartig, Emma. Brilliant, lustig und hast ein riesiges Herz. Ich würde dich nicht bitten, wenn es nicht wichtig wäre.«

Sie blickte ihn mit ihren großen Augen an. »Moment, gleich wieder da.« Sie rannte weg und kehrte kurz darauf mit ihrem Zauberstab wieder, den sie neben den Kamin gelegt hatte.

»Was tun wir?«, flüsterte sie etwas entschlossener.

Ares überlegte kurz. »Ich kämpfe gegen einen bösen Zauberer. Aber ich habe ein Problem. Ich weiß nicht, wer es ist. Er oder sie gibt sich als guter Zauberer aus. Aber um ihn zu enttarnen, brauche ich etwas Vorbereitung, ich muss etwas holen. Aber keiner darf mit mir kommen, ich muss alleine gehen, verstehst du das?«

Emma nickte eifrig, den Stab fest umklammernd.

»Dafür brauche ich meine magische Assistentin, meine Emma Watson, die junge Freundin von Sherlock Ares Holmes.«

Ihre Augen leuchteten.

Wir ziehen zu viel Aufmerksamkeit auf uns. Letzter Schubs, dann muss es klappen.

»Frau Doktor Emma Watson, Zauberschülerin des dritten Grades, Trägerin des Merlin-Ordens für angewandte Magie und Hexerei, seid ihr bereit für eine schwere Aufgabe, so zückt den Zauberstab und macht euch bereit.«

Der Zauberstab schnellte nach oben.

»Die Gruppe braucht etwas zum Lachen, eine Ablenkung, und ich brauche Zeit. Spiel ihnen etwas vor, singe, tanze, zaubere. Wenn sie auf dich achten, kann ich das holen, was ich brauche. Schaffst du das?«

Sie überlegte kurz, legte den Kopf schief.

»Ja, bekomm ich hin.« Damit stand sie auf und hüpfte auf ihre Mutter zu.

Ares erhob die Stimme. »Ich bin kurz auf der Toilette.« Damit drückte er sich mit schmerzverzerrtem Gesicht aus dem Sessel hoch und humpelte los. Er spürte, wie Ulf ihm nachging, drehte den Kopf leicht und sah aus den Augenwinkeln, dass Emma ihren Vater abfing, seine Hand nahm und auf ihn einredete. Und tatsächlich, er blieb stehen und schaute auf sie, verfolgte Ares nicht weiter.

Ich hoffe, das war die richtige Entscheidung. Ich habe sie gerade mit einem Doppelmörder oder einer Doppelmörderin allein gelassen.

Er hatte seit vielen Jahren seine Behinderung nicht mehr verflucht, hatte gelernt, damit zu leben, sie als etwas Einzigartiges anzusehen. Jetzt aber wäre er froh, einfach normal rennen zu können. Die Zeit lief unbarmherzig gegen ihn.

Tick tack, alter Freund. Tick tack.

39

EMMA

Jetzt heißt es scharf nachdenken. Wie war das? Ich bin Doktor Emma Watson.

Ares war gegangen, während Emma die Hand ihres Vaters hielt. Kathrin und Agatha hatten Felix auf den Sessel gesetzt, in dem eben noch Ares gesessen hatte. Seine Augen waren glasig, auf seiner rechten Wange war ein böser Schnitt, und auf seiner Stirn verfärbte sich eine kreisrunde Beule langsam rötlich. Agatha untersuchte ihn, es wirkte, als ob sie wüsste, was sie tat.

Sie ist Ärztin, oder?

Emma löste sich von ihrem Vater.

Mit einem schwingenden Zauberstab hüpfte sie zwischen den Menschen hin und her, während sie ein vor Wochen selbst ausgedachtes Lied über Harry Potter sang. Etwas zu hoch, etwas zu schief, aber die Wirkung blieb nicht aus.

Die Aufmerksamkeit war bei ihr.

Emma zückte den Zauberstab und lief zu ihrer Mutter hin, tippte sie an und rief: »Du bist verzaubert und musst mitsingen.« Dann lief sie weiter zu ihrem Vater. »Du bist auch verzaubert und musst mitsingen.«

Hüpfend umkurvte sie den zersplitterten Tisch, übersprang große Glasscherben, Blutflecken und ein gesplittertes Holzbein, lief zu Hannelore und tippte sie mit dem Zauberstab an: »Auch du bist verzaubert und musst mitsingen.«

Danach hüpfte sie auf den gefesselten und blutenden Andi zu. Dieser schaute sie erst finster an, senkte dann aber den Kopf und erlaubte ihr, mit dem Zauberstab auf seinen Kopf zu tippen.

Singend rannte sie weiter durchs Wohnzimmer, vorbei an dem prasselnden Kamin, vorbei an dem stöhnenden Felix. Vorbei an dem zerbrochenen Tisch, hüpfend über die Angst und das Chaos.

Mir fällt bald nichts mehr ein.

Ihr Lied hatte nur eine Strophe. Sie improvisierte noch etwas, aber dann war es vorbei. Der Zauber war gebrochen.

Das war's, Ares. Mehr Zeit hast du nicht. Ich hoffe, es wird alles gut.

40

KATHRIN

Einundzwanzig, zweiundzwanzig, dreiundzwanzig, vierundzwanzig, ausatmen. Warum funktioniert es nicht? Mein Herz rast, mir ist heiß. Ich muss runterkommen. Für Emma. Sie ist so ein tolles Mädchen.

Einatmen. Luft halten. Ich liebe sie so sehr. Ausatmen.

Kathrin war erschöpft. Sie war jemand, die sich immer viele Sorgen machte, mit der Zeit reichlich Übung darin erlangt hatte, eine Meisterin des Aushaltens der Sorgen. Man konnte sowieso nichts ändern, konnte nur hoffen, dass der Sturm vorbeizog und das Haus dann noch stand. Oder zumindest noch genug von dem Haus stand, sodass man es wieder aufbauen konnte. Solange abends Emma mit einem Lächeln in ihrem Bett einschlief, war es ein guter Tag, egal, wie es ihr selbst ging und wie viele Nackenschläge sie dafür eingesteckt hatte. So war es bei Vanessa gewesen, so war es auch bei Emma. Sie hatte das unfassbare Glück gehabt, zweimal das Licht zu sehen und sogar die Mutter dafür sein zu dürfen.

Natürlich wusste sie, dass ihr Mann seine Fehler hatte, nicht perfekt war und sie sich eine liebevollere Behandlung und Beziehung wünschte. Aber was sollte sie tun? Ihn deswegen verlassen?

Lächerlich. Ich bin da, ich halte es aus, und abends geht Emma mit einem Lächeln ins Bett.

Am heutigen Tag schien aber sogar diese Regel ins Wanken zu geraten. Emma hatte jedoch offenbar die Schrecken des Abends und der Nacht gut weggesteckt, tanzte gerade fröhlich vor den Versammelten herum. Aber selbst wenn sie, Kathrin, es schaffen würde, das Grauen und den eingekehrten Tod von Emma fernzuhalten und diese irgendwann wieder mit einem Lächeln im Bett läge, sie hatte keine Kraft mehr. Sie fühlte sich, als ob man ihr den Stecker gezogen hätte. Sie durstete nach Strom, all ihre Systeme blinkten rot, aber nirgendwoher kam Strom. Nicht nur, dass es keinen neuen Strom gab, es wurde auch immer mehr von ihr abgezogen. Ulf zog heute besonders viel Strom, seine Aggressivität war heute besonders schlimm.

Ich bin gerne nett. Ich bin einfach gerne nett.

Das war ein Wert für sie. Umso schlimmer war sein Verhalten an diesem Abend.

Nicht nur, dass er erst alle gegen sich aufgebracht, die Gastgeber aufs Übelste beleidigt hatte, er hatte sogar Gewalt angewendet. Er hatte Menschen geschlagen, so fest, dass sie verletzt und zeitweise ohne Bewusstsein gewesen waren.

Er hat dich vor Schaden bewahrt! Warum bist du so undankbar? Wer weiß, was passiert wäre, wenn er nichts gemacht hätte? Dass du nichts gemacht hast, war ja klar. Du hast die SMS auf Andis Handy auch gesehen, in der vor Ares gewarnt wurde! Und dein Mann hat etwas gemacht. Du machst nie etwas.

Sie kannte diese Stimme, diesen Teil in sich. Sie kannte diesen Teil so lange, er war wie eine alte Freundin, schon aus den ersten Schuljahren. Sie hatte sich diese

Freundin nicht ausgesucht, hatte auch ein paarmal versucht, sie loszuwerden, aber es hatte nie funktioniert. Irgendwann kam diese Stimme immer wieder, erniedrigte sie und sagte ihr, dass sie sich nur mehr anstrengen müsse, um gut behandelt zu werden.

Kathrin setzte sich auf einen Stuhl, ihre Beine wollten sie nicht mehr tragen.

Warum tragt ihr mich nicht? Ich gehe jeden Tag joggen, und jetzt habt ihr keinen Strom mehr? Wie kann das sein?

Emma sollte nicht merken, wie erschöpft sie war, daher lächelte sie sie an und stand aus Protest gegen sich selbst wieder auf. Ihre Beine wackelten etwas, aber sie stand und ging ein paar Schritte auf ihre Tochter zu.

Sie soll merken, dass ich für sie da bin.

Während sie auf Emma zuging, blickte sie kurz aus dem Fenster, direkt auf Alfreds Wohnung. Der Schneefall hatte nachgelassen, und das Licht vor Alfreds Wohnung war an, sodass sie sehr gut erkennen konnte, dass jemand im Schutthaufen neben Alfreds Wohnung auf allen vieren im Schnee herumkroch. Und dass sie diesen Jemand kannte. Dieser Jemand hatte sich gerade erst zur Toilette verabschiedet.

Nein. Was macht er denn da unten? Muss ich das melden? Hätte ich es doch einfach nur nicht gesehen. Dann müsste ich jetzt diese Entscheidung nicht treffen. Aber was, wenn er doch der Mörder ist? Wir haben doch die SMS gesehen! In Andis Handy. Eine Carola hat Andi ausdrücklich vor Ares gewarnt. Und jetzt schleicht sich dieser Ares heimlich weg und ist bei Alfreds Wohnung.

Was passiert, wenn ich jetzt was sage? Ulf stürmt raus, holt ihn sich. Emma wird weinen, sie scheint diesen Ares zu mö-

gen. Ich kann nicht. Ich kann nicht. Es tut mir leid. Ich bin eine schlechte Mutter, eine schlechte Ehefrau, aber ich kann nicht mehr.

Ich schaue einfach geradeaus.

Sie hatte keine Kraft mehr, der Strom war endgültig weg.

Ich habe nichts gesehen. Ich weiß nichts, habe nichts gesehen, niemand war da.

Emma hatte ihr Lied beendet, die Anwesenden lächelten und klatschten. Das erste Lächeln seit vielen Stunden.

Emma rannte auf ihre Mutter zu, und diese nahm sie fest in die Arme.

Vielen Dank, mein Schatz. Du gibst mir so viel, und du weißt es nicht mal.

Der Strom floss wieder.

Sie würde ihn gleich brauchen. Genau wie ihre Beine.

41

ARES

Er hatte gefunden, was er gesucht hatte, hatte die Gedanken zu Ende gedacht, Situationen bewertet, die Verhaltensmuster und Wahrscheinlichkeiten einkalkuliert. Jetzt stand er vor der Wohnzimmertür. Sein Auge schwoll immer mehr zu, Schnee und Wasser standen in seinen Schuhen, seine Hose und sein Mantel waren dreckig.

Jetzt gilt es also. Der letzte Vorhang wird gehoben, die Bühne ist bereitet. Alle Zuschauer sind da. Mal schauen, ob es Applaus geben wird oder ob sie mich mit Eiern bewerfen. Wie sagen die Regisseure im Theater: alle auf Position! Bühne dunkel! Vorhang, Licht!

Sein Outfit würde Fragen aufwerfen, aber er hatte sich etwas dabei gedacht. In einer Hand hatte er einen grauen Schuhkarton, etwas durchgeweicht, eine Ecke schien schwer und nass zu sein. Die andere Hand hatte er in seine Manteltasche gesteckt. So betrat er das Wohnzimmer, wirkte wie der Mann aus dem Wald, gekommen, um kleine Kinder zu erschrecken. Groß und schwer trat er vor den Kamin. Er fror, wollte sich etwas aufwärmen.

»Du warst gar nicht pissen.«

Ulf ist wohl ein Blitzmerker.

Emma bemerkte die Stimmung und versteckte sich sofort hinter dem Sessel, den Zauberstab fest umklammernd.

Den Blick aus dem Fenster gerichtet, antwortete Ares: »Ja, das stimmt. Ich war zu beschäftigt damit, die Morde aufzuklären.«

Da war es. Alle Blicke lagen auf ihm. Der Vorhang war oben.

Showtime.

»Wir brauchen hier niemanden, der mit kruden Theorien von sich selbst ablenken will! Ich weiß, dass du irgendwie mit drinhängst. Ich habe eine SMS von Andis Handy, in der ihm eine gewisse Carola schreibt, wie gefährlich du bist. Erkläre das mal!« Ulf kam bedrohlich auf ihn zu, die gesellschaftlichen Regeln für Umgang und Zusammenleben waren aufgehoben. Es galt nur noch das Recht des Stärkeren. Und Ulf war stärker.

Jetzt brauche ich die Gruppe, sonst eskaliert mir das hier viel zu schnell.

»Ich will hören, was er zu sagen hat.« Andi war der Erste.

Unerwartet, aber gut.

Dann nickte Hannelore. »Ich auch.«

Agatha hatte ihre Hand von Felix' Stirn weggezogen, war aufgestanden und unterstützte ihn. »Ares ist der klügste Mensch, den ich kenne, und ich kenne ihn sehr gut und sehr lange. Wenn er sagt, dass er die Morde aufklären kann, dann kann er das auch.«

Ulf zeigte sich zuerst unbeeindruckt, blieb dann aber doch stehen, wirkte leicht verunsichert.

Ares spürte die Wärme des Feuers im Rücken, alles kribbelte. So langsam bekam er wieder ein Gefühl in den Beinen. Vorsichtig stellte er den Schuhkarton neben sich in das Regal vor dem Schachspiel ab und hob die Hände. »Dann fangen wir doch mal an. Wo starten wir? Mit dem Motiv? Nein? Mit den Verdächtigen. Gut. Gehen wir uns doch der Reihe nach durch. Mit wem beginnen wir? Mit Felix?«

Felix richtete sich in seinem Sessel auf. Seine Augen waren blutunterlaufen, auf seiner Stirn wuchs eine hässliche Beule, überall waren Striemen und kleine Wunden zu sehen. Seine Stimme klang kratzig. »Natürlich. Das wird also die Geschichte? Der Mann bringt seine Ehefrau um? Veranstaltet dafür eine Party? Warum habe ich es gemacht, hm? WARUM? Wollte ich ihr Geld? Erbschleicherei oder wie das heißt? Geldgier als Motiv ist doch super, oder? Fall gelöst, oder wie sagt man da?«

Ares schüttelte leicht den Kopf. »Nein, du warst es nicht, du bist unschuldig. Du hast sie wirklich geliebt. Das sehe ich. Niemand, der wirklich liebt, könnte nur für Geld seine Frau umbringen. Ich fühle deinen Verlust.«

Eine Träne rann über Felix' Wange, stumm schaute er Ares an.

»Nur noch eine Sache. Ihr Tagebuch. Der Text, diese eine Zeile, die dich so verfolgt. Ich habe mich wieder erinnert, wo ich die Zeile schon mal gehört habe. Es ist ein Liedtext.«

»Ein was?« Felix klang fassungslos.

»Ein Liedtext. Einfach ein Lied. Wanda hatte einen ähnlichen Musikgeschmack, also nun ja, einen auffälligen Musikgeschmack. Sie hat sich offenbar einzelne Zeilen aus Liedern herausgeschrieben, die sie gut fand oder die etwas in ihr berührt haben. Das stammt von einem Lied der Band Feuerschwanz. Und diese beziehen sich auf die Bücher von H. P. Lovecraft rund um den Cthulhu-Mythos. Sehr spannend, aber leider nur eine Fiktion. Nur ein Lied.« Ares seufzte, rückte noch etwas näher an den Kamin. »Sie wird leider nicht mehr wiederkommen, hat ihren Tod auch nicht kommen sehen. Sie ist einfach tot.«

Felix zögerte kurz, nickte dann, bevor er anfing zu weinen.

»Kommen wir zu euch anderen. Was denkt ihr denn, wer es war? Kathrin, Ulf, was sagt das Ehepaar im Raum? Was ist heute Abend hier passiert?«

Ulf antwortete, ohne zu zögern. »Dein Detektivspiel kann ich auch spielen. Wenn du es nicht warst oder zumindest mitgeholfen hast, was noch nicht sicher ist, war es dieser Andi. Er wollte sich an uns und insbesondere Alfred rächen. Er war bei ihm, bevor er bei uns geklingelt hat. Dort hat er ihn umgebracht und wollte wahrscheinlich auch uns umbringen, bevor ich ihn niedergeschlagen habe.«

»Ich werde meine Rache bekommen. Du wirst schon sehen. Und ich habe niemanden umgebracht! Den Gärtner nicht und diese Gothic-Tussi auch nicht!« Andi reagierte sofort auf die Anschuldigungen, zerrte an dem Tape, das ihn hielt.

Andi kommt langsam wieder zu Kräften. Oder ist es das letzte Aufbäumen vor dem Zusammenbruch? Schwer zu sagen.

Ares räusperte sich, um die Spannung und den Blickkontakt zwischen den beiden Alphatierchen Ulf und Andi zu unterbrechen. »Auch das stimmt. Andi hat keinen umgebracht. Ja, er hegt beziehungsweise hegte einen Groll gegen euch«, er zeigte mit dem Finger auf Kathrin und Ulf, »und auch gegen Alfred. Aber das Gesamtbild passt nicht. Alfred umbringen und dann unbewaffnet einfach klingeln? In dem Wissen, dass mehrere Menschen hier sind und ihn überwältigen können? Niemand stellt sich nach einem Mord in einem Schneesturm als Hauptverdächtiger einer Gruppe. Außer, ja, außer er will angeben. Und das tat er nicht. Auch war er während des Mordes an Wanda gefesselt an die Heizung, und die beiden Morde hängen unmittelbar zusammen. Andi war es nicht. Seine neue Freundin Hannelore hatte ich allerdings lange in Verdacht.«

Hannelore zuckte zusammen. »Miiichhh?« Ihre Stimme erreichte eine ungeahnte Höhe.

Ob sie damit wohl ein Glas zerspringen lassen kann?

»Aber warum denn mich?« Sie war aufgestanden, schaute ihn mit einer Mischung aus Überraschung und Erbostheit ein. »Warum geht es hier den ganzen Abend schon nur gegen mich? Felix, jetzt sag doch auch mal was!«

Ares überlegte kurz. »Es war sehr deutlich, dass du für Alfred nicht viel übrighast. Auch warst du mit deinem Sohn unzufrieden. Ich nehme an, du gibst ihm die Schuld, dass er nicht der Sohn ist, den du gerne hättest. Und ich nehme weiter an, dass du seiner merkwürdigen«, Ares setzte das Wort mit seinen Fingern in Anführungszeichen, »Frau die Schuld gibst, warum du noch kein Enkelkind hast. Lass dir eine Sache gesagt sein.« Seine Stimme hatte einen harten, fast metallischen Klang angenommen. »Du hast sie nicht umgebracht, aber auch nicht um sie getrauert. Wo ist dein Gefühl, was macht dich überhaupt zum Menschen? Du bist eine Rassistin und obendrein noch eine schlechte Mutter. Aber leider kannte Alfred seinen Mörder und hat ihm auch vertraut, er hat sich nicht gewehrt. Damit scheidest du aus. Auch ist ein schlechter Mensch zu sein ein sehr dünnes Motiv.«

Während Ares geredet hatte, war Hannelore immer weiter an der Wand entlang nach unten gerutscht, blieb, den Kopf gesenkt, sitzen. Sie würdigte ihren Sohn keines Blickes.

Ares blickte sich in der Runde um, keiner sagte etwas. Die Stille war erwartungsvoll, nur durchbrochen von dem nun leiseren Heulen des Windes und dem Knistern der Flammen in seinem Rücken. Sie beleuchteten ihn von hinten, ließen ihn größer und breiter wirken, als er wirklich war. Ein Engel der Gerechtigkeit, geschmiedet in Flammen und Eis.

»Jetzt haben wir natürlich ein Problem. Alle anderen hier im Raum haben ein Alibi, zumindest für den Mord an Alfred. Wir alle haben während des Mordes in Zweierteams Emma gesucht.« Er zwinkerte dem Mädchen zu. »Wanda und ich waren zusammen unterwegs, saßen vor der Kellertür, dorthin kamen Felix und Aga vom Speicher aus. Kathrin und ihr Mann waren im ersten Stock zusammen auf der Suche. Alfred und Hannelore haben sich direkt nach dem Aufbruch getrennt, danach wurde Alfred ermordet. Alle haben ein Alibi. Möchte hier jemand etwas hinzufügen? Vielleicht, dass jemand eine kurze Zeit nicht bei seinem Partner war? Dass doch jemand kurze Zeit allein unterwegs war?« Ares blickte der Reihe nach alle an. Felix, Agatha, Kathrin, Ulf. Alle schüttelten den Kopf, auch wenn er das Gefühl hatte, dass Felix in seiner Trauer die Frage nicht verstanden hatte und Kathrin leicht zögerte.

Auf dich wird es ankommen, Kathrin. Von dir wird gleich alles abhängen.

»Das dachte ich mir. Damit seht ihr das Problem, welches ich habe. Alle haben ein Alibi.«

Felix hatte sich wieder etwas gefangen und wandte ein: »Ich hatte das Gefühl, oben auf dem Speicher einen Schatten gesehen zu haben oder irgendwie so was. Also was Dunkles in der Ecke. Vielleicht war das ein Unbekannter, jemand ganz anders?«

»Ah.« Ares nickte. »Die Theorie des unbekannten Fremden. Der bin ich auch nachgegangen. Deine Idee war, dass jemand von der großen Fichte vor dem Bad hochgeklettert ist und sich zwischenzeitlich im Haus versteckt hat. Durch die Haustür kann er nicht gekommen sein, das hätten wir gesehen. Vielleicht durchs Badezimmer und auf dem Speicher versteckt? Danach Wanda umgebracht hat und schließlich verschwunden ist? Vorher vielleicht auch noch Alfred umgebracht hat? Das Fenster im Bad schließt nicht gut, die Idee ist naheliegend. Der mysteriöse Fremde. Die Polizei soll einfach die Gegend absuchen, Fall geklärt, Happy End, wir sollten uns alle an den Händen fassen.«

Felix nickte.

»Diese Lösung ist es leider auch nicht. Alle Zweige und Äste auf der Fichte vor dem Badfenster waren gleichbleibend dick mit Schnee bedeckt. Auf diesem Weg ist niemand rein- oder rausgekommen. Auch waren die Türen immer von innen abgeschlossen, während wir uns drinnen aufgehalten haben. Es gab keine Spuren eines Einbruchs, Spuren von schmelzendem Schnee im Inneren, kein Hinweis am Telefon von der Polizei, dass sich ein Mörder hier herumtreibt. Und etwas von einem freilaufenden Irren hätte uns die Polizei gesagt. Nein, nein«, er schüttelte den Kopf, »ich fürchte, wir müssen den Täter in unserer Mitte suchen.«

»Was ist mit dir?« Ulf hatte sich an den Türrahmen gelehnt.

Er blockiert einen möglichen Fluchtweg für mich.

»Warum bist du es nicht? Ich habe diese SMS gelesen und habe mit eigenen Ohren gehört, wie du zu meiner Tochter gesagt hast, dass du Schuld am Tod eines Mädchens hast.«

Ares seufzte. »Wir nähern uns dem Kern dieses Abends. Meinem Kern und deinem. Sie ähneln sich, Ulf. Wir beide haben unsere Geschichte in der Vergangenheit, die uns geprägt hat und unser Verhalten bis heute definiert. Aber nur einen von uns beiden hat seine Geschichte zu einem Mörder gemacht.«

Die Stille war zum Zerreißen gespannt, Ares konnte spüren, wie Kathrin und Agatha den Atem anhielten. Emma versteckte sich hinter dem Sessel, war nicht mehr zu sehen.

»Aber fangen wir gerne mit mir an. Ich habe viele Fehler in meinem Leben gemacht. Einer führte zum Tod eines unschuldigen Mädchens, das ist korrekt. Ich habe ein fatales Gutachten als Therapeut geschrieben. Ich glaubte an das Gute im Menschen, an zweite Chancen, an Vergebung und Wiedergutmachung. In diesem Gefühl schrieb ich ein viel zu positives Gutachten, und ein Häftling wurde viel zu früh entlassen und ermordete ein Mädchen. Es verfolgt mich bis heute. Es ist unverzeihlich, ich wache nachts mit Albträumen und Fieberängsten auf, laufe dann durch die Wohnung und versuche mit meinem alten Ich zu sprechen, um die Vergangenheit zu ändern. Meine Vergangenheit quält mich. Aber sie machte mich nicht zu einem Mörder. Ich sehe eine Teilschuld bei mir, so wie auch die Eltern des Mädchens, die Presse und manche bei der Polizei. Ich nehme an, dass auch aus diesem Umfeld besagte SMS auf Andis Handy gelandet ist. Aber noch mal: Meine Vergangenheit hat mich nicht zu einem Mörder gemacht.« Ares blickte Ulf jetzt zum ersten Mal direkt an. »Im Gegensatz zu dir.«

Stille.

»Deine Vergangenheit hat dich so sehr unter Druck gesetzt, dass du heute zum Mörder geworden bist.« Ares atmete tief ein. »Um das Motiv zu verstehen, warum Alfred, der dir so viele Jahre treu und loyal ergeben war, heute durch deine Hand sterben musste, müssen wir die Uhren zurückdrehen. Zurück zu deiner ersten Tochter. Zurück zu Vanessa.«

Er hörte Kathrin erschrocken einatmen und die Hand vor den Mund schlagen.

Aus Ulfs Kehle drang ein Grollen. »Wie kannst du es wagen, ihren Namen auch nur in den Mund zu nehmen?«, flüsterte er.

»Du hast das Gespräch zwischen Emma und mir belauscht, wie du selbst zugegeben hast. Ich erzählte von meiner Schuld. Und dann hat Emma erzählt, dass sie ihre Schwester draußen, bei Alfreds Wohnung, gefunden hat.«

Kathrin stöhnte auf.

»Du musstest das Gespräch unterbrechen, dir Zeit verschaffen, um selbst danach zu suchen. Deswegen die extreme und übertriebene Gewalt gegen mich.« Ares betastete leicht sein Auge. »Aber wie immer übersiehst du die kleinen Dinge im Leben. Sie werden dir das Genick brechen. Alfred, der sterbende Alfred, hat mich auf die richtige Spur gebracht. Er hatte sich *VAN* in die Hand geritzt, das war seine letzte Tat vor seinem Tod. Zuerst war ich auf der falschen Spur, bin Andi und seinem Van, seinem Auto, gefolgt, aber dann dämmerte es mir. Alfred wusste etwas über Vanessa, das war das Zentrum. Die Vergangenheit war im Heute angekommen, ich musste all mein Denken, all meine Energie auf sie konzentrieren. So haben mich Alfred und Emma, die beiden unschuldigsten Wesen des Abends, auf die richtige Fährte geführt. Emma hat euch lange genug abgelenkt, damit ich selbst draußen suchen konnte. Etwas, das Alfred wusste und weswegen er sterben musste. Eine Wahrheit, so grausam, dass du heute zum Mörder wurdest.«

»Was sagt er da, Ulf? Was ist passiert?« Kathrins Stimme klang schrill, ihr Blick wanderte zwischen Emma hinter ihrem Sessel, Ulf und Ares hin und her.

Noch etwas durchhalten, Kathrin. Bitte. Du bist stark, ich weiß das. Ich würde es dir gerne schonender beibringen, aber Ulf wird mich nur noch ein paar Sekunden weiterreden lassen.

Ares sprach schneller. »Was passiert war?« Er warf die Zeitungsartikel aus seiner Hosentasche auf den Tisch. »Vanessa wurde niemals entführt. Es tut mir leid, das sagen zu müssen: Sie ist gestorben. Sie war schon tot, als die

Polizei noch nach einem Entführer suchte. Sie ist gestorben, und Ulf wusste es. Ich weiß nicht, ob es ein Unfall war, was ich vermute, oder ob er wirklich seine Tochter umgebracht hat, aber sie war tot, und er wusste es. Nicht nur, dass er es wusste, er verschleierte es und belog die ganze Welt. Und, das ist das Schlimmste, nicht nur die ganze Welt. Er belog und belügt auch seine Ehefrau.«

»UUULLLF?!« Kathrin war nur noch einen kleinen Schritt von einer ausgewachsenen Panikattacke entfernt.

Ulf ballte die Fäuste und ging langsam auf Ares zu. »Das reicht jetzt, du Hundesohn. Diesmal schlage ich richtig zu.«

Die letzte Karte.

»Du hast es selbst verschleiert. Erinnerst du dich, Kathrin, wie du sagtest, dass er direkt nach der angeblichen Entführung das Wohnzimmer renovierte? Und diese dicke Zwischenwand eigenhändig einzog, ohne dass ihm jemand helfen durfte? Dort hat er Vanessa eingemauert, auf dass sie niemals gefunden werde. Polizeihunde riechen nicht durch frischen Beton, er musste sie einmauern. Laut Polizei gab es auch Ermittlungen gegen euch beide, er konnte es nicht riskieren, ihre Leiche im Auto wegzuschaffen oder sie im Wald zu verstecken. Auch war das ganze Grundstück von Gaffern und Helfern belagert, er musste ihren Leichnam im Haus verstecken. Daher hat er sie hier eingemauert. Sie war die ganze Zeit bei euch, und er wusste es. Was er nicht wusste, war, dass er irgendwann das Haus nicht mehr würde halten können.«

Ares nahm den Schuhkarton in die Hand und wich langsam zurück, während er weiterredete. »Er wusste nicht, dass die Käufer des Hauses nichts Besseres zu tun hatten, als diese Zwischenwand einzureißen. Natürlich war der Körper durch den Beton größtenteils zersetzt, aber Alfred erkannte an den Überresten und insbesondere am Kuscheltier im Schutt, dass es Vanessa war, dass es Vanessa sein musste. Sogar der Artikel erwähnt explizit das besondere Kuscheltier mit dem Produktionsfehler am Auge. Alfred wusste es, erkannte es. Deswegen hatte er heute auch eine Waffe dabei. In seiner Wohnung haben wir eine Waffe gefunden. Er kannte dich, Ulf, er wusste, wozu du in der Lage wärst, um dieses Geheimnis zu schützen. Aber die Waffe hat ihm nichts genutzt. Du hast ihn umgebracht. Warum hast du dann auch noch Wanda umgebracht? Hatte Alfred sich ihr anvertraut? Hat sie dich von ihrem Fenster aus beobachtet? Ich vermute, sie hat auch etwas gewusst, und musste deswegen sterben. Sie hatte den Krebs überlebt, nur um dann etwas zu wissen, das sie nicht hätte wissen sollen.«

Agatha zu seiner Linken atmete scharf ein, hielt sich die Hand vor den Mund.

»Eine schöne Geschichte, Detektiv«, Ulfs Stimme war nur noch ein Grollen. »Aber nur eine Geschichte. Wie gesagt, ich hatte ein Alibi für die Zeit. Meine Frau war bei mir.«

Ares schaute jetzt Kathrin an, stellte den Schuhkarton auf den Tisch. »Bleibt das Alibi auch noch bestehen, wenn du deine Tochter siehst?« Dann öffnete er den Karton.

Im Schuhkarton lagen, neben etwas Schutt und Betonresten, ein bleicher, kleiner menschlicher Schädel, ein paar Knochen, nasse Stofffetzen von einem grünen Kleidchen und ein nasser, tropfender Plüschaffenkopf voller Betonreste. Ein Knopfauge wies einen Produktionsfehler auf.

Ares blickte zu Kathrin, Kathrin blickte auf ihr totes Kind, und die Welt blieb stehen.

42

ARES

Irgendetwas passierte. Sie schaute den Schädel ihres toten Kindes an, ihr Gesicht wurde erst rot, dann weiß. Ein tiefes Brummen schien aus ihrer Kehle zu kommen, als sie ihren Mund öffnete. »Ich möchte etwas sagen.«

»Nein, du hältst jetzt das Maul! Wir klären das zwischen uns. Nicht mit diesen Arschlöchern hier!« Ulfs Stimme hatte das Talent, auch schreiend noch tief zu bleiben, er klang wie ein wütender Bär.

Ein gewaltbereiter, wütender Bär.

Die Luft war zum Schneiden dick, langsam ballte Kathrin ihre Faust, ein Zittern lief über ihren Körper, ihre Brust hob und senkte sich schneller und schneller.

Und hier kommt die Entscheidung. Sie muss sich entscheiden zwischen ihrem Mann und ihrer toten Tochter. Bitte triff die richtige Entscheidung.

»Mein Mann war während der Suche nach Emma nicht die ganze Zeit bei mir.«

Ja!

»Während wir bei der Suche waren, rief sein Arbeitskollege an. Ulf wollte drangehen, aber dann brach die Verbindung ab und war nicht wiederherzustellen.« Sie sah Ulf jetzt in die Augen, ihr Körper zitterte. Ares hielt den Atem an.

»Danach meinte er, er hätte noch was zu erledigen, und wenn mich jemand fragt, sollte ich sagen, wir waren die ganze Zeit zusammen. Ich weiß nicht, wo er in diesen Minuten war.« Ihre kleine Faust ballte sich. »Doch, ich weiß, wo er war.«

»HALT DEIN MAUL.« Speichel lief aus Ulfs geöffnetem Mund, seine Augen waren weit aufgerissen, er schaute fassungslos seine Frau an. Seine Frau, die er immer kontrolliert hatte, wandte sich gerade gegen ihn.

»Er war bei Alfred. Um ihn umzubringen. Wie du«, sie blickte Ares an, »es gesagt hast.« Sie zeigte auf ihren Mann, ihr Zeigefinger zitterte. »DU hast ihn umgebracht. Nicht Ares ist hier der Mörder oder Andi oder irgendein Fremder. Du bist es!«

»NEIINN.« Mit einem Wutgeheul stürmte Ulf nach vorne. Es war nicht klar, ob er Ares angreifen würde oder seine Frau, aber es spielte auch keine Rolle.

KATHRIN

Jeden Tag war Kathrin joggen gewesen, egal, ob es regnete oder schneite, egal, ob sie erkältet war, keine Lust hatte oder am Abend vorher feiern gewesen war. Jeden Tag war sie joggen gewesen, ihre Strecke. Sieben Kilometer lang, durch den Wald, über den Hügel, dann querbeet und durch das Dorf wieder zurück. Sie war trainiert, ihre Beine waren trainiert und muskulös.

Mein Leben lang dachte ich, ich trainiere für etwas Bestimmtes. Ich wusste nie, für was. Jetzt weiß ich es.

Sie drehte ihren Oberkörper leicht, während Ulf angestürmt kam, spannte den Oberschenkel an, holte aus und trat ihm in einer kraftvollen, fließenden Bewegung mit aller Kraft, die sie hatte, zwischen die Beine.

Mit einem leisen »Uff« fiel Ulf nach vorne, hielt sich beide Hände vor sein empfindlichstes Körperteil.

Wow. Das war ein Volltreffer.

Hannelore stand mit der Hand vor dem Mund und weit aufgerissenen Augen da, selbst Andi war sprachlos. Agatha war die Erste, die sich wieder fasste und die passenden Worte fand. »Du spielst Horn im Orchester, hattest du gesagt? Also, dieses Horn wird sehr lange nicht mehr geblasen.«

Oh Gott. Ein zweideutiger Witz? Jetzt? Hat sie das gerade wirklich gesagt? Lacht gerade, Moment, lachen gerade alle? Lache ich gerade?

Zuerst fing Agatha an zu lachen, dann stimmten Kathrin und Hannelore ein, sogar Andis Bass-Lachen fiel mit ein. Es hatte etwas Befreiendes. Kathrin lachte so laut, dass sie sich den Bauch halten musste und nach Luft schnappte, während sich Ulf stöhnend am Boden wand. Er versuchte, sich langsam wieder aufzurichten.

»Weißt du, warum deine Frau so lacht, Ulf?«

Ulf blickte Ares hasserfüllt an.

»Weil sie traurig ist. Sie ist bis zum Grunde ihrer Seele traurig über das, was du ihr angetan hast. Und weil die Trauer so tief ist, lacht sie. Das ist das Einzige, was noch möglich ist.«

Er hat so recht.

ARES

Ulf versuchte stöhnend – eine Hand am Boden, eine um seinen geprellten Intimbereich –, auf Ares zuzurobben. »Ich mach dich alle, Arschloch. Dafür wirst du bezahlen.«

Mal schauen, mein Freund.

Mit aller Seelenruhe zog Ares die alte Pistole von Alfred aus seiner Manteltasche. Dafür hatte er seinen weiten Mantel angelassen, um die Ausbeulung durch die Waffe zu verstecken.

»Ich glaube, Alfred hätte gewollt, dass ich sie genau dafür benutze.« Er zielte auf Ulf. »Noch einen Schritt näher, und ich werde dich erschießen.«

Ulf bewegte sich nicht mehr.

Ohne den Blick von Ulf abzuwenden, die Hand ganz ruhig, sagte Ares in die Runde: »Ich denke, wir haben den Mörder von Alfred und Wanda. Andi ist unschuldig. Ulf war es. Alfred hat er umgebracht, um zu verschleiern, dass dieser über Vanessas Ableben auspackte. Und Wanda wusste etwas, das ihn direkt als Verdächtigen für den Mord an Alfred deklariert hätte.«

Er atmete tief durch, seine Hand zitterte jetzt etwas.

»Es hat mit Vanessa angefangen, die erste Lüge, das erste Verbrechen. Danach musste eins nach dem anderen geschehen, um das Vorherige zu verstecken. Und all das führt«, er blickte auf die Überreste von Vanessa, »zu einem kleinen unschuldigen Kind. Emma hat mich auf die Spur gebracht. Ich nehme an, sie hat den Affen mit dem kaputten Auge draußen gesehen. Wahrscheinlich hat sie zu Hause mal aufgeschnappt, wie sich jemand darüber unterhalten hat. Ich vermute, dass es Bilder von Vanessa mit diesem speziellen Affen in eurem Haus gibt. Da hat sie eins und eins zusammengezählt, als sie draußen den Affen im Schnee sah. Sie ist ein unfassbar kluges Kind. Ein Kind, das etwas gesehen hat, was kein Kind sehen sollte.«

Kathrin lachte nicht mehr. Niemand lachte mehr.

Da war sie, die Trauer. Nahm den Raum ein, den sie kurzfristig an das Lachen vergeben hatte. Über Kathrins Wangen liefen Tränen, während ihr Wesen nur noch bei ihrer verstorbenen Tochter war. Ihr Mann war unwichtig geworden. Sie hatte sich in dieser Sekunde von ihm getrennt. Er wusste es noch nicht, aber er hatte sie für immer verloren.

Hannelore fing an, Andi loszubinden.

Wer kümmert sich eigentlich um Felix? Scheinbar überträgt sich das Muster. Seine Mutter sieht ihn nicht, will ihn nicht sehen. Und wir beachten ihn auch nicht.

Ulf stöhnte, und Ares richtete die Waffe, die er etwas hatte sinken lassen, wieder genau auf Ulf. Aber er schien gebrochen, die Aggressivität war weg. Er hob den Kopf etwas, sodass er in den Schuhkarton sehen konnte, und blickte dann auf das, was von seiner Tochter geblieben war.

Nach all den Jahren, in denen er buchstäblich neben ihr gewohnt hat, kann er endlich hinsehen. Wahrscheinlich zum ersten Mal. Sie war die ganze Zeit da, eingemauert, in seinem Leben. Er hat es weggedrückt. Jetzt schaut er hin, jetzt erkennt er seine Tochter. Die Mauer ist weg, bildlich und übertragen. Und jetzt wird die Trauer kommen.

Die Trauer kam mit einem Hammerschlag. Er fing an zu schluchzen, ein tiefes, aus der Tiefe seiner Seele kommendes Aufschluchzen, fast wie ein Schrei. Und während die Eltern in einer merkwürdigen Gemeinsamkeit ihre tote Tochter betrachteten und jeder auf seine Art trauerte, hatte sich Andi aufgerichtet, ein Stück der zerbrochenen Tischplatte aufgehoben und war hinter Ulf getreten.

»Ich habe dir gesagt, das wirst du mir büßen.«

Ulf hatte sich auf alle viere aufgerichtet, drehte den Kopf wie in Zeitlupe, konnte aber nicht mehr ausweichen. Das Brett traf ihn an der Schläfe, seine Arme gaben nach. Dass sein Kopf auf dem Boden aufkam, spürte er schon nicht mehr.

Oh, das tat sicher weh. Aber du musst durchhalten. Kathrin muss erfahren, was genau mit Vanessa passiert ist, damit sie Frieden finden kann. Damit beide Frieden finden können. Dazu brauchen wir dich, Ulf. Ich hoffe, Andi hat ihn nicht gerade umgebracht.

43

ULF

Langsam erwachte Ulf, versuchte, sich seinen schmerzenden Hinterkopf zu reiben, und musste dann feststellen, dass es nicht möglich war. Noch einmal versuchte er, seine Hand zu bewegen, aber wieder reagierte sein Körper nicht.

Bin ich gelähmt?

Er öffnete langsam seine Augen, das Licht schmerzte, seine Augen tränten, so dauerte es, bis er sich orientieren konnte.

Er war nicht gelähmt. Er hatte Andis Platz eingenommen und war mit Panzertape fest an die Heizung gefesselt worden. Kathrin und Ares hatten zwei Stühle vor ihn gestellt, saßen darauf, schauten ihn an und warteten.

Wie lange war ich weg?

Ansonsten war niemand zu sehen.

»Wo ist meine Tochter?« Seine Stimme klang krächzend und verzerrt, sein linkes Auge ging nicht ganz auf, getrocknetes Blut verklebte die Wimpern. Dennoch konnte er die steile Falte auf der Stirn seiner Frau sehen.

»Welche meinst du? Die, die mit uns hergekommen ist? Oder die, die du umgebracht hast?« Er hatte noch nie eine solche Kälte in ihrer Stimme gehört.

Natürlich hat sie recht.

Sie sah ihn an mit einem Blick, den er noch nie zuvor gesehen hatte. Wir erkennen uns selbst in den Augen derjenigen, die wir lieben. Ulf erkannte sich in diesem Moment, wie er sich noch nie gesehen hatte. All der Schmerz, all der Druck, all die Gewalt, die er immer nach außen transportierte, fielen mit diesem einen Blick auf ihn zurück.

Langsam rollte eine Träne aus seinem Augenwinkel, über die Wange, klebte kurz am Kieferknochen, bevor sie sich in Zeitlupe löste und zu Boden fiel.

Überrascht blinzelte er. Er hatte seit vielen Jahren nicht mehr geweint.

Bis jetzt.

»Es wird Zeit für die ganze Wahrheit.« Ares' Stimme war tief und brüchig. »Emma ist bei Agatha, zusammen flicken sie Felix wieder zusammen. Keine Ahnung, wo Hannelore und Andi sind, ist auch nicht wichtig. Emma ist sicher, und ihr geht's gut. Was man von Vanessa«, er zeigte auf den Schuhkarton, der glücklicherweise so stand, dass man den Inhalt nicht sehen konnte, »nicht behaupten kann. Was ist passiert? Und diesmal die Wahrheit.«

Es lag keine Drohung in seiner Stimme, auch die Waffe war nicht zu sehen. Das brauchte es auch nicht. Ulf schloss die Augen und schwieg. Es dauerte etwas, bevor er anfing zu reden.

»Es war ein normaler Dienstag. Ein ganz normaler Dienstag. Nichts war besonders. Ich hatte Stress auf der Arbeit, wie jede Woche. Meritz und Jürgens hatten mit dem Projekt Führungskräfteentwicklung 3.0 vorgelegt, ich musste nachziehen und meine Projektanalyse für die neue Managementkultur fertig machen, war zwei Wochen hinter dem Zeitplan. Du warst mit deiner Schwester für zwei Tage bei deiner Tante, um das Haus nach ihrem Tod auszuräumen. Ich passte auf Vanessa auf, arbeitete, passte auf, telefonierte, passte auf, arbeitete und passte nicht mehr auf. Leider weiß ich nicht genau, was passiert ist. Ich hatte gerade ein langes Telefonat beendet, als ich aus dem Fenster schaute und etwas sah, das mich seitdem verfolgt.«

Er schluckte, setzte an, setzte wieder an. Ares und Kathrin sagten nichts, beide saßen auf ihren Stühlen und warteten. Die Stille dehnte sich aus, dann sprach Ulf leise, sehr leise, weiter.

»Ich sah unser Kind, UNSER KIND, fallen. Sie fiel am Fenster vorbei. Obwohl alle Fenster geschlossen waren, HÖRTE ich sie unten aufkommen. Oder glaubte es zumindest. Ich höre es bis heute. Das dumpfe Knacken, als sie unten aufkam. Ich war wie gelähmt, dachte, dass ich halluziniere. Was war gerade passiert? War das wirklich Vanessa gewesen?« Er redete schneller und schneller. »Das durfte nicht sein, das konnte nicht sein. Unser Kind! Gefallen? Warum? Wie? Endlich konnte ich mich lösen und bin rausgerannt. Da lag sie, auf dem Rücken. Es hatte angefangen zu schneien, wahrscheinlich wollte sie von unserem Schlafzimmerbalkon aus Schneeflocken fangen und hat das Gleichgewicht verloren.«

Wieder kehrte Stille ein. Niemand sagte ein Wort. »Ich habe nicht aufgepasst, es war meine Schuld. Zu viel gearbeitet. Ich war zu viel Arbeiter, zu wenig Vater. Aber diese Strafe war zu hart, zu grausam für einen Fehler. Sie ... sie ... sie hat noch geatmet, als ich bei dir ankam, hat mich angesehen. Sie hat sogar gelächelt. Kannst du dir das vorstellen?« Er blickte zu seiner Frau. »Was für ein Engel. Sie liegt im Sterben, hat wahrscheinlich unfassbare Schmerzen und schafft es, mich anzulächeln. Kurz. Kurz hat sie noch gelächelt. Danach hat sie nicht mehr geatmet, nur ihren Affen, den mit dem kaputten Auge, hielt sie auch im Tod noch fest. Ich hoffe, dass er ihr die Angst genommen hat. Bei Gott, ich hoffe es so sehr, dass sie an einem besseren Ort ist.«

Ares blickte zu Kathrin rüber. Auch sie weinte, blieb aber steif sitzen und hörte zu.

»Ich wollte den Krankenwagen und die Polizei rufen, ich hatte sogar die Nummer schon gewählt! Aber dann ...«

Ulf schaffte es nicht mehr, seine Frau anzublicken. »Dann habe ich nachgedacht. Was passiert, wenn der Krankenwagen und die Polizei kommen? Was passiert dann mit mir, mit meinem Job? Mit uns? Mit unserem Haus, unserem Leben? Ich werde alles verlieren, was ich habe. Ich werde dann derjenige sein, der nicht auf seine Tochter aufgepasst hat. Vielleicht war das sogar unterlassene Aufsichtspflicht, und ich komme ins Gefängnis. Meine Frau verlässt mich. Niemand bleibt bei einem Mann, der den Tod des Kindes mitverschuldet hat. Und mein Job? Du weißt, wie wichtig meinem Abteilungsleiter die Außenwirkung der Firma war. Eine schlechte Schlagzeile, und das war's. Also habe ich das getan, was ich immer tue. Mir alle Fakten angesehen und die beste Entscheidung errechnet. Ich habe mich gefühlt wie ein Programm, und genauso habe ich gehandelt. Ich habe die Polizei gerufen, Vanessas Körper während der ersten Suche im Keller versteckt und sie danach mit ihrem Affen und allen Sachen, die sie dabeihatte, in der Zwischenwand in unserem Wohnzimmer eingemauert. Ich habe dabei nicht mal etwas gefühlt, es war wie mechanisch, wie ein Roboter. Während draußen die Suchtrupps jeden Tag losgezogen sind, habe ich hier drinnen gemauert. Ich hätte sie nicht wegbringen können und wollte es auch nicht. Es musste getan werden, und ich habe es getan. Ohne etwas zu fühlen. Es war, als ob sich der Weg von allein beschritt. Die Polizei zweifelte irgendwann an der Entführungsgeschichte, aber was sollten sie tun? Ich war selbst überrascht, habe jeden Tag damit gerechnet, dass sie mit Handschellen kommen. Dass irgendjemand mit Handschellen kommt. Aber nichts passierte. Die Geschichte funktionierte. Jeder im Dorf erzählte sie, die Medien berichteten davon, und so wurde sie wahr. Jeden Tag wurde sie mehr zur Wahrheit. Und ich lebte mit meinem Kind in der Wand. Es hat alles so lange funktioniert. Die Ermittlungen wurden eingestellt, ich habe meine Beförderung bekommen, wir waren hier glücklich mit Emma. Und dann reißen diese Idioten hier diese Zwischenwand ein. Ich war bei Alfred und wollte ihn nur besuchen, nur mit ihm reden. Schauen, was er weiß. Ich …«

Ulf brach ab, fixierte seinen Schuh, bevor er leise weitersprach: »Ich habe Alfred angesehen, dass er es wusste. Er wusste es! Was hätte ich tun sollen? Ich musste ihn daran hindern, alles zu zerstören, was ich hatte. Es tut mir leid, Kathrin.«

Kathrin schluchzte auf, stand auf, streckte die Arme nach Ulf aus. Er schaffte es, sich etwas aufzurichten und sie anzusehen. Sie gab ihm eine klatschende Ohrfeige, bevor sie aus dem Raum rannte.

Stille. Draußen fiel der Schnee.

»Wird sie mir je verzeihen können?« Ulf sprach jetzt zu Ares.

»Das weiß ich nicht. Aber ich glaube, das ist nicht dein größtes Problem.«

»Was ist denn mein größtes Problem?«

»Dass du dir das nicht verzeihen wirst. Oh, und natürlich die Polizei, die dich wegen des Doppelmords verhaften wird.«

Ulf verzog verächtlich seine Mundwinkel. »Du denkst, du hast das hier gelöst, richtig? Der große Psychologe, jetzt auch noch Detektiv. Du irrst dich.«

Ares sagte nichts mehr, und auch Ulf schwieg, während das Feuer im Kamin prasselte. Keine Träne rann mehr über seine Wange.

44

ALFRED. FRÜHER AM ABEND.

Alfred blinzelte. Er lag in der Kälte seines Wohnzimmers auf dem Fußboden und blickte zur Decke. Das Deckenlicht spendete kaltes Licht. Zu seiner Rechten lag der Stuhl mit dem abgebrochenen Bein. Auch die Tischdecke samt der Kerze und dem Gesteck lag auf dem Boden, der Tisch stand schräg.

Ulf hatte ihn gerade niedergestochen und war dann gegangen.

Er hat es wirklich getan. Ich sterbe hier. Gerade jetzt.

Alfred war nicht tot, noch nicht. Es würde wohl nicht mehr lange dauern. Er spürte das Messer, welches etwas unterhalb seiner rechten Schulter in den Brustkorb eingedrungen war.

Es steckte tief, war wohl zwischen zwei Rippen durchgeglitten. Was war darunter? Eine Herzkammer? Die Lunge? Die Hauptschlagader?

Wenn es das Herz oder die Schlagader getroffen hätte, wäre er wahrscheinlich sofort tot gewesen. Vermutete er zumindest, er wusste nicht viel von solchen Dingen.

Er würde sterben, das wusste er sicher. Und er war dabei ganz allein.

Warum hatte ihn jeder verlassen, den er jemals geliebt hatte? Warum war Gertrud weg?

Gertrud?

Er bedauerte nicht, dass er sterben würde. Es gab eine Zeit zu leben, es gab eine Zeit zu lieben, und es gab eine Zeit zu sterben. Das hatte er immer gewusst, und es war in Ordnung, dass nun die Zeit zu sterben war. Er bedauerte, dass Ulf davonkommen würde. Mit dem Vergehen an Vanessa.

Seine liebe Vanessa, das hatte sie nicht verdient. Wie hatte solch ein Vater ein solch tolles Mädchen zeugen können? Alfred verstand das nicht.

Ulf darf nicht davonkommen!

Nicht mit dem Mord an Vanessa und nicht mit dem Mord an ihm.

Der Mord an mir.

So ein merkwürdiger Gedanke. Der Mord an mir.

Wenn ich diesen Gedanken noch denken kann, ist es ja noch kein Mord.

Er konnte sich nicht bewegen. Er würde gerne etwas tun. Aufstehen. Zum Fenster laufen, den anderen winken. Die anderen rannten gerade im Haus herum und suchten Emma.

Wer kann ihn überführen?

Dieser Ares wirkte recht kompetent, vielleicht konnte der sich etwas zusammenreimen.

Aber Alfred konnte nicht aufstehen. Er konnte gar nichts tun. Er lag in der Kälte und spürte, wie sein Körper immer kälter wurde.

Zumindest hatte er keine Schmerzen.

Nur Kälte. Von seinem Rücken und der Wunde ausgehend, strahlte diese Kälte in seinen ganzen Körper. Immerhin seine Augen konnte er noch bewegen, auch wenn es ihm immer schwerer fiel.

Das war ein Abschied. Er würde Abschied von dieser Wohnung nehmen, diesem Zimmer, in dem er so lange gelebt hatte. So lange Zeit mit seiner Gertrud zusammen.

Es gab eine Zeit zu lieben.

Er schloss seine Augen.

Hoffentlich bin ich gleich wieder mit ihr vereint.

Zeit verstrich.

»Ich bin hier, mein Liebster.«

»Gertrud?« Er krächzte ihren Namen, seine Stimme klang rau und trocken. Seine Lippen waren gesprungen, ein metallischer Geschmack lag in seinem Mund.

»Bist du es wirklich, Gertrud?«

Einige Sekunden geschah nichts, und er dachte schon, dass er sich ihre Stimme nur eingebildet hatte, dann hörte er sie wieder.

»Ja, ich bin da.«

Sein Herz schlug so kräftig, dass es wehtat, er spürte, dass ein Schwall Blut aus der Wunde quoll und über seinen mittlerweile von Blut getränkten Pullover lief.

Er ist so nass, so viel Blut. Warum bin ich noch nicht tot?

Eine Träne lief über seine Wange.

»Es tut mir so leid, Gertrud. Alles. Ich konnte Vanessa nicht beschützen, ich konnte dich nicht beschützen. Und Ulf wird davonkommen.« Er weinte leise, während er seine Entschuldigung an Gertrud und die Welt flüsterte.

»Das ist nicht der Mann, den ich aus Liebe geheiratet habe.« Ihre Stimme klang hart in seinem Kopf.

Was hat sie gerade gesagt?

Sein Kopf knickte etwas zur Seite weg. Sie würde ihm nicht vergeben. Nicht das mit der Waffe, nicht das mit

Vanessa oder das mit Ulf. Er hatte es auch nicht besser verdient.

»Was waren meine letzten Worte, Alfred? Meine letzten Worte, bevor ich gestorben bin?«

Er musste nicht nachdenken, das hatte sich eingebrannt.

Trauere einen Tag um mich. Dann wirst du aufstehen, deine Arbeitskleidung anziehen, die Arbeitshandschuhe und raus in den Garten gehen. Du wirst dich von früh bis zum Abendessen um die Pflanzen kümmern, um die Eichen, Buchen und Fichten, um die Hecken, um die Kräuterecke, die Tomaten und die wilden Himbeeren, die Rosen, sogar den Efeu. Das ist mein Wunsch.

Ich liebe dich, Alfred.

»Weißt du, warum ich diese Worte damals, vor all den Jahren, auf meinem Sterbebett an dich gerichtet habe?« Ihre Stimme klang etwas versöhnlicher.

»Weil du nicht wolltest, dass ich in meiner Trauer versinke, sondern weitermache und meine Arbeit erledige«, antwortete er ihr flüsternd.

»Nein.« Ihre Stimme schnitt hart durch seine Gedanken. »Es gibt zwei Alfreds in dir. Einen, der sich zu Hause in seinem Bett verkriechen will, hinter einer Mauer aus Selbstmitleid, mit der Decke über dem Kopf. Der aus Angst, in ein Altersheim abgeschoben zu werden, keinen Kontakt mehr mit seinem Sohn hat. Und dann gibt es den zweiten.« Ihre Stimme wurde etwas weicher. »Den, den ich geheiratet habe. Der stark ist. Und mutig. Der den Kopf hebt, wenn der Sturm weht, und darauf wartet, dass der Wind ihm schmerzhaft ins Gesicht weht. Der ehrlich ist. Und treu. Und ein Kämpfer. Ich bin nicht enttäuscht, dass du Ulf nicht aufhalten konntest. Ich bin auch nicht enttäuscht, wenn du die anderen nicht warnen kannst. Aber ich wäre enttäuscht, wenn du es nicht versuchen würdest.«

Er lag da und atmete. Sein ganzer Rücken war mittlerweile kalt, der Boden und der Raum waren auch eiskalt. Die Zeit schien stillzustehen, während ihre Wörter wie Schüsse in seinem Kopf von oben nach unten flogen, dort an der inneren Schädeldecke abprallten und wieder zurückflogen, dabei immer mehr und immer lauter und immer mehr wurden.

Zwei Alfreds, im Bett verkriechen, mutig, ein Kämpfer, verkriechen, der Sturm weht, zwei Alfreds, Selbstmitleid, stark. Stark.

Langsam ballte sich seine rechte Hand zur Faust.

»Was muss ich tun?« Seine Stimme klang immer noch rau, der metallische Geschmack in seinem Mund hatte zugenommen.

»Zuerst müssen wir deine Situation bewerten, mein Lieber.«

Ach, meine Gertrud. Du hast den zweiten Alfred geheiratet, dann wirst du auch den zweiten Alfred in meinen letzten Minuten bekommen.

»Du hast sehr viel Blut verloren«, analysierte ihre Stimme. »Möglicherweise hat das Messer eine Arterie getroffen, aber es blockiert sie noch dadurch, dass es noch drinsteckt und du auf dem Rücken liegst. Dadurch stirbst du langsamer und ohne Schmerzen, da die Kälte und die Ruhe alles betäuben.«

»Aber so kannst du keine Nachricht hinterlassen. Und wir brauchen eine Nachricht. Sie werden dich bald finden und sich gegenseitig verdächtigen. Du musst sie auf die richtige Spur bringen. Dieser Ares ist klug, aber er durchschaut nur die Gegenwart. Er braucht einen Hinweis auf die Vergangenheit. Auf Vanessa.«

Alfred war bereit.

»Was soll ich tun, Gertrud?«, flüsterte er. Seine Stimme würde es nicht mehr lange geben.

Er hörte sie in seinen Gedanken seufzen.

»Das wird leider wehtun, mein Liebster. Aber wir brauchen das Messer, das in deiner Brust steckt. Du kommst in deiner Lage an nichts anderes heran, um einen bleibenden Hinweis zu hinterlassen. Also hör mir genau zu und fang dann erst an. Wenn du beginnst, wird dir nur wenig Zeit bleiben.«

Sie hat »wir« gesagt.

Ein leichtes Lächeln stahl sich auf sein Gesicht.

»Wenn du das Messer herausziehst, werden zwei Dinge gleichzeitig passieren. Du wirst einen Schock erleiden, da dein Körper auf einen Schlag eine große Menge Blut verliert, und wahrscheinlich wird die Arterie reißen, das werden unsägliche Schmerzen. Innerhalb kürzester Zeit wirst du zu wenig Blut im Körper haben. Dein Kopf schaltet dann nach und nach alle Körperteile ab, um Blut zu sparen, bis nur noch Herz und Gehirn übrig sind. Irgendwann versagen auch die beiden. Dann stirbst du. Innerhalb dieser Zeit musst du zwei Dinge tun. Du musst mit der großen Kerze neben dir das Wohnzimmerfenster einwerfen. Wir brauchen ein Signal nach draußen, dass hier etwas passiert ist. Sie müssen dich finden. Sie müssen dich schnell finden. Wir können nicht riskieren, dass sie erst morgen früh nach dir sehen. Und als Zweites musst du das Messer aus der Wunde ziehen und eine Botschaft in deine Hand ritzen. Ich will dich nicht anlügen, mein Liebster. Das ist der harte Weg. Liegen bleiben und langsam einschlafen ist der leichte Weg.«

Stille.

»Egal, was du tust, ich werde diese letzte Zeit bei dir sein.«

Alfred lag auf dem Rücken und ließ seine Augen durch den Raum schweifen, ein allerletztes Mal. Er sah die ganzen kleinen Dekorationen, die seine Frau gebastelt hatte. Die kleinen Zwerge, die auf den Schränken standen und lustig dreinschauten, die Vögel aus Draht, Pappe und Farbe, die von der Decke und von der Lampe hingen.

Er schloss die Augen. Von irgendwoher schienen leise Trommeln zu kommen, sie riefen ihn. Er lief einen Berg hinauf, zog sich an Ästen und Gebüsch einen steilen Weg hinauf. Hinauf zu den Trommeln. Er hörte sie, die Trommeln. Sie trommelten leise für ihn.

Badadada, Pause, Badadada.

»Fangen wir an, Gertrud. Wir alle verdienen diesen zweiten Alfred. Vanessa, du und auch ich selbst.«

Mit einem Ruck drückte er sich auf die Seite und griff nach der Kerze.

Sofort schrie sein Körper auf, Schmerzwellen jagten durch seinen Körper. Leise stöhnte er auf, dann biss er seine Zähne zusammen. Er schmeckte Blut, rote Schlieren flogen vor seinen Augen, dann hatte er die Kerze in der Hand.

Ausholen und mit aller Kraft werfen.

Das sollte möglich sein.

Ein letzter Wurf!

Er holte aus und warf, doch es war nicht fest genug. Die Kerze hinterließ einen Sprung im Glas, prallte aber vom Fenster ab und rollte wieder auf den Boden zurück, vor seine Füße.

In seinem Kopf stöhnte Gertrud auf. »Lass es, mein Lieber. Es ist zu schwer, du bist zu schwer verwundet.«

»Nein!« Er hatte das »Nein« gestöhnt, dann zog er sich am Tischbein hoch, sodass er halb sitzend, halb liegend zwischen Tisch und Wand eingeklemmt lag. Er beugte sich nach vorne, griff nach der Kerze, holte aus und schleuderte die Kerze mit aller Kraft, die er aufbringen konnte.

Klirrend durchschlug die Kerze das Fenster und verschwand in der Dunkelheit. Eisiger Wind stob sofort in die Stube, erste Schneeflocken tanzten herein.

»Sehr gut! Sehr gut!«, hörte er Gertruds Stimme in seinem Kopf. »Jetzt noch die Botschaft.«

Ihre Stimme wurde langsam schwächer, gleichzeitig bohrten sich die Schmerzen in seinen Kopf, seine Schläfen pulsierten, und vor seinen Augen hatte sich ein blutroter Schleier gebildet. Die Schmerzen schienen von allen Seiten zu kommen, er merkte, dass er das Gefühl in seinen Beinen verlor. Lange würde er nicht mehr durchhalten.

»Muss diese Botschaft schreiben«, murmelte er, dann zog er das Messer mit seiner rechten Hand aus der Wunde in seiner Brust.

Sofort pulsierte sein roter Lebenssaft aus dem nun offenen Loch, seine Brust fühlte sich an, als würde sie von innen zerreißen.

Der rote Schleier vor seinen Augen wurde dichter, dann setzte er das Messer an seiner linken Hand an und fing an, die Botschaft hineinzuritzen.

»Ich brauche ein V«, murmelte er, »dann das A.« Alfred spürte seine Füße nicht mehr, auch seine Waden nicht mehr. Seine Hände fingen an zu kribbeln, er spürte, dass er das Messer gleich fallen lassen würde. »Noch das N. Nur noch das N.« Langsam und mit zitternder Hand zog er das N nach, dann verließ ihn das letzte bisschen seiner Kraft. Das Messer fiel aus seiner Hand, sein Kopf kippte nach hinten an die Wand.

Er schloss die Augen. »Ich komme, Gertrud, ich komme.«

»Ich bin hier, Alfred. Hier bei dir. Ich bin so stolz auf dich, mein Liebster. Jetzt kannst du in meinen Armen einschlafen.«

Badadada, Pause, Badadada.

Er spürte, wie sie ihre Arme um ihn legte, seinen Kopf sanft auf ihre Brust bettete und ihn langsam vor und zurück wiegte. Sie summte dabei leise und wiegte ihn weiter. Er atmete aus. Die Trommeln hörten auf, und Gertrud verschwand. Vielleicht war sie auch nie da gewesen.

45

HANNELORE

Überlebt. Die Nacht überlebt. Der Morgen wird bald kommen. Alle Sachen sind geklärt, der Mörder gefasst und gefesselt. Ich würde jetzt sterben für einen High Roller Martini.

Da Andi kein Schlafzimmer hatte und Ares ohne Abstimmung und ohne Gruppendiskussion einfach beschlossen hatte, dass alle noch etwas Schlaf bekommen sollten – er würde bei Ulf bleiben –, hatte sie Andi einen Schlafplatz bei sich angeboten.

Es wäre nicht zumutbar, wenn er im Wohnzimmer schlafen müsste. Neben einem Mörder! Während dieser hinkende Ares aufpasst.

Hinkende Personen waren Hannelore suspekt.

Insbesondere wenn sie mich als schlechte Mutter bezeichnen. Außerdem ist Andi verletzt und braucht sicher etwas Pflege.

Andi hatte ihre Einladung angenommen und saß mit dem Rücken an die Wand gelehnt, während sie auf einem Stuhl danebensaß.

Ihr Gästezimmer war sehr karg eingerichtet, fast schon spartanisch. Die weiße Farbe an den Wänden war zum großen Teil abgeblättert und ließ die Wand krank aussehen. Grau mit weißen Punkten.

Andi richtete sich etwas auf und schaute sie an.

Sie blickte hinüber zum Bett. *Passen wir da zu zweit drauf?*

»Wie ging es da oben aus?« An Andis Stimme konnte sie erkennen, dass er immer noch mitgenommen war. Seine Kopfwunde hatte aufgehört zu bluten, aber sein Pullover war voll von getrocknetem Blut.

Sie hatte noch einen Piccolo in ihrer großen Tasche gefunden, öffnete ihn und nahm einen tiefen Schluck. »Dieser Ares und Kathrin sprechen jetzt gerade mit Ulf, brauchen wohl noch ein Geständnis. Ares will ihn dann nachts bewachen. Kathrin erklärt der Polizei am Telefon alles. Wir sollen alle etwas Schlaf bekommen. Es ist schon«, sie warf einen Blick auf ihre fein gearbeitete goldene Armbanduhr mit dem zarten Zifferblatt, »kurz nach zwei Uhr. Wann gehen hier die Stadtwerke mit den Schneemaschinen durch?«

Andi überlegte kurz. »Halb fünf fahren die ersten. Bis sie hier sind, wird es sicher bald sechse sein.«

Hannelore bot ihm stumm einen Schluck Prosecco an, was dieser mit einem leichten Kopfschütteln ablehnte.

Stille kehrte ein.

Über was er wohl nachdenkt?

»Dein, hm, dein Taxi war versichert, oder? Das bekommst du doch sicher ersetzt, oder?«

Andi schwieg.

»Ich kann mich auch etwas zu dir legen, vielleicht hilft dir das dann?« Sie zögerte, die Stille war ihr unangenehm. Sie rutschte etwas auf dem Stuhl hin und hier, ihre Röcke und Unterröcke raschelten. »Nur nebeneinanderliegen.«

Andi öffnete kurz die Augen und blickte sie an. »Ich hab eine Frau daheim.«

Hannelore biss sich auf die Lippen, bis es blutete. So vergingen die nächsten Stunden, Andi nickte im Sitzen an die Wand gelehnt immer wieder ein, wachte dann aber mit einem Schmerzensschrei auf den Lippen wieder auf, sobald irgendetwas seine Wunden berührte.

Hannelore hatte die schlimmste Nacht ihres Lebens. Sitzend auf einem harten Holzstuhl, zwischen Wachen und Träumen, zwischen Schuld und Sühne.

Jedes Mal, wenn Andi vor Schmerzen stöhnte, ging es ihr durch Mark und Bein. Ihr Sohn schaute kein einziges Mal nach ihr. Irgendwann zwischen vier und halb fünf verfluchte sie Gott, ihren Mann und das Schicksal. Kurz nach fünf bat sie stumm das erste Mal in vielen Jahren um Vergebung.

Kurz nach halb sechs hörte sie die schweren Motoren der Schneemaschinen, kurze Zeit darauf erklangen noch weit entfernt Martinshörner. Sie öffnete die Augen, schaute wartend in die Dunkelheit, leise erklang das Schnarchen von Andi. Ihr Make-up war verschmiert.

46

CAROLA

Carola atmete schnell ein und aus. Sie stand vor einem Mann, der mit einer Waffe in der Hand in einem Sessel saß und einen anderen Mann, verwundet und an die Heizung gefesselt, bewachte.

Was ist los mit dieser Welt?

Die Ehefrau des Mörders hatte nachts noch lange mit der Polizei telefoniert, alles aufgeklärt. Carolas Neffe Philipp hatte sie direkt danach angerufen und glücklicherweise auch erreicht.

Und ich durfte mitkommen. Ich bin daheim wahnsinnig geworden.

Sie hatte schnell ihren Wintermantel, den selbst gestrickten dicken Schal und die Fellschuhe herausgesucht und fuhr in ihrem roten Wagen der Polizei hinterher. Durch den Schnee, durch den Wald, immer weiter in ihrem roten Auto.

Als sie dann schließlich mit zwei Polizeiwagen und einem Krankenwagen eingetroffen waren, hatten sie vor einem großen Problem gestanden. Ein umgestürzter Baum samt einem darunter begrabenen Taxi blockierte die große, von einem schweren alten Holzzaun gesäumte Einfahrt in den Innenhof. Die Polizei entschied nach einer kurzen Beratung, vor der Einfahrt zu parken, und rief den Räumungsdienst.

Carola hatte die Hand vor den Mund geschlagen, als sie das völlig zerstörte Taxi passierten.

Es war ein Schock, das zu sehen. Er hatte sich so gefreut, als er das große Taxi damals gekauft hatte. Das Nummernschild war seine Namensabkürzung. Ach, Andi. Was hätte da alles passieren können?

Sie würde sich noch wochenlang die Schuld geben, dass er gefahren war. Aber das war nicht das, was im Moment zählte.

Carolas Herz hatte bis zum Hals geschlagen, als sie endlich im Innenhof ankamen. Leider stand nicht ihr Andi auf der großen, verschneiten Steintreppe, sondern eine Frau, die frierend die Arme um sich geschlungen hatte. Sie stellte sich als Kathrin vor und sagte, sie sollten mit ins Wohnzimmer kommen, dort sei ihr Mann. Der Mörder.

Das hatte sie gesagt.

Mein Mann, der Mörder.

Carola hatte sie nur angestarrt.

Ob sie ihn deswegen geheiratet hat? Der Reiz der Dunkelheit kann sehr anziehend sein.

Diese Frau hatte drei Polizisten die Treppe hoch ins Wohnzimmer geführt, zwei weitere schauten sich im Haus um und sollten schon mal die Aussagen der anderen aufnehmen.

Dann bin ich der Gruppe hinterhergelaufen, und jetzt stehe ich hier und schaue auf einen Typen, der mit einer Waffe im Sessel sitzt und aussieht, als ob er drei Nächte nicht geschlafen hat. Ist in diesem Haus ein Krieg ausgebrochen? Wo ist mein Andi?

Langsam ging sie rückwärts auf die Tür zu, vorbei an einem zerstörten Esstisch. Überall auf dem Boden lagen

Holzsplitter, an manchen klebte etwas, das verdächtig nach Blut aussah. Sie sah mehrere kaputte Gläser, beinah wäre sie in eine Gabel hineingetreten.

Was ist hier passiert?

Sie musste ihn finden. Mit Zeichensprache, um den Mann mit der Waffe nicht durch laute Geräusche zu beunruhigen, gab sie ihrem Neffen Philipp zu verstehen, dass sie im Haus nach Andi suchen würde. Er nickte abwesend, wirkte ebenfalls schockiert aufgrund des Anblicks, der sich ihnen bot. Egal, wohin man blickte, man sah es, Blut. Auf dem Boden. Auf dem Tisch.

Was ist hier passiert? ANDIII!

Sie blieb noch kurz stehen und beobachtete die Szene, als der Mann mit der Waffe aus seiner meditativen Starre erwachte. Der Polizist wandte sich an ihn. »Gewe Sie uns bidde die Waffe. Mir sin jetzt do, es is alles in Ordnung. Mir sinn funn de Polizei.«

Der Mann im Sessel blickte so drein, als wäre er gerade aus einem sehr langen Albtraum erwacht, händigte dem Polizisten dann aber die Waffe aus und schaute sich um, als sähe er den Raum gerade zum ersten Mal. »Ist es vorbei?«, fragte er mit brüchiger Stimme. »Ist es wirklich vorbei? Ist Merlin fort?«

Der Polizeibeamte bedeutete seinen Kollegen – Philipp und einem älteren Grauhaarigen mit Bierbauch, den Carola nicht kannte –, sich um den Verdächtigen an der Heizung zu kümmern, und sagte dann: »Ja, es is vorbei. Wo sinn die Leiche? Und können Sie aufstehe?«

Der Mann im Sessel versuchte sich hochzudrücken und ließ sich dann mit schmerzverzerrtem Gesicht wieder zurückfallen. »Ich denke, ich bleib noch kurz sitzen, bis ich meinen Körper wieder spüre. Wie viel Uhr ist es eigentlich? Die Leichen. Hm. Ja. Alfred ist in seiner Wohnung, im Anbau im Garten, von der Eingangstür links den gepflasterten Weg entlang. Wanda ist ein Stockwerk höher, in ihrem Zimmer. Das ist die zweite, nein, die dritte Tür rechts. Wir …«, er stockte, »wir wussten nicht, was wir mit ihnen tun sollen. Wir haben Wanda zugedeckt, mit einer Decke, aber Alfred, wir haben nichts gemacht. Es war so kalt, und wir waren mitten im Sturm, wir haben ihn einfach liegen gelassen.« Seine Schultern fielen nach vorne, die Traurigkeit im Raum ergriff auch Carola.

In einer Bewegung, die Carolas Herz rührte, legte der Polizist dem Mann die große Hand auf die Schulter. »Ich weiß. Bleiben Sie noch etwas sitzen. Wir sind da. Wir kümmern uns.«

Ein kurzer Blick zwischen den beiden Männern, ein dankbares Nicken, und der Moment verging.

Besondere Momente sind erst besonders, wenn sie zur Erinnerung werden. Ich vermute, das wird so einer.

Mit diesem Gedanken löste sich Carola von der Szenerie, sah aus den Augenwinkeln noch, wie Philipp seine Handschellen aus seinem Gürtel löste und sich auf den Mann an der Heizung zubewegte, der das Eintreffen der Polizei ignoriert zu haben schien. Philipp tauschte einen Blickkontakt mit dem Mann im Sessel, und Carola dämmerte es. *Das muss dieser Ares sein! Den hatte Philipp im Verdacht gehabt! Ich hoffe, meine SMS an meinen Liebsten hat hier nicht für Ärger gesorgt. Aber das klären die Männer unter sich.*

Carola verließ das Wohnzimmer. Es ähnelte sehr einer Flucht.

Was hat dieser Ares gesagt? Oben ist eine Leiche und im Anbau auch? Oh Gott, was ist hier nur passiert? Und überall das Blut. So viel Blut. Wo bist du nur, Andi? Ich werde nie wieder sagen, dass du ein besserer Mensch werden sollst. Sei einfach, wie du bist, schlafe auf der Couch ein, schnarche, höre die Böhsen Onkelz, mir egal.

Sie kam an der Treppe an.

Wohin? Nach oben? Nach unten? Sie schloss die Augen und ließ sich von ihrem Gefühl leiten. *Unten. Er ist sicher unten.*

Mit wehendem Mantel flog sie die Treppe herunter, ihre schweren Winterschuhe knallten auf den Holzstufen auf, ihr selbst gestrickter weißer Wollschal flatterte hinter ihr her. »Andi? AAANNDII!« Ihre Stimme klang hoch und panisch durch das Haus.

»Wo bist du, Andi?«

Eine Tür ging auf. »Carola?« Andis Stimme klang verwirrt und etwas schleppend.

Er ist verletzt.

Langsam trat Andi in den Flur im Erdgeschoss und schaute sich um, dann sah er Carola auf sich zufliegen, und ein Grinsen breitete sich über sein Gesicht aus. Sein rechtes Auge war grün und blau unterlaufen, rote Blutflecken zogen sich über die ganze rechte Gesichtshälfte. Dadurch war das Grinsen einseitig und wirkte wie aus einem schlechten Horrorfilm.

Sie flog in seine Arme, was ihm ein schmerzerfülltes Grunzen entlockte.

Ist das Blut auf seinem Pullover?

»Ich bin da, Schatz. Draußen ist ein Krankenwagen, ich bringe dich erst mal hin. Wer ist das denn?« Sie hatte

Hannelore erspäht, die versuchte, sich mit einem kleinen Spiegel, den sie in der Hand hielt, ihr Make-up zu richten. Ihre bunten Kleider und die vielen Stoffschichten sahen zerknautscht und zerdrückt aus.

»Niemand. Sie ist niemand. Du hast von einem Krankenwagen gesprochen?«

»Ja, draußen, komm mit, ich bringe dich hin, Schatz. Und werde dich sicher nie wieder loslassen.«

Sie spürte Hannelores Blicke in ihrem Rücken, während sie ihren Mann wegführte. Es fühlte sich an wie kleine Dolche.

An der Treppe wären sie fast in Philipp gelaufen, der mit seinem Bierbauch-Kollegen gerade den Verdächtigen in Handschellen abführte. Dieser wirkte auf Carola irgendwie gebrochen. Als ob er gekämpft und alles verloren hätte. Seine Augen zuckten wild hin und her, schienen keinen Punkt und keinen Gedanken fixieren zu können.

Von solchen Männern liest man immer in der Zeitung. Die sind zu allem fähig.

Ehrfürchtig sah sie zu, wie die beiden Männer den Mann zu einem Polizeiauto führten und ihn dann, mit einer Hand am Hinterkopf, auf die Rückbank drückten. Erste Lichtstreifen zeigten sich am Horizont, schon bald würden mehr und mehr Sonnenstrahlen den Innenhof und das Haus erhellen.

Andi musste sich auf der Treppe an ihr festhalten, hatte Schwierigkeiten, die Balance auf den Stufen zu halten.

Die Kopfverletzung. Oje, der Arme. Hoffentlich nur eine Gehirnerschütterung.

»Ich hab's nicht geschafft«, nuschelte er, während sie zusammen die Treppe hinuntergingen.

»Was meinst du, Schatz?«

»Ich hab's nicht geschafft, der Mann zu sein, den du verdient hast. Ich war wieder das Arschloch.«

Sie blieb stehen und drehte sich zu ihm herum, schaute ihm ins Gesicht. Das Auge und die Wange wurden sekündlich farbiger, strahlten sie in unterschiedlichen Blau-, Rot- und Grüntönen an. »Jetzt hörst du mir genau zu, Herr Sterzik. Du wirst noch viele Chancen haben, der Welt zu beweisen, dass du der Mann sein kannst, den ich in dir sehe. Letzte Nacht musstest du tun, was du tun musstest, um zu überleben. Das hast du geschafft. Alles andere kommt morgen.«

Dankbar blickte er sie an. »Ich habe dich nicht verdient, Carola.«

Sie lachte, es war ein Lachen voller Befreiung und Erleichterung. »Das stimmt. Aber trotzdem geh ich nicht. Und jetzt komm, der Sanitäter schaut schon gelangweilt. Geben wir ihm Arbeit.«

47

ARES

Geschafft.
Geschafft! Was für ein wahnsinniger Gedanke. Ares wusste nicht genau, wie er sich fühlen sollte, als er den Flur entlanghinkte. Ein Teil von ihm wollte über dem Boden schweben, ein anderer einfach nur baden, ein paar Schmerzmittel nehmen und schlafen, schlafen, schlafen. Sein Auge tat weh, sein Gesicht spannte, und sein Bein schmerzte stark und pochend. Aber dennoch: Er hatte es geschafft.

Vielleicht zumindest ein bisschen schweben.

Der Plan war einfach: Agatha einpacken, sich von allen verabschieden und heimwärts. Sicher würde die Polizei ihnen ein Taxi rufen.

Gibt es hier in der Gegend noch andere Taxi-Andis?

Er musste schmunzeln, trotz der Müdigkeit. Es fühlte sich an, als ob seine Mundwinkel beim Lächeln seine Augenringe berührten. Aber nichts, was ein heißes Bad und danach ein Zwölf-Stunden-Schlaf nicht beheben würden.

Geschafft.

Unglaublich. Drei Todesfälle aufgeklärt, eine Nacht mit einem Killer überlebt und den Dreifachtäter auch noch der Polizei übergeben. Es würde Momente geben, und es würde auch die Zeit kommen, um die Verstorbenen angemessen zu betrauern, aber jetzt spürte er nur Freude in sich. Freude, überlebt zu haben, auf der einen Seite, aber auch Freude, so einen großen Anteil an der Auflösung gehabt zu haben. Freude darüber, dass Emma nichts passiert war.

Meine Deduktion war schon genial, muss ich sagen.

Sicher würde er Emma und ihre Mutter auf Wandas Beerdigung wiedersehen, und vielleicht wäre dann auch Zeit für einen heißen Kakao.

Wahrscheinlich sagt sie Kaba zu Kakao, wie es hier im Dialekt heißt. Sie wird eine gute Pfälzerin.

Ein Lied aus seiner Kindheit kam ihm in den Kopf, sein Vater hatte Led-Zeppelin-Schallplatten gesammelt.

Mit einem »Oh whoa-whoa-whoa, oh-oh« von »Stairway to Heaven« auf den Lippen bog er in das Gästezimmer ein. Agatha stand mit dem Rücken zur Tür vor dem Schreibtisch und packte ihre Sachen.

Eigentlich schade, dass ich in dem Zimmer nicht übernachtet habe.

Das Zimmer war wirklich schön, die hohe Decke wirkte edel, und die zwei Betten an der linken und rechten Seite des Raumes sahen gemütlich aus.

Ganz langsam spürte er etwas in seiner Magengegend. Ein merkwürdiges Gefühl.

Das letzte »Whoa oh-oh« klang auf seinen Lippen aus, und er legte den Kopf schief.

Was ist los, Magen? Was spürst du, was ich noch nicht sehe?

Das Vibrieren in der Magengegend nahm zu. Etwas stimmte nicht.

Was sehe ich?

Er schaute sich um, Agatha packte noch immer ihre Sachen, aber sie hatte ihn sicher gehört. Immerhin war er leise singend und summend, fast schwungvoll hereingekommen.

Warum brauchte sie so lange zum Packen? Sie war einige Zeit vor ihm gegangen, er hatte noch mit dem Polizisten geredet, ein paar Sachen erklärt. Auch die SMS war angesprochen worden. Dieser Philipp würde gehörig Ärger bekommen. Daher hatte Agatha Zeit genug gehabt zu packen.

Was packt sie so lange?

Das ungute Gefühl wurde stärker, breitete sich aus wie ein Parasit, der eine Pflanze befallen hatte und langsam von den Wurzeln über den Stamm auf die Äste und Früchte übergriff.

Was spüre ich?

Zu seiner Linken war etwas, das vorher nicht da gewesen war. Direkt hinter der Tür war eine Kommode aus dunklem Holz, etwas über einen Meter hoch und breit, mit zwei Holztüren verschlossen. Womöglich eine weitere Aufbewahrungsmöglichkeit für Decken und Kissen.

Auf der Kommode lag ein weißer Briefumschlag.

Der lag da vorher nicht.

Aus den Augenwinkeln sah er zu Agatha, sie packte immer noch Sachen in ihre Tasche.

Hat sie ihren Kulturbeutel nicht gerade schon mal in die Tasche gepackt?

Das würde ja bedeuten, sie musste ihn herausgenommen haben, um ihn nochmals einpacken zu können. Und das konnte nur eins bedeuten …

Ares nahm den Briefumschlag an sich. Er war einfach mit *Agatha* beschriftet, offensichtlich persönlich abgegeben. Langsam öffnete er ihn, das ungute Gefühl wurde mehr und mehr zu einer Übelkeit. Er erkannte das Briefpapier, es lag im Stockwerk über ihm, direkt neben dem Telefon. Es gehörte Wanda und Felix.

Wanda hat ihr Lieblingstier, den Hirsch, als kleines Zeichen in der rechten oberen Ecke.

Diesen Brief hat Wanda geschrieben.

»Liebe Aga,

ich schreibe dir diesen Brief, da ich einfach nicht mehr streiten will. Ich bin dir dankbar für alles, was du während meiner Erkrankung getan hast, das bin ich wirklich.
Aber das ist mein Leben, und ich werde es führen, wie ich es für richtig halte. Es macht keinen Unterschied, ob du mit Moral oder Lebenssinn ankommst, es ist mein Leben.
Bitte komm mir mit dem Thema nicht mehr an.

Alles Liebe,
W.«

Langsam kroch die Übelkeit seine Speiseröhre hoch.
Was habe ich übersehen? Was?
Agatha stand immer noch mit dem Rücken zu ihm, wühlte in ihrer Tasche.
In Gedanken überflog er den Abend, sein Gehirn sortierte alle Begegnungen und Gespräche mit Wanda.

Agathas Stimme erklang in seinen Gedanken. *Genug getrauert.* Sie hatte genug getrauert.

Das hatte sie gesagt. Sie hat genug getrauert. Vielleicht zu viel getrauert?

In ihm fielen die Dominosteine, einer nach dem anderen. Plopp, plopp, plopp. Was passierte mit Menschen, die sich wochenlang, monatelang auf den Tod eines geliebten Menschen vorbereiten? Natürlich hatte Agatha alles versucht, um Wanda zu retten, Medikamente und Heilung gesucht, in den Gesprächen immer wieder Hoffnung gegeben.

Hoffnung, die sie selbst nicht hatte.

Sie wird sterben. Das hatte Agatha damals bei dem Telefonat über Wanda gesagt, das hatte der Oberarzt prognostiziert. Mehr als neunundneunzig Prozent aller Menschen mit dieser Diagnose und diesem Verlauf starben innerhalb eines Jahres.

Nach außen hin war Agatha in einen Aktionismus verfallen, hatte Gott und die Welt in Bewegung versetzt, um noch etwas zu tun. Mit dem Wissen, dass es umsonst war, dass sie Wanda in den nächsten Monaten in einem Sarg in die Erde lassen würde.

Sie hat mehr gegeben, als sie selbst hatte. In ihrem Inneren hat sie Wanda schon begraben, hat geschrien, gebettelt, gebeten und getrauert. Und es verarbeitet.

Was passierte mit Menschen, die um einen geliebten Menschen schon getrauert haben, wenn dieser dann nicht starb? Entgegen allen Voraussagen, entgegen allen Wahrscheinlichkeiten?

Langsam ließ er den Brief durch die Finger gleiten.

Was passierte mit Menschen, die alles für einen anderen taten, wirklich alles? Er wusste, dass Agatha tagelang nicht geschlafen hatte, stundenlang am Telefon Arztkollegen bekniet hatte, Wanda doch in diese oder jene Studie mit hineinzunehmen. All das hatte sie getan mit dem Wissen, dass Wanda es dennoch nicht schaffen würde.

Vielleicht hat sie es auch für Felix getan. Oder für eine Seite in ihr, die so tun wollte, als ob es doch noch Hoffnung gäbe.

Aber Wanda hatte es geschafft, entgegen aller Wahrscheinlichkeit. Und wem hatte sie es gedankt? Natürlich den Freunden, aber Wanda war Wanda. Ares hatte sie gestern Abend ein wenig kennengelernt, in ihrer Spiritualität, in ihrem Glauben.

Sie hat ihren Ahnen gedankt. Ihren Tieren, ihrer Anderswelt. Sie wird nicht gesehen haben, was Agatha getan hat. Und sie hat sicher nicht gesehen, wie Agatha und auch Felix gelitten haben.

Ares erinnerte sich, dass er und Agatha sich einmal unterhalten hatten, was sie tun würden, wenn sie ihr Leben neu leben könnten. Was sie anders machen würden, welche Entscheidungen sie gerne neu treffen würden. Wanda hatte nicht eine neue Chance bekommen, sie bekam zwei. Sie überlebte und erbte eine größere Geldsumme. Was machte sie damit?

Nichts, das Agatha nachvollziehen oder verstehen konnte.

Sie spendete ihr Geld nicht, sie machte nichts aus sich oder ihrem Leben, sie war nicht mal angemessen dankbar. Sie schaute fern und kaufte sich schwarze Glitzerkleidchen.

Ein Neuanfang? Daran glaube ich nicht mehr. Das hatte Aga bei der Begrüßung auf der Treppe gesagt. Ich habe es gehört, aber ich habe nicht zugehört.

Er blickte von dem Brief auf.

Was passiert mit Menschen, die mehr gegeben haben, als sie selbst hatten? Und als Belohnung auf Ignoranz gestoßen sind? Den Ausschlag wird Felix gegeben haben. Er nimmt Medikamente gegen starke Magenschmerzen, ich habe es im Badezimmer gesehen. Oh Gott, Agatha. Was hast du getan? Was hast du getan?

Ares drehte sich zu ihr, der Ärmel ihres Pullovers war hochgerutscht. Die Kratzspuren auf dem Unterarm waren deutlich zu sehen. Das letzte Dominosteinchen in ihm fiel um. Agatha hatte aufgehört zu packen. Die Spannung im Raum war zum Zerreißen, alle Geräusche, alles schien langsamer, wie durch Watte, zu laufen. Ares war übel, als er sagte: »Du hast es nicht ausgehalten. Du hattest genug getrauert, genug. Es war zu viel Trauer, zu viel Trauer, die irgendwann ziellos war und viel zu schmerzhaft, um ziellos zu sein. Sie schuldete dir etwas. Sie schuldete dir ein Leben. Das hat sie nicht eingelöst, egal, wie sehr du gefleht und gestritten hast. Dann gab es nur noch eins: Sie schuldete dir einen Tod. Und dafür hast du gesorgt.«

Jetzt endlich sah sie ihn an. In ihren Augen konnte er Tränen sehen, aber auch eine düstere Entschlossenheit.

»Verstehst du es?« Ihre Stimme zitterte, sie rührte sich keinen Zentimeter. Ihm war bewusst, wo er stand. Er stand vor der Tür, vor ihrem einzigen möglichen Fluchtweg. Vor dem Fluchtweg einer Mörderin.

»Ich verstehe, dass du gelitten hast, Aga.«

Nur Ehrlichkeit, reine Ehrlichkeit.

Sie würde es merken, wenn er sie jetzt anlog oder versuchte zu manipulieren. »Auch verstehe ich, dass du ganz anders reagiert hättest in ihrer Situation. Was du mit Zeit gemacht hättest, die dir geschenkt worden wäre. Was du mit dem Geld gemacht hättest. Ich verstehe, dass du dich um Felix gesorgt hast. Ich verstehe, dass du Menschen, die dich gerettet hätten, dankbarer gewesen wärst. Vieles, wahrscheinlich alles anders gemacht hättest als diese verrückte, fliegende, leichtfertige Wanda. Ich sehe, dass die Emotionen zu viel waren, zu viel für dich, dass sie ein Ziel brauchten. Dass die Trauer in Verzweiflung und dann in Wut umgeschlagen ist. Aber es muss eine Möglichkeit geben, dass diese zwei Lebensentwürfe, diese beiden Modelle nebeneinander existieren können, ohne dass ein Modell, dass eine Person sterben muss.«

Ihm war übel. Ganz langsam, tröpfchenweise, kam die Erkenntnis. Eine seiner besten Freundinnen war eine Mörderin. Agatha hatte jemanden umgebracht.

Sie hat jemanden umgebracht! Und ich habe es nicht kommen sehen.

»Wenn ihres richtig ist, muss meins falsch sein. Jeder darf mit seinem Leben machen, was er will, jeder bekommt eine Chance für seinen Lebensentwurf. Aber wenn man ein Todesurteil erhält und dann eine zweite Chance bekommt, eine zweite Chance durch Blut, Schweiß, Trauer und Arbeit von ANDEREN, dann hat man diese Wahl nicht mehr. Dann schuldet man den ANDEREN etwas. Dann schuldet man der besten Freundin und dem Mann, der leidet, etwas. Felix war kurz vor einem Magengeschwür. SIE schuldete ihm etwas! SIE schuldete der Gesellschaft etwas. Sie schuldete uns etwas!« Agatha atmete lang aus und blieb stehen.

Die Konsequenz. Warum ist sie noch hier? Sie hätte längst daheim sein können? Warum ist sie nicht einfach gegangen, warum hat sie so ewig in ihrem Rucksack umgeräu...
Oh.
Da war es. Die letzte Erkenntnis, die letzte Wahrheit in dieser Nacht der Lügen. Er schaute sie an und wusste es. »Du wusstest, dass du sie umbringen wirst. Aber du wusstest auch, dass es dein Gewissen und deine Moral nicht ertragen würden, wenn du dafür nicht die Konsequenzen trägst. Es wäre dir ein Leichtes gewesen, es Ulf in die Schuhe zu schieben. Oder es einfach offenzulassen. Aber das hast du nicht.«

Er atmete tief ein.

»Aber damit nicht genug. Du hättest auch einfach jetzt zur Polizei gehen, dort alles erzählen können. Draußen sind genug Polizisten. Auch das wolltest du nicht. Du wolltest, dass ich es herausfinde. Ich hatte dich gestern gefragt, warum du mich mitgenommen hast. Auch Wanda hat mich das mehrfach gefragt. Jetzt weiß ich es. Ich bin hier für diesen Moment. Ich bin hier, um dich zu überführen, Aga. Das war alles dein Plan. Du hast den Mord zusammen mit der Auflösung so geplant wie eine Operation.«

Stille. Lange Stille.

Lange standen sich die zwei Freunde gegenüber, dann kam Agatha langsam auf ihn zu, legte ihr Gesicht an seine Brust. Nach kurzem Zögern erwiderte er ihre Umarmung. Leise weinte sie, mischte Worte dazwischen, es war kaum zu verstehen.

»Es musstest du sein, Ares. Du kannst noch so viel erreichen, dein Blick auf die Welt, dein Verständnis für

Menschen«, sie schniefte in seinen Pullover, »aber du hattest dich verkrochen. Selbstzweifel, Selbstgeißelung, du hast nicht mehr an dich geglaubt.«

Sie löste sich langsam wieder von ihm. »Es wird Zeit, dass du dir verzeihst. Das kann ich dir nicht geben. Und es wird Zeit, dass du wieder an dich glaubst. Das gebe ich dir hiermit. Das ist mein Geschenk für dich.«

Kein Gefühl. Sein Körper fühlte sich an wie betäubt.

Die Gefühle würden kommen, die Gedanken auch. Jetzt war da ... nichts. Leere. Die Übelkeit war weg, alles war weg. Agatha schaute ihn an, schien auf etwas zu warten.

Was sollte er jetzt sagen? Ein toller One-Liner wie die Actionhelden im Film? Er war kein Actionheld, und das war kein Film. Das war das echte Leben.

Es gab nur eines, das sich jetzt richtig anfühlte. Er legte den Arm um sie.

Langsam gingen sie nach draußen, Arm in Arm, seiner um ihre Schulter, ihrer um seinen Rücken.

»Was passiert jetzt?« Ihre Stimme zitterte leicht.

»Das weiß ich nicht, Aga. Ich weiß es nicht.« Er drückte sie fest an sich, als sie aus der Haustür traten und der Polizist aufschaute.

»Meine Freundin hier hat etwas zu beichten.«

48

ARES

Langsam stieg die Sonne über die Wipfel der großen Nadelbäume vor dem Eingangsbereich auf und hüllte die schneeweiße Umgebung in ein warmes, helles Orange. Die Sonne hatte noch keine Kraft, um wirklich Wärme zu schenken, aber allein das Gefühl der Strahlen auf seinem Gesicht ließ Ares seine Augen schließen und den Kopf gen Himmel heben.

Der Wind hatte abgeflaut, ein leichtes Lüftchen bewegte die obere Schneeschicht, ließ Schals, Mäntel und Haare gewichtslos im Wind flattern.

Er stand in der Mitte der Steintreppe, der Frieden, den er durch die Sonne und den Morgen spürte, spiegelte sich nicht im Innenhof vor dem Eingangsbereich wider. Mittlerweile hatte das Räumfahrzeug der Stadtwerke das zerstörte Taxi beiseitegeräumt, die Polizei war in den Innenhof vorgefahren. Zusätzlich war noch ein Polizeiwagen dazugekommen, laut Nummernschild aus Karlsruhe. Alle hatten die Martinshörner ausgeschaltet, aber die Blaulichter tauchten die Mauern, die größtenteils noch nicht von der Sonne erreicht wurden, in ein stakkatoartiges Blau und Weiß.

Der Fahrer des Karlsruher Wagens, ein etwas älterer, dicklicher Mann, unterhielt sich mit Kathrin und nahm mit einem Klemmbrett ihre Personalien auf, während eine junge, sehr schlanke, fast schon dürre Frau Agathas Handschellen überprüfte und Agatha dann, mit einer Hand auf ihrem Hinterkopf, auf die Rückbank des Polizeiautos bugsierte.

Ein Zupfen an seiner linken Hand ließ Ares nach links schauen. Emma stand neben ihm, ihre Hand in seiner, in der anderen ihren Zauberstab, sie kaute auf einem Kaugummi und betrachtete mit Ares zusammen die Szenerie.

Mit schief gelegtem Kopf beobachtete Ares sie, überwachte, wie ihr Blick über den Rettungswagen, die Polizeiwagen und schlussendlich, mit einer Kopfdrehung, auch über den Weg zu Alfreds Zuhause fiel, über den gerade eine Polizistin kopfschüttelnd mit einem Absperrband bewaffnet und mit einem Bluetooth-Lautsprecher kam.

Den Lautsprecher kenne ich doch von irgendwoher.

Dann blickte er wieder zu Emma.

Sie ist ein sehr resilientes Kind. Sie hat ihre Methoden und mit ihrer Mutter eine stabile Rückzugsperson. Die nächste Zeit wird zeigen, ob sie die Geschehnisse dieser Nacht gut verdaut oder ob es Nachwirkungen oder sogar seelische Schäden geben wird.

Emma griff seine Hand etwas fester. Mit dem Mund machte sie eine große Kaugummiblase, die Sonnenstrahlen fielen durch die dünne Haut des Kaugummis. Mit einem lauten Ploppen zerplatzte diese in viele Fetzen, die von Emmas Zunge fleißig eingesammelt und zu einem größeren Ganzen wieder zusammengefügt wurden. Eine schöne Analogie. Er hoffe, dass ihr Unterbewusstsein das genauso gut machte.

»Wird es wieder so wie früher?« Sie hatte die Frage gestellt, ohne ihn anzusehen.

Er überlegte, bevor er antwortete: »Nein. Es wird nicht mehr wie früher. Es wird anders sein.«

Jetzt blickte sie ihn an, so junge Augen voller Angst und Hoffnung. »Was meinst du mit anders?«

Er fuhr sich mit der rechten Hand über seinen Hinterkopf. »Weißt du, Emma, es gibt Momente in unserem Leben, die haben so viel Einfluss und verändern so viel, dass es ein Vorher und ein Nachher gibt. Diese unterscheiden sich deutlich voneinander. Das Nachher muss nicht besser oder schlechter sein als das Vorher. Aber es ist anders.«

Er brauchte ein Beispiel, sah ihr an, dass sie mit diesen Wörtern nicht viel anfangen konnte. Ein Bild, mit dem sie arbeiten konnte. Sein Blick fiel auf den Zauberstab, dann hatte er eine Idee.

»Der Moment, als Harry gesagt wird, dass er ein Zauberer wird, ist ein so großer Moment, dass er alles verändert. Es heißt nicht, dass danach alles besser wird. Es gab ein Leben, bevor er ein Zauberer wurde, und ein Leben, nachdem er ein Zauberer wurde, aber der Moment an sich verändert sehr viel. Verstehst du das?«

Sie nickte.

»So ist es auch heute. Was diese Nacht geschehen ist, wird das Leben aller Menschen, die du hier siehst, verändern. Das von Felix, Hannelore, Andi, dir, mir, deiner Mutter, allen. Und es liegt an jedem Einzelnen, in welche Richtung es sich verändert.«

Er ließ seinen Blick schweifen. »Jeder kann selbst entscheiden, was er aus seinem Nachher macht.« Sanft griff er ihre Hand fester. »Was möchtest du als Erstes in deinem Nachher?«

Emma musste nicht lange überlegen. »Ich will Eis. Zitroneneis. Das ist mein Lieblingseis.«

Was für ein wundersames Kind. Zitroneneis. Mitten im Winter. Einfach wunderlich.

»Was ist dein Nachher? Wirst du wieder Therapeut in deiner Praxis?« Emmas Frage stand in der Luft, welche Ares einatmete. Er hatte geahnt, dass diese Frage kommen würde, und hatte befürchtet, dass ihm die Antwort sehr schwerfallen würde. Aber als er den Mund öffnete, strömte die Antwort heraus, leicht und einfach.

»Nein. Die Zeiten sind schon vorbei, ich hatte es nur nicht erkannt. Ich hatte jetzt zwei Vorher-nachher-Momente. Die Geschichte mit Merlin war ein Moment, der mein Leben in ein Vorher und Nachher aufteilte. Ab dem Moment war ich kein Therapeut mehr, aber ich war noch nichts Neues. Ich war nichts.«

Die Sonne durchbrach die Baumwipfel und ließ den Innenhof in einem orangeroten Licht funkelnd erstrahlen. Was für eine Pracht, was für ein Zauber in der Luft. Der Schnee brach alle Farben hundertfach, es wirkte, als ob Hunderte Schneeschmetterlinge mit den Flügeln schlügen und die Farben der Sonne überall verteilten.

»Ich war nichts«, wiederholte er. »Bis heute Nacht. Das war wieder ein Vorher-nachher-Moment. Bisher war ich nichts, aber im Nachher werde ich etwas anderes sein.«

Emma blickte mit ihren großen Augen zu ihm auf, fragend.

Lächelnd sah er sie an. »Wie findest du Privatdetektiv Ares Rot?«

Sie grinste ihn an. »Oh ja, das fände ich klasse. Und war das dann dein erster Fall? Der braucht einen Titel!

Wie wäre ›Ares Rot und das geheimnisvolle Haus‹? Nein, nein, ich weiß was Besseres.« Eine Schneeflocke tanzte vor ihrer Nase. »›Rot wie Schnee‹. Das klingt doch toll. Und Mama und ich kommen dich ganz oft besuchen.«

Mit diesen Worten hüpfte sie, mit dem Zauberstab wedelnd, die Steintreppe hinunter, auf ihre Mutter zu, die ihre Arme ausbreitete und sie lächelnd empfing.

Privatdetektiv Ares Rot.

Vielleicht ein Anfang.

Lächelnd blickte er auf Emma und Kathrin.

Die Sonne schien auf den Schnee der Vergangenheit und auf die Schatten der Zukunft.

ENDE

W. C. Schüssel (Hg.)
MÖRDCHEN FÜRS ÖRTCHEN

Taschenbuch, 256 Seiten
ISBN 978-3-95441-659-2
14,00 EURO

**Tatort Toilette -
Verlassen Sie diesen Ort bitte so lebendig,
wie Sie ihn betreten haben!**

Dass Klopapier ein Luxusgut ist, haben wir inzwischen leidvoll erfahren müssen. Manch einer hätte sogar dafür gemordet! Egal ob Autobahntoilette, Herzhäuschen, Porzellanpott, Dixi-Klo oder High-Tech-WC ... Reißverschluss, Klobürste und Wasserspülung liefern den Soundtrack für diese spannenden, schrägen oder schwarzhumorigen Kriminalstorys, die Nina George, Klaus Stickelbroeck, Tatjana Kruse, Carsten Sebastian Henn, Judith Merchant, Elke Pistor, Regula Venske, Peter Godazgar, Anna Schneider, Petra Busch, Ralf Kramp und viele andere deutschsprachige Krimi-Stars verfasst haben.

Da wird die Sitzung zum spannenden Vergnügen, denn in der Keramik-Abteilung spielt sich mehr Kriminelles ab, als man gemeinhin vermuten sollte. Geldwäsche, Raub, Mord ... Die Phantasie der Autorinnen und Autoren sprudelt bei diesem Thema munter wie die Toilettenspülung!

*25 kurze Kabinettstückchen mit genau der richtigen Länge
für die Verrichtung eines entspannten Geschäfts!*

Franziska Franke

SHERLOCK HOLMES UND DER MÖNCH VON MAINZ

Taschenbuch, 328 Seiten
ISBN 978-3-95441-453-6
13,00 EURO

Schauriges Maskenspiel in Mainz
Der berühmteste Detektiv der Welt ermittelt
im Fastnachtstrubel

Der Engländer David Tristram, der in Mainz ist, um dort Licht in einen Kunstbetrug zu bringen, trifft auf seinen alten Freund Sherlock Holmes. Unverhofft geraten die beiden Engländer in den Trubel der Mainzer Fastnacht. Als der betrogene Kunstsammler, Sektfabrikant Klingelschmidt, erstochen wird, muss Tristram fürchten, der Tat verdächtigt zu werden, zumal in der Mordnacht ein Mönch gesehen wurde und er ein derartiges Fastnachts-Kostüm besitzt.

Holmes willigt ein, im Auftrag von Frau Klingelschmidt den wahren Mörder ihres Gatten zu suchen. Obwohl er wenig Sinn für das närrische Treiben hat, ermittelt er sogar auf einem Maskenball und unter den Stammtischbrüdern des Ermordeten. Doch es geschieht noch ein weiterer Mord, bis er den Schuldigen endlich entlarvt.

Jette Stern

MOSELLAS RACHE

Taschenbuch, 240 Seiten
ISBN 978-3-95441-665-3
14,00 EURO

Ein gutes Tröpfchen im Keller ... aber auch eine Leiche!

Eva Engel und Steffi Schmitz leben da, wo andere Urlaub machen – an der Mosel. Als Gästeführerinnen zeigen sie den Besuchern die schönsten Ecken ihres Heimatstädtchens Cochem im Schatten der berühmten Reichsburg. Am letzten Wochenende im August putzt sich der Ort wie jedes Jahr für sein Weinfest heraus. Alles könnte so schön sein, wenn da nicht Marlene Lenz wäre. Die stadtbekannte Querulantin tyrannisiert sowohl Einheimische als auch Gäste.

Da ist es nicht verwunderlich, dass sie auf einmal tot auf einer Bank in der idyllischen Altstadt gefunden wird – ausgerechnet von Eva und Steffi, von denen jede insgeheim glaubt, die andere könne beim Ableben der Nörglerin ihre Hand im Spiel gehabt haben. In ihrer Not lassen sie die Tote erst einmal verschwinden. Mit der sprichwörtlichen Leiche im Keller sehen sie sich nun gezwungen, selbst zu ermitteln und stoßen auf so manches dunkle Geheimnis, das hinter den friedlichen Fachwerkfassaden des Moselorts schlummert ...